中國語言文字研究輯刊

二　編

許鋟輝　主編

第14冊

常用合體字小篆結構研究

連蔚勤　著

花木蘭文化出版社

國家圖書館出版品預行編目資料

常用合體字小篆結構研究／連蔚勤 著 — 初版 — 新北市：花
木蘭文化出版社，2012〔民 101〕

目 2+246 面；21×29.7 公分

（中國語言文字研究輯刊　二編；第 14 冊）

ISBN：978-986-254-870-7（精裝）

1. 篆書　2. 書體

802.08　　　　　　　　　　　　　　　　101003090

ISBN-978-986-254-870-7

9 789862 548707

中國語言文字研究輯刊

二　編　　第十四冊　　　　　ISBN：978-986-254-870-7

常用合體字小篆結構研究

作　　者 連蔚勤

主　　編 許錟輝

總 編 輯 杜潔祥

出　　版 花木蘭文化出版社

發 行 所 花木蘭文化出版社

發 行 人 高小娟

聯絡地址 新北市永和區中正路五九五號七樓之三

　　　　　電話：02-2923-1455／傳眞：02-2923-1452

網　　址 http://www.huamulan.tw 信箱 sut81518@gmil.com

印　　刷 普羅文化出版廣告事業

初　　版 2012 年 3 月

定　　價 二編 18 冊（精裝）新台幣 40,000 元

常用合體字小篆結構研究

連蔚勤　著

作者簡介

連蔚勤，台灣彰化人。東吳大學中文系文學博士，現爲東吳大學中文系兼任助理教授、高中國文教師。主要研究領域爲文字學，博士論文爲《秦漢篆文形體比較研究》，另有單篇論文〈泰山、瑯琊臺刻石與《說文》篆形探析〉、〈兩漢前期刻石篆形探析〉、〈《說文》會意字釋形用語與義之所重探究〉等。另以文學、書法爲次要研究領域。文學、教學方面發表有單篇論文〈明應王殿「忠都秀」戲曲壁畫再探〉、〈漢字在國中國文教學之實務體驗〉等；書法則已獲國內外獎項一百有餘（五次全國首獎），作文曾獲東吳大學文言文作文比賽三度第一名，台北市國語文競賽社會組亦獲獎項。

提　要

　　本論文共分爲五個章節。第一章爲緒論，主要論述研究動機、目的、範圍、方法等，以及概述前人在文字學、字形結構、書法結體等方面的著作，以便對本論文之寫作與資料之掌握有一初步之了解。

　　第二章則分析了常用合體字小篆之結構。首先討論中國文字的方形特色，以及由甲骨文以來，歷代各種書體結構的探討，以便對各種書體的結構有所了解。其次則以表列的方式，分別分析了《說文》和大徐本裡小篆之結構，並以此二表開啓以下之論述。接著再分別以六書中之象形、指事、會意、形聲四種造字法與結構分類交叉討論，析爲象形、指事、會意、形聲四節，分別討論造字法與結構之間的關係，並於各種類型中舉出字例加以說明。本章屬於小篆之間的橫向比較。

　　第三章將小篆之組字結構與組合數，分別與中國歷代各種書體做比對。中國歷代各種書體之特色不盡相同，將上一章中分析所得之數據，在本章中與其餘各種書體做比對，可以略爲了解中國文字結構的分合過程及遞嬗軌跡。本章屬於小篆與其它書體之間的縱向比較。有了橫向與縱向之比較，本論文便同時具備了深度與廣度。

　　第四章則談論小篆結構分析之價值。由文字學、書法教學、國語文教學與電腦字形四方面來說明，分別提出本論文在此四項領域中之功用，以及未來之發展潛力，以提供各領域之研究者努力之方向。第五章則總結前文，歸納爲四點加以說明。

目次

第一章　緒　論

第一節　研究動機與目的

我國自有文字由來已久，與埃及的象形文字及美索布達米亞的楔形文字，並列為至今最古老的三種文字之一，[註1] 然而在這三種文字當中，卻只有中國文字歷經歷史的洪流與文字的不斷演進，仍能歷久不衰，屹立不搖，並一直沿用至今，足見中國文字基礎之深厚，及其成熟穩定之特色。

身為世界最古老的文字之一，中國文字一直保持著其「據義造形，見形知義」的特色，而其一字一形的方正外形，使得它不但不同於音系文字在每個字詞上，有著長短不齊的缺陷，即便是在形系文字這一體系中，也有著較為成熟的條件。相對於音系文字，中國文字不但具有能夠押韻的條件，同時尚能夠具備對偶的趣味，使得中國的各種文字遊戲如回文詩等成為可能；而對於同為形系文字的各種文字來說，中國文字很早就已具備完整的六書系統，並且能夠依據六書的造字原則，創造出千千萬萬的中國文字，使得中國文字至今仍是一種生氣蓬勃的文字，並在世界舞台上占有一席之地。凡此種種，都不得不佩服於

〔註 1〕參見李孝定撰：〈從中國文字的結構和演變過程泛論漢字的整理〉、〈中國文字的原始與演變〉，並見《漢字的起源與演變論叢》（臺北：聯經出版社，1986 年），頁75、153；又劉又辛、方有國合撰：《漢字發展史綱要》（北京：中國大百科全書出版社，2000 年 1 月第一版），頁 12 中亦有提及。

我們遠古時代先民的智慧，創造了優越的條件，使得中國文字能夠超越中國各地，因爲幅員廣闊，而造成的方言隔閡，爲人民的溝通提供了有效的管道。

至今吾人所知的最早且成熟的中國文字，當爲一八九九年時所發現的甲骨文，自此以後，中國文字歷經金文、籀文、大篆、小篆、隸書、行書與草書，一直到今日吾人所用的楷書，在各個不同的方面不斷在改變與演進，文字外觀與結構不斷調整，各種變化亦使得文字不斷蕃衍與死亡，在這之中所衍生出的直接或間接的問題，一直是古往今來的學者不斷研究的內容，而這些問題經由歷代學者不斷的研究，已經取得了相當豐碩的成果，我們是應當在這樣的基礎上繼續前進的。

中國文字在甲骨文時代，無論是文字方向或是繁簡程度，皆呈現不一的現象，同一個文字可做任何的方向，而在上下文能夠讀通的情況下，文字在筆畫數或結構上，也可做不同程度的省略，尚處於變動性較大的狀態；到了金文的時代，雖仍有書寫方向與文字內部結構不穩定的現象，在某種程度上已較穩定；但到了戰國時代，由於諸侯異政而造成文字異形，同一文字往往有多種不同的寫法，造成了溝通上的困難。在此之前，文字已在進行繁化與簡化的各種演變，〔註2〕除了傳說在周宣王時的〈史籀篇〉爲第一次的整理文字之外，一直要到秦始皇統一天下，文字才又獲得統一，在結構上也才獲得較高的穩定。

小篆可以說是古文字與今文字的分野，〔註3〕自許愼著《說文解字》（以下簡稱《說文》）以後，幾乎歷朝各代都有正定文字的工作，如《三體石經》、《五經文字》、《干祿字書》、《新加九經字樣》、《康熙字典》等，都是歷史上赫赫有名的收錄標準字形的著作，於是標準文字只存在一個形體，其餘與標準文字形體不同者，一律成了俗字，甚至是錯字。

〔註2〕參見姚淦銘撰：《漢字與書法文化》（南寧：廣西教育出版社，1996年10月第一版一刷），頁35～41，書中對於甲骨文與金文的繁化、簡化與其它演變特徵，皆有分點描述與舉例說明；及何琳儀撰：《戰國文字通論》（北京：中華書局，1989年4月第一版一刷），頁184～236，對於戰國文字的簡化、繁化、異化與同化皆有詳細的分類與說明，皆可參考。

〔註3〕在此所謂的古文字指的是小篆之前的甲骨文、金文與戰國文字等，而小篆由於是最後一種具有象形意味的書體，故亦包含其中；今文字則指隸變之後的隸書與楷書而言。

　　文字的簡化與繁化是演變的最大趨勢，但促成其簡化與繁化的因素卻是極其複雜的。從外在來說，人們書寫的心理、環境的差異、表達的程度等等，都可能影響文字的變化；從內在來說，書體內部筆勢的差距、結構的調整等等，有時也會改變文字演變的規律，或是人們書寫的習慣。在影響文字演化如此紛繁的各種因素中，筆者最關切的其中一項因素，乃為文字的結構組合，因此，筆者於本論文的研究動機之一，是為文字的組合方式及其結構。

　　中國文字一字一形，在一個方正的形體之內，所能容納的筆畫數、組字部件的數量、結構的編排等，受到一定的限制，但這並不表示中國文字的發展受到局限，反而是因為這樣的因素，而使得中國文字不會因為可以不斷的增加組字部件，而使得文字的外形不斷的膨脹。則在這樣的原則之下，中國文字是如何調整其內部的結構，使每一個中國文字在美觀與規律的原則下，能夠符合「據義造形，見形知義」的特色，而不至因為多了一個組字部件，而使得文字顯得累贅，亦不至因為少了一個組字部件，使得文字從形體上看不出其字義，是一個有趣的問題。

　　傳統的文字學談到文字結構時，絕大多數是從六書出發，最早如許慎的《說文》，他在說解文字時，其體例皆以「從某從某」、「從某某聲」等方式出之，將文字的獨體與合體、六書之所屬、文字所從之意等，在短短的數字中，傳達出它們的組成結構與組字部件，使後世學者能藉此明瞭文字的組成方式與義之所由，在意義上它不僅是第一部說解文字的著作，從文字的形態來說，更說明了每個文字的組成方式，以及每個組字部件的意義。

　　此後歷代的各種文字學著作，都是站在許慎《說文》的立場上，一面做繼承與沿襲，一面做發揚與啓發的工作，或許是前人在文字學方面的著作尚未到達最高峰，也或許是時機的尚未成熟，前人一直是以六書為範圍來談論文字的結構的，例如宋代王聖美的右文說便是其一。王聖美經過歷代文字學家的努力以及自身的觀察，從而發現有一部分的形聲字聲符多在右邊，且具有聲兼義的作用，這便是將中國文字以六書的方式拆分後，所觀察而得出的結果。其它眾多的文字學著作中，只要談到文字的結構，莫不是將文字拆開來解說，這個情形一直到現在仍很普遍。

　　過去的學者甚少注意到六書以外的文字說解方式，近百年來，已有諸多學者

從事這方面的研究。例如清朱駿聲的《說文通訓定聲》，是將《說文》中的文字依聲韻的關係重新加以分類與排列，使以形系聯、以義爲次的表現方式，轉而變成以音爲表現形式，顯現出了文字聲韻的一面；近代學者如唐蘭等，有鑑於千百年來的文字發展，逐漸無法爲六書所統攝，遂依文字發展的過程，將六書加以合併以成三書說、新三書說，雖然至今仍有不少的問題存在，卻能提醒我們對六書的再研究；又如黃沛榮對楷書部件的研究亦是不遺餘力，在文字的拆解以及結合電腦技術應用方面，也有豐富的成果。面對這麼多面向的文字研究，可以逐漸的從各個方面來了解中國文字，豐富中國文字的內涵，也正是我們需要加緊腳步努力的目標。因此筆者嘗試由文字組字結構與組合數，〔註4〕來觀察《說文》小篆中文字的結構，希望能從另一個角度，來研究小篆的組字脈絡，對中國文字的演化，提供一些研究成果與幫助。不過中國文字的演化與書寫，尚牽涉到美觀的問題，因此對於這個問題不能僅從文字學的觀點出發，還得借重書法學的輔助，故促成筆者對此論文的第二個動機，即是對書法美感的追求。

書法爲我國特殊的一種藝術，有「第一藝術」之稱，可以說自有文字以來書法便相伴而生，因爲先民很早就以毛筆作爲書寫的工具，因此文字一方面在它進行簡化、繁化及各種演變時，先民們也同時在對於文字做適當的調整，兩者是並行而不悖的。但是從書法方面來看文字，歷代許多的書法家並未很早即思考到這個問題，我國最早談到書法結構的著作，爲隋釋智果的〈心成頌〉與相傳爲唐歐陽詢的〈三十六法〉，〔註5〕在時間上算是相當的延遲，一般學者都將我國書家在書法上的自覺定東漢，〔註6〕早在趙壹的〈非草書〉中即已有此發展，〔註7〕於是順著這個時間發展，大量的書法理論才在隋唐時

〔註4〕 組字結構指文字各部件的相對結合方式，組合數則指組成文字的部件數。

〔註5〕 〈三十六法〉除了作者目前的不確定外，名稱亦多有分歧，如〈三十六法〉、〈歐陽詢書三十六法〉、〈歐陽詢結體三十六法〉、〈結體三十六法〉等，後人雖皆知所指同爲一書，但名目十分繁雜，本論文不涉及這方面的問題，故僅依歷代多數人的稱法，以〈三十六法〉稱之。

〔註6〕 另有說法認爲是到魏晉南北朝時才有書法自覺，參見陳振濂撰：《書法學》（臺北：建宏出版社，1994年4月初版一刷），頁256～264。

〔註7〕 參見〔東漢〕趙壹撰：〈非草書〉，《歷代書法論文選》（臺北：華正書局年，1988年10月初版），頁1～3。

代發展開來，其中包含了筆法、結構、批評、品評等各方面，〈心成頌〉與〈三十六法〉就是在這種情況下產生的。

筆者研習書法已有十七餘年，但在這段時間內，不斷令筆者感到疑惑的是，歷來各種談論書法技巧的著作，有些是將筆法與結構二者一起談論，雖然二者互為表裡，相輔相成，但二者仍有不同之處：傳統書法是所謂「白紙黑字」，一個字寫在紙上，就筆法來看，是看一個字的線條，即黑色的部分；而就結構來看，是看一個字的空間，即白色的部分，此即所謂「分間布白」是也。由此來看，筆法與結構是可以細分的，細分的目的是為了釐清古人在這方面的混淆。

書法結構看的既是空間的部分，這也就和文字分不開來，書法和文字是相伴而生的，故在傳統書法中，書法就是依賴著文字的，文字就是書法的表現形式，是到了近百年來書寫工具轉變，文字與書法才有分開的跡象，而所謂的「書法學」才開始建立的。如此說來，書法的結構幾乎就是文字的結構，一個字的各個部分應如何組合，才能使一個字達到最為優美，而又不失中國文字方塊字形的特色，就是先民不斷努力的地方。在甲骨文、金文的時代，文字的書寫方向不定，很多文字的結構亦不穩定，但卻都是同一個字，到後來會意字與形聲字增多了，文字組成的部件數更多，則每個組字部件位置的調整，就成了文字演進的動力之一，同時也是歷代書法家求新求變的一部分，當然更是書法美學的一部分了。

現在來討論每個文字組字部件的組成方式，除了可以讓我們更清楚的了解中國文字內部更細微的變化，觀察它的組成脈絡之外，亦可以幫助書法家們，在創作的過程中，能更準確的掌握文字變化的規律，而不至於任憑書法家的想像任意改造文字，在一個規範之下做適當的變化，經由這種途徑所產生的作品，才是兼具美感與深度的。例如早在魏晉南北朝時代，文字的異體很多，致使文字的溝通反而成為不便；武則天當政後，為了鞏固政權，頒行了一些新造字，最後仍舊無法行之久遠，這些都是由於為了某種目的，或是不按傳統造字法所造的新字，因此不具有美感與深度，當然就更不能為大多數人民所接受，最後成為只能存在於某一時代中的死文字了。最早的書法家可能同時是文學家、史學家或經學家，是集合文人的特質於一身的；清末民初之後，由於書寫工具的改變，以及其它因素的影響，書法家逐漸走向純藝術的道路，反而不知道各種

文字的演變過程；於是到了最近，除了書法學學科的開始建立，部分書法家也開始重新研究中國文字的各方面，以期在理論與應用方面能夠左右逢源，這對於中國文字的研究，無疑是注入了一股強心針。

現代教育十分發達，入學管道日益增多，學子進入高等教育學習已不再是件困難事，而中國文字身為中國文化的一部分，自然也成為學子學習的內容之一。然而現代學生於學習中國文字時的困擾之一，是不能夠活用文字，常因字形相近而造成的錯字頻率增高，對於文字的應用能力亦普遍下降，不嫻熟於應用字典、辭典等工具書，甚至於不知道舉一而反三，凡此種種，皆對於學生學習中國文字造成不同程度的損害。吾人身為中華民族的一份子，豈能有不將中國文字有一基礎的觀念之理？因此，如何經由中國文字組字結構的拆解與組合，使學生於學習中國文字時，收事半功倍之效，是促成筆者寫作此論文的動機之三。

中國文字的拆解與組合，對於學生在學習上的影響，可以分成生字學習與書法學習兩方面來研究。在現今的教育中，無論是生字學習或是書法學習，學生在學習過程中的最大困難，在於缺乏比較與統整的能力，現在的學生在智能上有越來越增強的趨勢，但是在學習的方法上卻缺乏系統，只能死記而不能活用，因此往往錯誤百出，文字運用的能力不足，寫出來的文章與書法自然令人不忍卒讀。事實上，中國文字一項極大的特色，就是它是一個表意文字，尤其是形聲字，更有形符與聲符兩部分組合而成，在很多的文字中，除去表類型義的形符後，剩下的聲符往往字形是相同的，在生字學習上，是否能夠利用這樣的特性，使學生在系統的字形比較中，同時吸取相似字形的形、音、義，藉由比較以加強其印象？在書法學習中，是否也能夠使用這種方法，使學生在創作的過程中，能夠觸類旁通、舉一反三，而不是對只臨摹過的字形才有書寫的能力？例如遇見足部的字該如何組字？遇見糸部的字又該如何組字？同樣是足部、糸部，在一個字的不同位置時，組字又有何不同？如此才能以簡馭繁，才是學習書法的正確途徑。

書法是以手寫的方式表現文字的美感，與其相對的是目前十分發達的電腦技術，隨著各種學科的進步，許多的傳統學科或技術也與電腦相配合，以求達到既方便又有效率的成果，然而目前所見的電腦字形多以楷書為主，且由於時空因素的影響，楷書的字形並不完全統一。例如台灣地區使用的楷書字形，現今的標準字形與早期是略有不同的，例如「啓」和「啟」之類便是；又如同為

漢字，台灣、大陸、日本、韓國等地的寫法也不盡相同，雖然只是筆勢上的差異，但卻與造字時的比例與美觀息息相關。目前在文字學和書法的書體字形上，也逐漸有學者從事這方面的工作，並已有了明顯的成績。

《說文》一書所收字形多為小篆，旁及古文與籀文，在現今來說，由於實用性不高，且認識的人亦不在多數，因此在早期遇到這些字形時，就非得手寫或造字不可，然而手寫既不雅觀，亦容易產生訛字，徒增困擾，造字又常因技術上的困難而導致字形失真，對文字學者來說是極大的不便。近些年來電腦的技術突飛猛進，於是有更多人開始朝非楷書的書體與造字系統來努力，早期造字系統的精細度不比今日，很多形體都是切割不同的文字拼湊而成的，現在隨著技術的發展，可以做很精細的微調，如果我們能從小篆的組字中，尋出一些美觀原則，則對保存小篆的字形，將有極大的幫助，例如宋建華對於小篆字形的研發，已經使文字學者在應用時有了極大的便利。因此，能否由小篆的組字情形，尋出些許對於小篆形體的美觀原則，應用於小篆造字上，是筆者所想要嘗試的，亦是促成此論文寫作的動機之四。

綜合以上所述，筆者撰寫此論文的動機有四：

一是探究《說文》所收小篆字形之組字結構與組合數，並與甲骨文、金文、戰國文字、隸書與楷書等各種書體比較，以求更深一層探究中國文字的組成內涵。

二是從書法教學的角度，在以中國文字為書寫對象的條件下，如何從各組字部件之間的搭配，在不違背中國文字的組成與演變的原則下，達到追求美感的效果。

三是運用於國文教學上，是否能經由文字的拆分與組合，而使同性質或同類型的偏旁，依課程的需要對學生做有系統的教學，以達提升學生認識中國文字並加以應用的功效。

四是嘗試以文字的拆解，觀察是否能經由小篆組字的情形，對小篆造字與輸入法提供幫助。

經由此四項動機展開研究，希冀能在此研究中獲取些微的心得，並能對學術界有些許幫助，則本論文的寫作目的便已達到了。

第二節　研究範圍與方法

　　本論文題目爲「常用合體字小篆結構研究」，首先必須先界定「常用合體字」之範圍與對象，在此所謂「常用合體字」乃以教育部公布之四千八百零八個常用字而見於《說文》者，及大徐所附四百個新附字爲範圍與對象，則必須掌握幾項重點，即合體字、結構、《說文》與小篆。

　　許慎在《說文・序》中對六書作了簡單扼要的定義，儘管這項定義不夠明確，以至於引起後人有各種的爭議，但至少指出了文字是先有文而後有字；〔註8〕其後學者更將六書細分爲不同種類，有獨體、合體、變體、省體，又有附加圖形、附加符號、形符不成文等各種形態，不一而足。本論文選擇合體字爲對象，主要在於既是獨體，則在結構上爲不可分割之形體，於文字的書寫不過在於筆勢上的差異，對於文字的組字結構變異影響並不甚大；至於合體字由於合二個以上的組字部件以組成新字，於是在結構的變動上，便能產生許多不同的變化，而且由於研究的對象是小篆，在組成方式中除包含文與字之外，尚包含不成文的圖形與符號，那麼，能否由這些文、字、圖形與符號，來探究文字的組成特性或其組成脈絡，便是本論文所要努力的目標之一。

　　結構一詞常爲吾人耳熟能詳，但在不同領域中，卻有不同的指稱範圍。在文字學上，結構指的通常是六書，六書即文字的造字法則，要想了解中國文字的造字法則，首先就必須從六書著手，因此許慎在《說文》中才會採用「从某某」、「从某某聲」、「从某象形」等各種敘述短句來說解文字，說解文字即是將文字做一次性的拆解，大多數的合體字在做了一次性的拆解後，可以了解組成該字的成員有哪些，這些成員如何會出該字的意義，尤其是形聲字，在一次性的拆解後，通常就可以區分出形符與聲符兩大類來。例如「眥」字爲从目此聲，〔註9〕通常經過這樣的拆解之後，產生的組字部件多半仍是文字，於是可知「眥」字可分爲「此」與「目」兩部分，結構爲上下二合型。

〔註8〕《說文・序》曰：「倉頡之初作書，蓋依類象形，故謂之文，其後形聲相益，即謂之字。」可見「文」與「字」的產生是有先後觀念的。見〔東漢〕許慎撰、〔清〕段玉裁注：《說文解字》（臺北：書銘出版事業有限公司，1997年8月第八版），頁761下右至下左。

〔註9〕參見〔東漢〕許慎撰、〔清〕段玉裁注：《說文解字》，頁131下右。

故此處的結構，指的實是「文字的組字部件相對位置」而言。六書結構與組字結構在本質上並無不同，但六書結構著重於依字義說解文字，而組字結構則著重於部件的相對位置。

　　在書法中，結構與筆法是相對的概念，筆法的影響較側重於個人書寫時所謂的筆勢所造成的差異，結構指的則是每個文字的部件組成方式與位置而言。中國文字在兩個方面存在文字組成位置變動不定的特性，其一在古文字——尤其是甲骨文與金文的時代，文字的大小與方向不穩定，同時也尚未有嚴密的方塊字的局限，到了戰國時代這樣的情形明顯減少了許多，直至小篆產生之後，這樣的情形幾乎是消失了。其二是在書法上，書法隨著文字而生，在篆書與隸書等書體陸續產生之後，書家們不滿足於現狀，於是開始尋求文字形體位置的結構變化，以期能在一副作品中，對於相同或相似的字形，能夠做出不同的變化，於是同一個文字出現了數種甚至於數十種的形體。不過兩者之間仍有差異，前一種變化主要是在文字學方面的，屬於文字演化的過程；後一種變化主要是在書法學方面的，屬於書家本身爲求藝術創造性而產生的。但不管出發點如何，對於文字結構的探析，都是對了解中國文字的演變規律與書法美學的內容有所幫助，與魏晉南北朝和唐代武則天造字的意義是不相同的。

　　早在春秋戰國時代，所謂篆書即已在各國之間流行，一直到秦始皇統一六國，由李斯等人「罷其不與秦文合者」，並「取史籀大篆或頗省改」，〔註10〕然後小篆於是興焉，其後歷朝各代便有各種研究小篆的著作產生，從文字學到書法學，及理論與應用並作，小篆便成爲中國傳統五大書體之一。然而無論研究小篆的著作何其多，《說文》身爲我國第一部以收集小篆爲主要對象，並對於他們一一加以說解，而成爲字書性質的一本著作，具有絕對不可磨滅的價值，無論是上究古文字，或下探隸、楷、行、草各書體，《說文》都是一部基礎著作，因此本論文也以《說文》爲基礎，作爲探究文字的出發點，並以大徐所附新附字爲輔助。

　　以小篆爲研究對象，一方面由於《說文》收錄的文字多爲小篆，與秦文字一

〔註10〕　〔東漢〕許慎撰、〔清〕段玉裁注：《說文解字》，頁765下右至下左。

脈相承，〔註11〕且小篆所處的時代較楷書爲古。雖然甲骨文的時代更早於小篆，但因文字的異體較多，不適宜在此時分析；而不以楷書爲對象，除了它已不具備中國文字的象形特色，成爲了線條化與符號化的文字，在此方面研究的學者亦不在少數，故雖然楷書爲現今使用最爲頻繁的文字，仍以小篆爲主要研究對象。小篆是總結古文字，下開今文字的重要關鍵性書體。在小篆之前的古文字如甲骨文、金文與戰國文字等，由於書寫方向不定，文字方向不定，組字部件多寡與組成位置的變異，再加上各種因素，要想對古文字做系統的研究，在難度上要困難許多；至於隸書與楷書一方面接受了小篆的字形結構，一方面卻又破壞了中國文字象形的特色，而變成平直化、線條化的文字，於是小篆成了具有象形程度的最後一種書體。且小篆由於李斯等人的規範化，文字已趨定型，變動幅度不再如古文字之大，是具有穩定特性的第一種書體，小篆具有這樣的特性與居於如此的關鍵性地位，自然是值得繼續探究的。

至於研究的方法，首先是要針對《說文》中之合體字做結構上的分析，觀察是否能由這樣的分析找出一些特點或規律，尤其以組字結構與組合數爲主要重點，是整個論文中最重要的部分之一，也可說是本論文的起點，蓋因沒有這項分析，則沒有足夠的觀察結論以供討論，更不可能談到與其它文字的比較與聯繫，因此對《說文》合體字的分析，是本論文發展的第一步，故本論文擬根據教育部公布之四千八百零八個常用字而見於《說文》者，〔註12〕逐字加以分析，至於次常用字與罕用字則有待來日。

有了對《說文》合體字分析後的各項了解，可以針對這些文字的內在組成規律做觀察，看其是否具有普遍性的組合規律，或是能否與六書有所聯繫，這是屬於小篆合體字的內在聯繫，也是小篆本身橫向的探討。其次可再與古文字、今文字等不同時期的書體比較，觀察文字在歷史演變中，文字結構的組成規律如何，是否具有規律性或規範性等等，是屬於小篆與各書體間縱向的比較。如此一來，則本論文的深度與廣度便同時具備了。

〔註11〕 參見洪燕梅撰：〈秦金文與《說文解字》小篆書體之比較〉，《第十二屆中國文字學全國學術研討會論文集》（桃園：銘傳大學應用中文系、所、中國文字學會，2001年），頁117～144。

〔註12〕 參見教育部國語推行委員會編輯：《國字標準字體楷書母稿〈教育部字序〉》（臺北：教育部，2000年11月修訂版二刷），常用字頁1～44。

　　以上是撰寫本論文之初步構想與大綱，但在達成此一構想之前，分析《說文》小篆合體字是一項龐大的工程，在分析出每個合體字之後，還必須依照其中某項規律，與六書逐一搭配，形成以六書為經，以合體字分析為緯的架構，才能使本論文的撰寫與論述趨於嚴密。鄒曉麗等認為甲骨文的研究方法是：

> 僅從平面、靜態地考察甲骨文字，只能得到以上幾個表面的結論。
> 為了更深入地了解甲骨文字構形的特點，我們還必須從縱向的動態
> 中來考察。所謂「縱向」，就是從字形的發展變化之中，歷史地看甲
> 骨文字形的特點。所謂「動態」，除了歷史發展的線索之外，還要在
> 「應用」之中來考察。〔註13〕

其實不只是甲骨文，所有的文字都必須經由橫向與縱向兩個面向來分析，才能得出更客觀確切的結論，故《說文》小篆的結構分析也必得經過如此的過程，才能顯現出在這樣的分析架構下所產生出來的特點與價值。

　　至於本論文中所使用的專有名詞，在此也一併做一界定：

　　「常用合體字」中的「常用」，乃針對教育部所公布之四千八百零八個常用字而言。「合體字」包含了合體象形、合體指事、異文會意、同文會意、會意附加圖形、會意附加符號、一形一聲、多形一聲、多聲、省形、省聲、形聲附加圖形、形聲附加符號、亦聲與形聲字形符不成文。換言之，六書中去除獨體、變體與省體之外者，皆屬合體字的範圍。

　　而本論文中所使用之《說文》為段注本，大徐本則為中華書局據大興朱氏依宋重刻本景印本，以及北京中華書局於 1994 年出版之兩版本，如有不足則參考其餘版本。

　　「組字結構」與「組合數」二者為本論文討論重點之一，亦在此做一解釋。「組字結構」指文字各部件的相對結合方式，「組合數」指組成文字的部件數。

　　與古今文字書體的比較中之「古文字」指小篆之前的各種文字，而小篆因仍具有中國文字的象形特色，故亦包含其中；「今文字」則指隸書與楷書而言。其餘名詞如有說明不周詳之處，則於注釋中補充說明。

〔註13〕鄒曉麗等合撰：《甲骨文字學述要》（長沙：岳麓書社，1999 年 9 月第一版第一刷），頁 14。

第三節　前人有關文字結構研究結果概述

有關前人在文字結構方面的研究，主要分為文字學、書法教學、國語文教學與電腦字形四方面來探討：

一、文字學

在文字學方面，談論字形結構的著作相當多，早在西周時即有〈史籀篇〉，秦時有李斯等人的〈倉頡篇〉、〈爰歷篇〉、〈博學篇〉等，西漢以來亦有司馬相如〈凡將篇〉、史游〈急就篇〉、李長〈元尚篇〉、揚雄〈訓纂篇〉等，而許慎的《說文》更是對於小篆字形的集大成之作，許師錟輝認為《說文》對於後世的價值與影響包括有「分部之創舉」、「明字例之條」、「字形之畫一」、「古音之參考」、「古義之總匯」、「能溯文字之原」、「能為語言學之輔助」以及「能為古社會之探討」等，可見《說文》一書在文字學史上的重要地位。〔註14〕

六朝以來有江式《古今文字》、呂忱《字林》、顧野王《玉篇》等，更是促進了唐代字樣學的發展。唐代的字樣學可以說是繼承了唐代以前對字形的研究，而開創出的一門學問，如顏元孫《干祿字書》、《開成石經》、《五經文字》、《九經字樣》等，更是這一時期的重要著作，並開啟了日後如宋代郭忠恕《佩觿》、婁機《漢隸字源》、明代張自烈《正字通》、清代《康熙字典》等著作的發展，對於文字的字形演變與辨正具有十分重要的傳承。曾榮汾《字樣學研究》一書，對於中國歷代的字樣學發展有十分詳盡的敘述。〔註15〕

在《說文》的基礎上繼續加以發揚的，有徐鉉與徐鍇兩人，二人不僅有針對《說文》的專門著作，對於考訂李陽冰的小篆字形，以及《說文》中的某些問題，都以精闢的見解。又如王聖美的右文說，沈括《夢溪筆談》中有記載：

> 王聖美治字學，演其義以為右文，古之字書，皆從左文，凡字，其類在左，其義在右，如木類，其左皆從木，所謂右文者，如戔、小也。水之小者曰淺，金之小者曰錢，歹而小者曰殘，貝之小者曰賤，如此之類，皆以戔為義也。〔註16〕

〔註14〕許師錟輝撰：《文字學簡編──基礎篇》（臺北：萬卷樓圖書有限公司，1999 年 3 月初版），頁 132～134。

〔註15〕曾榮汾撰：《字樣學研究》（臺北：臺灣學生書局，1988 年 4 月初版）。

〔註16〕〔宋〕沈括撰：《夢溪筆談》（臺北：臺灣商務印書館，1965 年 2 月臺一版），卷十

主要是針對左右二合型文字爲對象，加以觀察歸納所得出的結論，若不將文字形體加以分析，將不能夠得出如此結論，在文字學上是一個很大的突破，而其缺點是僅分析了左右二合型之形聲字，未對其它類型之文字再加研究，否則可能有更多的發現。

此外，清代四大家對於《說文》也從不同的角度切入研究，開創了《說文》研究的另一高峰。如段玉裁《說文解字注》，在《說文》的研究上其重要性不亞於大小徐，對於闡發《說文》的體例，訂正許愼說解錯誤之處，都有許多獨到的見解。

朱駿聲《說文通訓定聲》，以《說文》爲範圍與基礎，將文字依聲韻關係重新加以分類與歸納，而立出了許多的字根，其中便全面分析了《說文》中所有的形聲字，並依其組合方式一層層的向下延伸，是一個更大的創舉與突破。

桂馥《說文解字義證》則是從字義的角度研究《說文》，對於《說文》的正文及其敘文部分的疏證都下了功夫，引證材料極爲豐富，態度客觀。

王筠《說文釋例》則在六書的定義、體例、文字的孳乳與繁衍、《說文》列字的次第、說解的方式、以及脫字、訛字等問題都做了討論，內容十分詳盡。〔註17〕

在清代另有一些收集隸書字形的著作，如顧藹吉《隸辨》、錢慶曾《隸通》、翟雲升《隸篇》、尹彭壽《漢隸變體》等，一方面藉由隸書文字的收集，說明隸書與小篆在字形上的分合，以及隸書的演變情形，另一方面也爲書法字形做了整理的工作，是字形研究上不可忽視的一環。

民國以來較早的有丁福保《說文解字詁林》，書中收集了歷來諸多學者對於《說文》中，各個文字的說解與疏證，在字義上可謂爲集大成的著作。〔註18〕黃沛榮以楷書爲對象，將楷書字形分析出四百三十個部件，這些部件類似字根的作用，不但可以了解楷書字形的組字結構與組合數，同時尚可用之於電腦造字與教學上，受益良多。〔註19〕許師錟輝《兩岸標準字體之比較研究》、〔註20〕

四，頁95。

〔註17〕 有關《說文》四大家的介紹，許師錟輝於《文字學簡編──基礎篇》中有詳細的說明，參見許師錟輝撰：《文字學簡編──基礎篇》，頁141～158。

〔註18〕 參見丁福保撰：《說文解字詁林》（臺北：臺灣商務印書館，1959年12月第一版）。

〔註19〕 參見黃沛榮撰：〈漢字部件研究〉，《第七屆中國文字學全國學術研討會論文集》（臺

與黃沛榮合作《歷代重要字書俗字研究》、﹝註21﹞與蔡信發合作《明清俗字輯證：明鈔本俗字輯證Ⅰ、Ⅱ》﹝註22﹞等，無論是在時間與空間的字形比較與整理上，都提供了重要的研究資料。

　　大陸方面如張其昀《說文學源流考略》，收錄了歷朝各代研究《說文》的著作，並分門別類加以整理介紹，具有工具書的性質。﹝註 23﹞王貴元的《馬王堆帛書漢字構形系統研究》，分析了帛書文字的縱向與橫向層次，將文字一層層的解析，直到不可分割為止，最後得出了許多的形位與形素，以此來探討相同的構字部件在不同字形中的不同位置時，其功能的異同，這樣的分析方法，亦已成為近年來的一種趨向。﹝註24﹞王寧的最新著作《漢字構形學講座》，從文字的分析中，提出了中國文字的六種屬性，認為中國文字必須要透過此六種屬性的綜合運用，才能完成一個中國文字構形的描寫，甚至連各部件的構局都圖示出來，分析的十分詳盡。﹝註25﹞

　　而在學位論文分面，不僅在分期上有專門的研究，在地域上也有精細的劃分。如許學仁《先秦楚文字研究》、﹝註26﹞林素清《戰國文字研究》、﹝註27﹞

　　　　北：私立東吳大學中國文學系、所主編，1996 年 4 月初版），頁 343～359。

﹝註20﹞ 許師鍨輝撰：《兩岸標準字體之比較研究》（臺北：行政院國家科學委員會，1995年 7 月）。

﹝註21﹞ 許師鍨輝、黃沛榮合撰：《歷代重要字書俗字研究》（臺北：東吳大學中國文學系，1997 年 7 月）。

﹝註22﹞ 許師鍨輝、蔡信發合撰：《明清俗字輯證：明鈔本俗字輯證Ⅰ、Ⅱ》（臺北：東吳大學中國文學系，2003 年 1 月）。

﹝註23﹞ 參見張其昀撰：《說文學源流考略》（貴陽：貴州人民出版社，1998 年）。

﹝註24﹞ 參見王貴元撰：《馬王堆帛書漢字構形系統研究》（南寧：廣西教育出版社，1999年 8 月第一版一刷），頁 43～51。

﹝註25﹞ 參見王寧撰：《漢字構形學講座》（上海：上海世紀出版集團、上海教育出版社，2002 年 3 月第一版一刷），頁 69～73。

﹝註26﹞ 許學仁撰：《先秦楚文字研究》（臺北：國立臺灣師範大學國文研究所碩士論文，1979 年）。

﹝註27﹞ 林素清撰：《戰國文字研究》（臺北：國立臺灣大學中國文學研究所博士論文，1982年）。

徐富昌《漢簡文字研究》、〔註 28〕陳月秋《楚系文字研究》〔註 29〕等，不勝枚舉，充分顯示出了文字學研究的興盛，無法一一列舉。

至於大多數談論文字結構的著作，多半是在六書的分類、爭論等議題上發揮，或只對形聲字結構加以分類，有分爲五類乃至十八類者，但所論並不周全；〔註 30〕間或有兼及會意字者，從中國文字的組字結構中，考察出四種合體字的組字類型，從不同的角度來了解會意字，可以參考。〔註 31〕其餘則不再贅述。

二、書法學

在書法學方面，談論文字的結構時，指的通常是文字的分間布白，也即是一個文字中每個組字部件所擺放的位置而言。前人的許多著作中多半會談論到這個問題，因爲它與筆法可說是一體的兩面，然而有些著作中常是僅有文字的敘述，或是作者本身的經驗之談，加上書法是藉文字以表達，若是沒有圖示，往往容易流於抽象而形成天馬行空的窘境，這是在書中談論結構時的一大缺陷。雖然如此，仍舊有一些著作或是以字例圖示來解說，或是以圖表的方式來呈現，茲就筆者所見，整理如下：

〔註28〕徐富昌撰：《漢簡文字研究》（臺北：國立政治大學中國文學研究所碩士論文，1985年）。

〔註29〕陳月秋撰：《楚系文字研究》（臺中：私立東海大學中國文學研究所碩士論文，1991年）。

〔註30〕分爲五類者，如楊宗元撰：《中國古代的文字》（臺北：文津出版社有限公司，2001年 4 月初版一刷），頁 70；分爲六類者，如賴明德撰：〈漢字結構之研究〉，《華文世界》第九十四期（1999 年 12 月），頁 50；分爲八類者，如詹鄞鑫撰：《漢字說略》（遼寧：遼寧教育出版社，1995 年 12 月初版一刷），頁 205～206、若谷撰：《話說漢字》（南昌：江西教育出版社，2001 年 4 月第一版一刷），頁 19；分爲十八類者，如余國慶撰：《說文學導論》（合肥：安徽教育出版社，1995 年 10 月第一版一刷），頁 58～59 等。

〔註31〕參見王作新撰：〈《說文解字》複體字的組合與系統思維〉，《北方論叢》第五期（1997年），頁 102～105。

書名代號〔註32〕	類　型														
	獨體	左右	上下	左中右	上中下	半包圍	全包圍	併體字	品字	半包	雙合	三角	四角	偏側	穿插	多體	參差
一	√	√	√	√	√	√〔註33〕											
二	√	√	√	√	√	√〔註34〕											
三	√	√	√	√〔註35〕		√	√										
四	√	√	√		√		√										

〔註32〕限於篇幅的緣故，在此僅能將書名暫以數字代號表示，其代號與書名之對應如後：

一為陳煥章編著：《書法十講》（臺北：富進印書館，1970 年 1 月初版）；

二為《實用書法教材》（臺北：木鐸出版社，1983 年 9 月初版）；

三為劉文義、李澤民合編：《書法概論》（鄭州：中州古籍出版社，1989 年 6 月第一版）；

四為程可達撰：《書法津梁》（江蘇：江蘇教育出版社，1990 年 2 月第一版）；

五為陳景舒編著：《隸書書寫門徑》（廣東：廣東人民出版社、香港明天出版社，1991 年 4 月第一版第五刷）；

六為茹桂撰：《書法十講》（西安：陝西人民出版社，1991 年 6 月第二版）；

七為牛光甫、石如燦編著：《中國書法精義》（開封：河南大學出版社，1992 年 7 月第一版）；

八為劉正強撰：《書法藝術漫話》（臺北：業強出版社，1994 年 11 月初版）；

九為余德泉編著：《簡明書法教程》（長沙：湖南美術出版社，1996 年 10 月第一版第二刷）；

十為朱崇昌主編：《書法》（北京：中國商業出版社，1997 年 12 月第一版）；

十一為洪丕謨、赫崇政合撰：《楷書教程》（修訂版）（杭州：中國美術學院出版社，1998 年 10 月第二版第三刷）；

十二為崔陟編撰：《漢字書法通解》（篆・隸）（北京：文物出版社，1999 年 9 月第一版）；

十三為王景芬撰：《中國書法藝術自修指南》（北京：中國文聯出版社，2000 年 7 月第一版）。

〔註33〕本書將此二者合併稱為「包圍」。

〔註34〕本書亦將此二者合併稱為「包圍」。

〔註35〕本書將此二者合併稱為「三合」。

書名代號	類型																
	獨體	左右	上下	左中右	上中下	半包圍	全包圍	併體字	品字	半包	雙合	三角	四角	偏側	穿插	多體	參差
五〔註36〕	√	√	√				√										
六〔註37〕	√	√	√	√			√				√	√	√			√	√
七	√	√	√	√	√	√	√	√									
八	√	√	√	√	√		√〔註38〕		√								
九〔註39〕	√	√	√	√	√				√							√	
十	√	√	√	√	√												
十一〔註40〕		√	√	√	√		√				√	√	√	√	√	√	
十二〔註41〕	√	√	√	√	√					√							
十三〔註42〕	√	√	√	√			√					√	√			√	√

　　經由以上各家對於書法結構之分析，不難發現有其基本形式，即：獨體、左右、上下、左中右、上中下、半包圍與全包圍等七種，可見無論在文字學或書法學上，這七種形態確爲文字組字的基本形態，可以容納大多數的文字。至

〔註36〕本書將「左中右」包含於「左右」結構，「上中下」包含於「上下」結構，其餘屬於包圍結構者合併稱爲「包圍」。

〔註37〕本書將「左中右」與「上中下」結構合稱爲「三聯」，而將「半包圍」與「全包圍」結構統稱爲「包圍」。

〔註38〕本書將此二者合併稱爲「包圍」，包含了全包、三面包與兩面包三類。

〔註39〕本書將「品形」稱爲「品字形」，「多體」稱爲「多合」。

〔註40〕本書將「全包圍」結構稱爲「包圍」，將「四合」結構稱爲「四角」。

〔註41〕本書將「半包圍」中析出「半包」與「三包」，將「全包圍」稱爲「全包」。

〔註42〕本書將「獨體」稱爲「單獨」，「左右」稱爲「雙體並列」，「上下」稱爲「雙體上下」，「左中右」稱爲「三體並列」，「上中下」稱爲「三體上中下」，「半包圍」與「全包圍」稱爲「包圍」，「參差」稱爲「參錯」。

於其它幾種類型，爲作者個人觀察文字之組成方式，或是作者一己之心得與經驗，從而自基本形態中分離出來的。不過作者們對於這些分類名詞並未多作分析，故其中含意仍不能完全爲吾人所了解，例如「品字」與「參錯」等類型的定義究竟如何？作者們僅舉數個文字爲例，實在無法讓人參透其中的奧秘；或是數種分類方式互有重疊，例如「左右」、「上下」與「雙合」等如何區分？是否可以合併或有必要分離？或是所分之類型與實際不符，例如「四合」中有「器」字，是由四個口字與一個犬字組成，則在組字上應是屬於五合結構，在此字中作者是以文字的外形來歸類，那麼在這些文字的歸納類型中，便可能包含了至少兩種以上的分類方法，所歸納出來的結果自然不能令人信服而瑕疵百出了。

而在這些分析的對象中，多半爲楷書，少數爲隸書，他們分析的著重點是從字形出發，不顧及字義與字音，因此有可能會出現割裂組字部件，或未依造字結構分析的錯誤，則與文字學的分析將會有某種程度的衝突，如「歸」字，若依《說文》結構爲左一右二三合型，依楷書或書法則可能爲左二右三五合型；又如「旋」字，若依《說文》結構爲左上右下二合型，依楷書或書法則可能爲左一右二三合型，在分類的方法與歸類上都會有所不同。因此本論文是以小篆爲對象，對此類情況亦不可不愼。

三、國文教學

至於文字結構與教學的結合，如蔡宗陽於〈論修辭與文字學的關係〉中，其析字與文字學一節所運用的方法，便與六書的理論及結構的分析有關；〔註43〕黃沛榮對於字形的分析與教學之間的關係，亦時有討論，〔註44〕雖然對象多以楷書爲主，但對於小篆的形體分析與方法，卻提供了一條可資運用的方向；許師錟輝亦主編有文字學與國文教學相互關係之文章，〔註45〕亦提供了某種

〔註43〕 參見蔡宗陽撰：〈論修辭與文字學的關係〉，《第六屆中國文字學全國學術研討會論文集》（臺中：中國文字學會、國立中興大學中國文學系所主編，1995 年 9 月），頁 143～146。

〔註44〕 如〈漢字部件教學法〉，《華文世界》第八十一期（1996 年 9 月），頁 57～69、〈由部件分析談漢字教學的策略〉，《華文世界》第九十四期（1999 年 12 月），頁 16～22 等。

〔註45〕 參見許師錟輝主編、柯雅藍撰：〈文字學在高中國文教學上的應用〉，《國文天地》第二百一十期（2002 年 11 月），頁 26～29。

程度的啓發。其餘如張琇惠〈文字學在國小生字教學上之運用〉、〔註46〕江惜美〈文字學在小學國語教學上的運用〉、〔註47〕季旭升〈國中國文教學的文字學運用〉、〔註48〕王紫瑩〈開拓國文教學中的應用文字學〉、〔註49〕魏永義〈國文教學與文字學〉、〔註50〕林培榕《中國文字之教學研究》〔註51〕等，對於文字結構與中小學各階層教學之應用，皆提出了他們的寶貴意見，更可見文字結構融入國語文教學的迫切性。

四、電腦字形

有關文字結構與電腦造字的結合，除了宋建華已研發出《說文》標篆體與《說文》段注體之外，謝清俊、黃沛榮等於中文字形與電腦的結合上，也都有精闢的討論，可資本論文參考。〔註52〕羅鳳珠與周曉文合著之〈古籍數位化的重要里程——大陸北京師範大學完成小篆字形字庫的建立〉，除了提出小篆在閱讀古籍時的重要性，也認為欲將這些古籍保存，非得建立資料庫不可，而欲建立資料庫，就非得先為這些原本不存在於電腦中的字形造字，而欲造出美觀又實用的字形，自然非得了解文字的結構不可，因此小篆字形的結構分析，對於

〔註46〕張琇惠撰：〈文字學在國小生字教學上之運用〉，《臺南師院學生專刊》（1995 年 2 月），頁 102～127。

〔註47〕江惜美撰：〈文字學在小學國語教學上的運用〉，《國文天地》第二百一十期（2002 年 11 月），頁 22～25。

〔註48〕季旭升撰：〈國中國文教學的文字學運用〉，《中等教育・國文教學專號》第四十五卷第六期（1994 年 12 月），頁 6～13。

〔註49〕王紫瑩撰：〈開拓國文教學中的應用文字學〉，《國文天地》第二百一十期（2002 年 11 月），頁 30～33。

〔註50〕魏永義撰：〈國文教學與文字學〉，《育達學報》第八期（1993 年 12 月），頁 28～35。

〔註51〕林培榕撰：《中國文字之教學研究》（高雄：國立高雄師範大學國文研究所碩士論文，1982 年）。

〔註52〕參見謝清俊等撰：〈中文字形資料庫的設計與應用〉，《第六屆中國文字學全國學術研討會論文集》（臺中：中國文字學會、國立中興大學中國文學系所主編，1995 年 9 月），頁 9～24、黃沛榮撰：〈論當前一般電腦中文系統的缺失〉，《第六屆中國文字學全國學術研討會論文集》（臺中：中國文字學會、國立中興大學中國文學系所主編，1995 年 9 月），頁 25～40。

建立電腦中的小篆字形便顯得重要了。〔註 53〕大陸方面也積極的開發以基本筆畫與字形結構結合的中文輸入法，這種輸入法若是無法正確拆分文字的結構，將無法正確的輸入所需的文字，對於正確理解中國文字的構字，有很積極正面的幫助。〔註 54〕由此可見，中國文字的結構分析，不僅只是文字學上的問題，對於文字的融入電腦技術，也有著十足的發展潛力。

前文所提僅是將目前筆者所見，各領域對於字形結構分析的現況，部分簡要的呈現出來，對於本論文的研究成果，與這些研究現況的比較與結合，下文將會有更深入的探討，下一章起，筆者將由小篆的外形、分析方法及基本概念等問題談起，逐步的進入常用合體字小篆結構研究的世界。

〔註 53〕 參見羅鳳珠、周曉文合撰：〈古籍數位化的重要里程──大陸北京師範大學完成小篆字形字庫的建立〉《漢學研究通訊》第十七卷第三期（1998 年 8 月），頁 302～304。

〔註 54〕 參見蘇新春主編：《漢字文化引論》（南寧：廣西教育出版社，1996 年 8 月），頁 217～223。

第二章　常用合體字小篆結構析論

第一節　中國文字之方形特色

開始談論常用合體文字以前，要先由一個外圍的問題談起。大家都知道，中國文字的一大特色即其為方塊文字，首先必須要將它確定在「方形」這樣一個概念中，只有先將中國文字的外形確定了之後，才能逐步的談到內部的結構問題，如果連外形都不能確定，那麼內部結構的討論將會顯得薄弱。

一般來說，大家都籠統的將中國文字的外形認為是方形，這是就大多數的中國文字平均觀察後所得的結論，乃是無可厚非。蘇新春亦指出：

> 漢字由古至今的種種變化，只在一個地方沒有發生，這就是漢字的
> 最基本存在形式——方塊字形。漢字從一開始產生起，就是以一個
> 個獨立的形體出現的。這個基本特徵無論是在它最初的象形化，還
> 是在後來的會意化，或是接著的形聲化、符號化的變化中，都保留
> 至今而絲毫未作變動。〔……〕在字形上，或是繁化，或是簡化，都
> 仍將保留一個完整漢字的外形；在字義上，或是單義，或是多義，
> 或是引伸的繁複，或是古義舊義的消逝，也都將在一個獨立字形的
> 範圍中進行。〔註1〕

〔註 1〕蘇新春主編：《漢字文化引論》，頁 165～166。

這種特色在世界的文字中雖非絕無僅有，但絕對是一件難以達到的事實，因為許多形系文字走到最後，總是向音系文字靠攏，中國文字能夠自始至終保持著它的方形外觀，必定要有其特殊因素在內的。其實我們都知道，大多數的中國文字並非純粹的方形，真正的方形文字只有口部的字才稱得上，可是我們還是會將中國文字稱為方塊文字，這是為什麼呢？主要是受了人們主觀心理因素的影響。鍾家驥曾說：

> 不難理解，所謂「方形」、「方塊」在絕大多數情況下並不是一種客觀實在，而是「主觀」的視覺心理事實。〔……〕從人的視覺心理需要來看，漢字的「方形」屬於對稱形，帶有極強的穩定性。〔註2〕

這裡主要告訴我們，中國文字是受了心理因素的影響，而使得它們看起來接近於方形，不過，是不是完全的方形並不影響我們對它的外在認定，事實上，中國文字雖以方形外觀為其特色，然而受到中國文字筆畫數多少、重心、美觀等各項因素的影響，在它們的相互作用之下，所謂的方形外觀，可分為許多更細部的形狀，例如圓形、平形四邊形、三角形、倒三角形等，這些中國文字的「造型原理」，〔註3〕受到前述幾種因素的影響，而和中國文字的組字結構產生了互動。

中國文字這種在方形概念下所形成的各式各樣的形狀，不但是中國文字的一項特色，也是它和拼音文字得以區別的因素之一。拼音文字如英文，其個別的字母單獨存在時，或許也可以看成有各種不同的外形，但是中國文字的這種特色，是在它已經完成組字，也就是每個文字個體可單獨存在時；但英文的各個字母，雖然也可看做是在方形外觀下的各種形狀，但當它們組合成字時，便只有一種形狀──即扁長方形了。因此中國文字的組成外形雖偏向於方，但造型卻是多變的，不像英文那樣的單調，而是十分的豐富多姿。

一些書法碑帖的印行本中，有對文字外形作討論的，例如大眾書局所印行的虞世南《孔子廟堂碑》中，附錄部分列出了許多文字的造型原理，其中第八項的

〔註2〕 鍾家驥撰：〈書法審美直覺心理辨析〉，《書法研究》一九九五年第四期（1995年），頁41～42。

〔註3〕 此「造型原理」一詞，筆者見於唐代虞世南撰《孔子廟堂碑》書法字帖中，所指即為文字的外在形狀而言。參見〔唐〕虞世南撰：《孔子廟堂碑》（臺南：大眾書局編輯部，1996年5月初版四刷），頁88～89。

基本形原理，將中國文字的外形在方形的前提下又分成十一類，包含了橫長形、縱長形、正方形、菱形、圓形、平行四邊形（向左下方向進）、平行四邊形（向右下方向進）、三角形、倒三角形、凸形與凹形，〔註4〕由此可見，中國文字仍會因為其筆畫與結構的不同，而在一個方形的概念下，呈現出不同的形狀。

西中文則將中國文字的造形類別分為十二類：正方體、扁方體、金字塔、長方體、倒三角、菱形、傘形、屏風、高低式、鐘擺、蜂腰和複合式等十二種，而其中複合式一類又分為五小類：扁方菱形、菱形扁方、長方扁方、長方菱形與扁方金字塔。〔註5〕這種分法與前者只是分類的著重點不同，前者是著重於整個文字的外形，後者則是將一些特殊的筆畫如豎彎勾（如宅、奄、見、毛等所從之「乚」）、特別強調撇與捺兩種筆畫所形成的文字（如傘、東、金、春等所從之「丿」與「乀」）等，亦納入不同的造形類別，至於複合式以下的五小類，其分類則更顯得瑣碎。二者雖然分類的標準與名稱略有不同，但所要表達的內容與意義則是相同的。

其次，方振寧提出，在楷書中潛藏著所謂變形的五角形，即所有的文字將其特別突出的五個頂點連接起來，就會形成一個個大小不一、形狀各不相同的五角形；並認為這種五角形的特點，來自於人體展開時，頭、雙手與雙腳連接起來的五角形有相類似的意義，中國人對中國文字的美感可能也來自於此。〔註6〕

此外，鄭聰明以歐陽詢的《九成宮醴泉銘》為對象，提供了相當多的研究著作，他曾針對《九成宮醴泉銘》中的文字，除了運用它們在部件中的拆分外，還歸納出一些在不同的偏旁、部首或部件組合時，各個部件之間的組合關係與大小比例，對於文字的外形還指出了更多更細部的類型。雖然這些類型未必皆符合於中國文字發展的情形，但其基本概念是一致的，他並且還指出：

> 本單元我們用「中心法」分析單體字和上下合體字；用「左右法」、
> 「上下法」和「複合法」分析合體字，但無論哪一類字，都有它的

〔註4〕參見〔唐〕虞世南撰：《孔子廟堂碑》，頁 88～89。

〔註5〕參見西中文撰：《書海蠡測——西中文書法論文集》（鄭州：河南美術出版社，1995年8月第一版一刷），頁 451～455。

〔註6〕參見方振寧撰：〈楷書與五角形的變奏〉，《藝術家》第四十七期第六卷（1998年12月），頁 274。

中心線和水平線。〔註7〕

這一點是我們需要記得的，這說明了中國文字的部件組合，不僅是因為歷史的發展與演變、美觀等因素，還包含有重心在裡面，是這些因素的融合，才使得先民們選擇了這樣的字形，做為溝通的橋樑，並一直延續至今。

既然中國文字選擇了以方形做為其外觀，而在方形外觀之下又有這麼多各式各樣的形狀，這究竟代表了什麼？這表示中國文字不是一種死板的文字，它雖然以方形做為一種限制，但它的內部卻是蠢蠢欲動，極富多彩多姿的，是先民審美角度的獨特眼光，也是中國文字組字部件組合時的內在聯繫所形成的；而也正是因為中國文字具有如此的方形特點，才能使得中國文化得以產生出如對偶一般的文學修辭與形式，造成一種形式上的和諧。劉志基說：

> 而獨立整一的漢字塊體構形單位，不但本身就具有較佳的視覺審美效果，而且又因內部空間的字素數量及其組合方式都具有多種選擇的餘地，既便於在塊體畫面內部進行構形藝術的創意，又容易在塊體單位之間形成對比呼應的美學聯繫。〔註8〕

這就是為什麼中國文字從早期開始即以方形文字出現的原因，而且歷經了幾千年仍歷久不衰，不像其它早期的形系文字，最後仍湮沒於歷史的洪流中，或不得不向音系文字低頭，相反的卻仍保持住它的方形特性，並一直延用至今。因為無論是文字內部組字部件的聯繫，或是先民審美心理的影響，它們都是適用於中國文字的。

而正如西中文所指出，「一個字的結構形式，並不是固定的，如『五』字，可作正方結構處理，也可作扁方結構處理，還可處理成金字塔結構，等等。」〔註9〕這就要從兩個方面來說，一是歷代書體演變的趨向不同，另一是書法家求變的創意。「五」字在小篆中是拉成長形的「𠄡」，在隸書中則是扁形的「𠄡」，而楷書則寫成正方形的「五」，這是因為小篆的字形總趨勢，是將字的外形寫成

〔註7〕 鄭聰明撰：《九成宮醴泉銘的特徵》（臺北：蕙風堂筆墨有限公司，1988 年 4 月初版），頁 46。

〔註8〕 劉志基撰：《漢字體態論》（南寧：廣西教育出版社，1999 年 7 月第一版一刷），頁149。

〔註9〕 西中文撰：《書海蠡測——西中文書法論文集》，頁 455。

長方，隸書則是寫成扁方，而楷書則是正方的緣故，當然，這只是一個總體的趨勢，不是所有的文字都符合這樣的規律，例如「自」字，分明就是一個長形的字，即使在隸書中，無論如何不但無法也不需要將它寫成扁方，因爲每個字總是有其自然的「天性」的，但是這種情形在中國文字中並不是占多數的。

另一種在書法上的情形是，書法創作者可能基於創作的需要、上下文的連貫，或是其它的因素，而對文字的書寫做違反書寫習慣的操作，以「正」字爲例，原本楷書中的寫法是上面一橫短，下面一橫長，但基於上述因素的影響，也有可能會反過來，而形成上面一橫長，下面一橫短的奇特情形。因此，中國文字的造形原則，也只是一個總體的分類而已。

雖然說中國文字的外形可以分爲十餘種小類，其實這些類型與中國文字的重心是息息相關的。早在甲骨文的時代，文字的外形雖然也有向著方形的外觀行進的趨向，但畢竟尚未固定下來，很多合體文字的部件在組字時，其位置大多可以任意的變換，因此，字的重心是非常多變的，所以在甲骨文中，還是可以找到類似頭重腳輕、重心偏上的文字。

不過大多數這種情形的文字，後來也多演變爲重心在下的字形，畢竟重心在下能帶給人在視覺一種相對穩定的感受。因此，黃金陵曾比較過中國文字的外形，依物理學的角度，解釋中國文字的造形與重心有密切的關係，認爲重心最穩重者爲三角形，其次爲正方形、倒梯形、橫橢圓形、圓形、豎橢圓形，最後才是倒三角形。〔註10〕他是以物理的方法與自我的認知來得出此結果，亦可證明中國文字的重心多是偏於下的，由此便不難發現，爲什麼中國文字的最後演變，會是發展成重心在下的文字，而且目前所認爲是中國文字最後定形階段的楷書，它的字形就是正方形的；在中國文字中，組字結構是以左右型爲最多，上下型的方式次之，〔註11〕相信都是爲了配合這樣的規律的；由這樣的規律延伸，甚至可以推想小篆的退出歷史舞台，除了因爲它的書寫速度較隸書爲緩慢、推行的時間不夠長久等因素外，也許還可以合理的懷疑，可能是因爲小篆的字形重心是偏於上端的緣故，畢竟文字的書寫和人們的心理因素是有著密切的關聯性的。

〔註10〕參見黃金陵撰：《書道禪觀》（臺北：黃金陵出版，1994 年元月初版），頁 144～145。

〔註11〕此推論是經由前人的研究與筆者在本論文中的統計所得，參見本論文第三章第一節〈結構分類統計表〉，頁 247。

　　因此，林金龍由心理學與科學結合的角度，論述了中國文字方塊字形的獨特性：

> 羅津的實驗說明了漢字平面空間及方塊結構，很容易在大腦形成一個比較完整的視覺影象，成為語音及語義的有效載體。
>
> 漢字有聲學訊息，有圖象訊息，可分別由左、右腦分別加以處理，以形為主的漢字，直認字形，直讀字音，比之拼音文字，應是具有科學性、先進精神的文字。
>
> 漢字一方面是形象與抽象、寫實與象徵的融合，一方面憑藉線條組合的無窮變換，透過筆畫及方塊架構之圖形結構，把繁簡不一、形態各異的線條，創造出有方向性、立體性的「面」。〔註12〕

這就將中國文字的重心以及方塊外形的優越性說得十分清楚了。

　　透過了心理學與科學的解釋，可以知道中國文字是藉由整體的面，來達到溝通與傳遞訊息的，而從完形心理學的角度，將這種特色說明的更為詳細：

> 從完形心理學的角度來看，拼音文字的錯誤就在於將事物的整體做了過分微細的切分，以致於切分出來的單位無法藉著組合的方式自然地將整體的特性還原。
>
> 那麼拼音文字的缺失究竟在哪裡呢？當然這個缺失繼承了西方文化源頭一貫的分析精神，一方面放棄了圖形符號的視覺管道，一方面採用的拼音文字又過於執著於語音分析的影響，也就是說，徹底執行了這種分析精神，而沒有想到這樣做違反了人心理運作有一個整體性的基本法則。相對的，漢字在表意功能上，它是直接和意義做聯繫的，不像拼音文字，要多走一段由字形到字音這一段彎路。〔註13〕

了解中國文字在最外層的方形外觀的範圍內，以及組字部件組合成字之後的文

〔註12〕林金龍撰：〈漢字構形的再認識──從心理學談起〉，《商業設計學報》第二期（1997年7月），頁6～7。

〔註13〕陳永禹撰：〈完形心理學對東西語言對比研究的啟發〉，《人本教育札記》第七十三期（1995年7月），頁104、106。

字外觀之間，還存在著形狀的聯繫之後，可以將它應用於文字的演變與外形關係的研究，也可以將它應用在書法的結體與主筆的強調（即前文所舉如由「丿」、「乀」等筆畫所形成之文字），使書家的創作與掌握，以及教學上能收到以簡馭繁的功效。所以，這個概念雖然奧妙，但卻又是不可疏忽的。

　　既然文字的外觀可以有如此多的形狀，那麼其內部的組字規律勢必要受到影響，而顯得更為複雜。文字的外形和組字部件的結合兩者之間，勢必是一個複雜的問題，而在談到如此複雜的問題之前，在本論文中首先要著重探討的，是文字的形體結構。其實形體結構的分析，歷來在隸書與楷書中不乏其人，然而多集中於書法的著作上；近年來也有著重於古文字之分析者，因此在這個研究方向中，已經有越來越多人注意到了。

　　由於每種書體的組字方式不完全相同，如本論文要談論的小篆，以及歷來較多學者研究的甲骨文與楷書等，它們的結構都不完全相同，所以說：

> 我們知道，漢字自古及今經歷了幾個發展階段，〔……〕每個階段的文字，其具體的結構狀況都不會相同。比如篆文體系的層級性，就會有自己的特點。

> 漢字的時代不同，其結構類型也會有區別。〔註14〕

也正因為中國文字的不斷演化，促進了結構的變動，證明了中國文字的實用性，由數千年前以至於今日，說明了中國文字是具有活力的。下一節即著重於甲骨文、小篆與楷書等書體，做進一步的結構探討，以了解各種書體的結構演變，與諸位學者對結構的分類。

第二節　書體結構之探討

　　由於本論文是針對常用合體文字做形體結構分析，且以《說文》小篆為討論對象，因此宜先了解歷來是否有對小篆的字形結構進行過分析的著作。邢祖援曾依據《說文》為底本，參照各種篆書典籍，並加上個人學習篆書的經驗，將小篆的字形分為十類，分別條述如下：

〔註14〕張玉金、夏中華合撰：《漢字學概論》（南寧：廣西教育出版社，2001 年 1 月第一版一刷），頁 179、186。

第一、繁體重疊式的字形

這一類指的是字形的某個組字部件，相同的形體有兩個或三個，而造成形體上的繁複，如「靐」字。事實上，這種字形以小篆以前的古文字居多，特別是大篆，或者說是籀文，這樣的情形更爲普遍；也有因字形的美觀因素，如均衡、對稱等，也可能造成這樣的組字型態。

第二、左右上下整齊對稱的字形

在中國的各種書體中，只有小篆具有對稱的特色，這一方面是由於小篆在當時是一種具有莊重肅穆的價值，不得不慎重其事來書寫，另一方面也由於當時的書寫筆法，並不如後世的楷書多樣（如所謂「永字八法」便有八種基本的筆法），僅具有對稱與中鋒用筆之特色，在筆法上更無勾、挑、捺等不易尋求對稱的筆法，因此說到對稱，也只有小篆才做得到。

第三、保存古字與楷書原字完全相異者

這裡指的是文字的部件、偏旁或結構，小篆與楷書有很大的不同。大部分的文字演進過程中，雖然文字的外觀不斷的在改變，但是其本質未曾變化，即使組字部件彼此之間或有省併，但字形一般相去不遠；不過仍有一些文字由小篆演變至楷書的過程中，可能由於各種因素，而導致字形的演變不連貫，組字部件很有可能由一個字變成了另外一個字，而使得後人很難將它們聯繫起來。

第四、與楷書字形接近但變化較大者

這是由於文字演化的過程中，組字部件總是會有分合的情形，有些是變更了某一部分的部件，如「翼」字，楷書的上半部作「羽」，但小篆卻作「飛」；有些是用同音或音近字代替，如「耘」字，其右半部楷書作「云」，但小篆卻作「員」，二者音近；而有些則採用更古老的字形，如「廩」字可省去「广」和「禾」兩部件，或繁或簡。

第五、與楷書字形接近但仍小有變化者

和上一點相較，是屬於程度上的差異，這類字形是更接近小篆的，其差異則在於某些部首可以通用，如「山」與「阜」、「虫」與「鬼」等，雖也有以同音字或音近字替代的情形，但較有規則可尋，如「金」與「今」、「員」與「云」等，因此，由楷書去對應小篆比較容易成功。

第二章 常用合體字小篆結構析論

第六、較楷書增加筆畫者

事實上包含增加筆畫與增加部件兩小類。增加筆畫者如「兒」字，小篆有在「臼」字中變為兩筆者；增加部件者如「彌」，小篆中有增加一部件「王」者。由於小篆仍舊具有象形的意味，因此在小篆繼承古文字的字形後，仍舊在一定程度上也繼承了古文字的象形性，有些筆畫可以說是象徵性的圖象；而楷書較小篆為線條化、平直化與符號化，只要求書寫便利與美觀，對於是否象形並不重要，則筆畫與部件的增減也並不嚴格要求，故造成了這種現象。

第七、較楷書筆畫減少或簡化者

與前者正好屬於相反的情況，前者是小篆與楷書相比，其筆畫與部件多於楷書，此處是筆畫與部件少於楷書，如「寂」字省去部件「又」，「樹」字省去部件「木」等，其實無論是增加或減少，總是脫離不了筆畫與結構的演變的。

第八、將楷書構成的部分予以重組者

這一點是真正與本論文所論的結構相關者，「此種重組的方式，有左右互換者；上下互換者；上下部份調至左右者；將某一部份拆開另將某一部份插入中間者；亦有重組的同時再簡化某一部份者，各種變化，不勝枚舉，在篆書中形成一項特點。」〔註15〕左右互換者如「秋」字；上下互換者未見字例；上下部分調至左右者如「勇」字；將某一部分拆開另將某一部分插入中間者如「裘」字；重組時簡化某一部分者亦未見字例。部件位置的互換在古文字中常見，多不影響文字本身的意義，但是到了後來，有些文字的組字部件完全相同，卻因為組字部件相對位置的不同，而形成了兩個不同的字，如「呆」與「杏」、「杲」與「杳」等即是，因此這不僅僅是篆書的特點，事實上對大多數的書體來說都是如此。

第九、延長筆劃形成包容者

這種特性是與小篆的字形外觀相聯繫的，由於小篆外形呈現長方形的外觀，因此在字形上便不得不取縱勢，取縱式的結果就是不得不拉長筆畫的長度，而小篆組字的另一特點，就是通常會將筆畫集中於上半部，而使下部疏朗，於是在字形的下部便有了充分的空間，而為了使這樣的空間受到運用，小篆在字形上採取的辦法，就是將筆畫拉長，形成一種美感，因此在楷書中不屬於對稱

〔註15〕邢祖援撰：《篆文研究與考據》（臺北：新文豐出版股份有限公司，1996年9月第一版），頁160。

或包圍的結構，在小篆裡有時會呈現出來，如「宀」字作「🄐」、「門」字作「🄑」等，就是這種道理。

第十、字形相近似的文字〔註16〕

由於邢祖援的分類，是以小篆與楷書相對比所得出的結論，故在此也分為兩個小類。其一是小篆的字形相似，但在楷書中並不相同者，如「來」、「夾」和「巫」，小篆分別作「🄒」、「🄓」和「🄔」；其二是在楷書中相似，但在小篆中卻不相同者，如「奏」、「秦」和「泰」，小篆分別作「🄕」、「🄖」和「🄗」；然而也有同時在小篆與楷書均相似者，如「生」作「🄘」、「爽」作「🄙」、「巾」作「🄚」等。此點有些是屬於筆勢上的分合，有些是屬於組字部件上的分合，變化上不屬於同一系統，需要在此說明。

不過正如邢祖援所言：

> 在小篆的各種字形中，有些是屬於一種規則的變化。有些則屬於不規則的變化，例如有些字在古時尚無現行楷書的發展，在篆書上完全是另一個字代替的；有些字篆書與楷書變化甚大的；有些字篆書與楷書有些微變化的；有些字篆書較楷書增加了筆劃；也有些字篆書較楷書減少了筆劃；有些字篆書將其組成的部首或字根作上下左右加以調整與楷書截然不同的。〔註17〕

他在這裡所指出的各種變化，可以存在於中國文字的任何兩種書體上的比較，有些時候，也許由小篆演變為隸書時是由甲到乙，但由隸書演變為楷書時又由乙回到了甲，中國文字的演變，也多在這些項目中來來去去的變化著，這雖是它們的大趨向，我們卻必須更細部的去討論它們，畢竟文字的演變不僅僅只是內部的變化，還需要加上當時的時代背景等外部的變化，才能準確的了解文字變化的前因後果。

回過頭來看邢祖援的這十種分類，並不完全是由形體結構的角度出發的，且其分類標準也非單一，如上述第六、第七和第十點都包含有筆勢的變化，因此在分類上難免會有較為雜亂的情形，然而這只是分類角度的不同，其做為一種參考，仍然具有價值。

〔註16〕邢祖援撰：《篆文研究與考據》，頁147～168。

〔註17〕邢祖援撰：《篆文研究與考據》，頁146。

　　除了小篆以外，以組字結構爲主題研究的書體，以甲骨文與楷書較多。甲骨文中較重要的，如李圃所撰《甲骨文文字學》與朱歧祥所撰《甲骨文字學》。李圃將甲骨文的組字結構分成七組十四類，條列如下：

　　第一組　左右分置與上下疊置。

　　第二組　豎式插入和橫式插入。

　　第三組　左下塡入和右下塡入。

　　第四組　左上塡入和右上塡入。

　　第五組　上部嵌入和下部嵌入。

　　第六組　左部嵌入和右部嵌入。

　　第七組　中間嵌入和中間穿合。〔註18〕

　　李氏之分類，以兩兩相對的方式呈現，不但對甲骨文有全面的分析，同時分類亦簡潔明瞭，方便記憶。他認爲這七組十四類是甲骨文組字結構的基本類型，除了這七組十四類的基本類型外，還有其它的複雜類型，例如由三個相同的文字並列組成的左中右三合類，如品字型的上一下二類，以及如倒品字型的上二下一類等，和小篆的結構類型已有很多相同之處。他又指出：

> 從殷商甲骨文時代至近現代，基本上保持了甲骨文複素字結構類型的基本格局，祇是隨著時代的推移，部分結構類型之間所統轄之文字互有消長而已。因而，甲骨文中複素字的結構類型原則上也同樣適用於後世漢字的歸類。〔註19〕

將組字結構的分類與統攝，以及由甲骨文以至於後世的中國文字結構分類的消長情形與遞嬗脈絡，都說得十分清楚了。至於朱歧祥的《甲骨文字學》則從位置經營的分析，進而剖析了甲骨文的組字結構與組合數，有了數據的呈現，更使得對甲骨文的分析具有理據，並對於和其它書體的比較，提供了有力的依據。關於其具體的細目，詳見第三章。

　　至於楷書的組字結構，以整體來說，有楊宗元分爲五類：

　　（一）左右結構，如：楊、配、臥。

〔註18〕參見李圃撰：《甲骨文文字學》（上海：學林出版社，1997 年 4 月第一版第三刷），頁 104～109。

〔註19〕楊宗元撰：《中國古代的文字》，頁 70。

（二）上下結構，如：花、點、志。

（三）犄角結構，如：載、屏、翅。

（四）包裹結構，如：固、匣、閨。

（五）夾持結構，如：弼、辮、衷。〔註20〕

分類雖然粗糙，但分析的對象不限於形聲字，且大致說出了中國文字組字結構的幾種大類。大多數研究楷書組字結構的著作多集中於形聲字上，以下可舉數例來做說明，雖然他們並非以小篆為對象，分析的結構也多半集中於形聲字，但仍有需要探討一番，因為由小篆可推知其它書體，由形聲字亦可推知象形、指事與會意三者。如賴明德分為六類：

（一）右形左聲。如雞、鴨、鵝、鴉、到、削、刺、剽等。

（二）左形右聲。如鯖、鰱、鰻、鯽、指、按、扶、持等。

（三）上形下聲。如草、芥、菁、菝、竿、筥、笙、笠等。

（四）下形上聲。如鴛、鴦、鷺、鸞、鷩、駕、駑、罵等。

（五）外形內聲。如園、圃、圍、圓、街、衢、衚、衕等。

（六）內形外聲。如聞、問、悶、閩、辨、辦、辯、瓣等。〔註21〕

這是筆者所見對形聲字結構分類，最為簡潔的一種，可說是形聲字的最基本類型，擴大來說亦是中國文字的基本類型。王輝則將形聲字的形符與聲符的位置關係分為八種：

（一）左形右聲。如任、仿、僑、何等。

（二）右形左聲。如祈、雄、邵、刨等。

（三）上形下聲。如字、棽、芯等。

（四）下形上聲。如盂、劈、塋、斧等。

（五）聲占一角。如旗、徒、匈等。

（六）形占一角。如修、疆、載等。

（七）形外聲內。如園、衛等。

（八）聲外形內。如聞、衷、罔等。〔註22〕

〔註20〕楊宗元撰：《中國古代的文字》，頁70。

〔註21〕參見賴明德撰：〈漢字結構之研究〉，《華文世界》第九十四期（1999年12月），頁
　　　　50。

這裡加上了形符和聲符偏於一角的情形，體現了形聲字的眞實內容。若谷除了將形聲字形符與聲符的組合排列關係分爲八類外，並與結構模式〔註 23〕一起觀看：

（一）上形下聲。如草、籃、晨、務。

（二）下形上聲。如娶、璧、岱、裘。

（三）左形右聲。如松、嶼、褲、猿。

（四）右形左聲。如鵝、劍、翅、郊。

（五）內形外聲。如辮、腐、鷹、蠶。

（六）外形內聲。如固、衢、區、衷。

（七）形偏一隅。如疆、穎、哉、脩。

（八）聲偏一隅。如旗、徒、望、颺。

以此八種類型與結構模式結合，則得出以下結論：

（一）上形下聲與下形上聲爲上下結構。

（二）左形右聲與右形左聲爲左右結構。

（三）內形外聲與外形內聲爲包圍結構。

（四）形偏一隅與聲偏一隅爲上下結構或左右結構的特殊形式。〔註 24〕

　　將八種基本類型，與結構模式搭配起來，便踏出了研究中國文字組字結構的一大步，此處提出的上下、左右與包圍類型，更可說是中國文字組字結構的最基本類型。〔註 25〕而詹鄞鑫也有類似的說法，他除了將文字分爲相同的八種類型外，亦將它們與文字的結構聯繫起來，他稱之爲「自然結構」，〔註 26〕將象形、指事、會意、形聲之「造字結構」，與文字的左右型結構、上下型結構等組字結構分開，使得名詞與定義皆有了明確的畫分，也就是說，組字結構稱爲「自然結

〔註22〕參見王輝撰：《漢字的起源及其演變》（西安：陝西人民出版社，1999 年 3 月第一版一刷），頁 103～104。

〔註23〕若谷的「組合排列關係」指形聲字形符與聲符的相對位置，而「結構模式」則與筆者之組字結構相同。

〔註24〕參見若谷撰：《話說漢字》，頁 19。

〔註25〕參見蘇培成撰：《二十世紀的現代漢字研究》（太原：書海出版社，2001 年 8 月第一版一刷），頁 323。

〔註26〕參見詹鄞鑫撰：《漢字說略》，頁 207～208。

構」，而六書造字法則稱爲「造字結構」。在此他特別指出，自然結構與造字結構有時是一致的，有時卻不一定一致，他雖未指出何謂一致，何謂不一致，然而卻已經指出六書的造字結構與文字的自然結構是可以聯繫起來的，只不過這方面的研究至今仍舊不足，但對於本論文的寫作，是一項十分重要的支持。在他的著作中，並未全面的指出它們之間的聯繫，但卻提出了一些特殊的情況，如：

形符或聲符偏於一隅：絛、轂、勝、旗、從、穎、務、雖、佞。

形符藏在聲符之中，或聲符藏在形符之中：裏、贏、辨、風、齋。

形符與聲符互相穿插交錯，有分有合：隨、雜、賴、游。〔註27〕

　　雖然此處用的亦是以形聲字爲例，然而若能以此擴展至所有文字，將是一個值得深入研究的方向。不過，在此的分析對象仍然是現行的楷書。而除了這八種分法之外，學者還有其它更複雜的分類法，如分爲十七類者：

　　（一）左右結構，如鄭、偉、休、拉。

　　（二）上下結構，如志、苗、字、吉。

　　（三）左中右結構，如彬、湖、棚、僻。

　　（四）上中下結構，如奚、冀、稟、藝。

　　（五）右上包孕結構，如句、可、司、式。

　　（六）左上包孕結構，如廟、病、房、尼。

　　（七）左下包孕結構，如建、連、毯、尬。

　　（八）右下包孕結構，如斗。

　　（九）上三包孕結構，如同、問、鬧、周。

　　（十）下三包孕結構，如凶、函。

　　（十一）左三包孕結構，如區、巨、匝、匣。

　　（十二）全包圍結構，如囚、團、因、囹。

　　（十三）單體結構，如丈、甲、且、我。

　　（十四）品字結構，如品、晶、淼、磊。

　　（十五）穿插結構，如禺。

　　（十六）框架結構，如噩、坐、爽、乘。

　　（十七）疊合結構，如夷、秉、吏、束。〔註28〕

〔註27〕參見詹鄞鑫撰：《漢字說略》，頁108。

此十七種類型以前十三種較常見，後四種較少見，但仍存在一些問題。如此結構分類是以簡體字爲對象，因此有些字的歸類並不同於正體字；穿插、框架、疊合等結構在界定上也有其困難，故爭議性仍較大。又如余國慶分爲十八類：

（一）等量的：

　　1.左形右聲：江、河、松、柏。

　　2.右形左聲：期、鴿、欽、顧。

　　3.上形下聲：花、宵、窘、篇。

　　4.下形上聲：盒、駕、煎、基。

　　5.外形內聲：固、閣、闊、圍。

　　6.內形外聲：聞、問、鳳、風。

（二）分散的：

　　1.形分左右，聲在中間：衚、衕、衖、衢。

　　2.形在中間，聲分左右：辨、雛、隨、游。

　　3.形在上下，聲夾中間：衷、裹、韋、彥。

　　4.形夾中間，聲分上下：哀、莽。

（三）一角的：

　　1.形左上：聖、荊。

　　2.形左下：雖、疆。

　　3.形右上：匙、題。

　　4.形右下：修、強。

　　5.聲左上：歸、醫。

　　6.聲左下：聽。

　　7.聲右上：徒、徙。

　　8.聲右下：旗、寐。〔註29〕

在此形聲字的形符與聲符的關係，總共被分成了三大類十八小類，雖然考慮到了許多特殊的組字結構，比其餘只列出基本型，或避談特殊型的分類法要

〔註28〕參見張玉金、夏中華合撰：《漢字學概論》，頁195～196。

〔註29〕參見余國慶撰：《說文學導論》，頁58～59。

進步許多，然而仍然有其缺點。例如在一角類中，形符有分在左上、左下、右上和右下四種，聲符亦如是分類，但事實上，形符在左上與聲符在右下有時也難以界定，其餘可依此類推，因爲無論有幾個形符或幾個聲符，中國文字受到它方塊字的特色，其組字部件的組合必定是具有相對位置的，因此在這個分類中，或許可以考量再稍作合併或是其餘的處理方式，因爲，在小篆的時代可以因爲受到古文字的影響，像是偏旁位置多寡不定、筆畫多寡不定、正寫反寫無別、橫書直書無別，以及事類相近之字在偏旁中多可通用等，而使得造字方式與結構的組成有相當多的變化與變數，〔註30〕而余國慶在此的分析，仍然是以楷書爲準，尚需再做進一步的研究。

看到以上各家對於文字結構的分析，雖都是以楷書爲對象，然而都或多或少的提出了對中國文字做「自然結構」分析的意圖，這方面的工作呈現的是不連貫的現象，只在甲骨文與楷書兩種書體中，有過較爲全面的分析，在金文與隸書則顯得不足，於小篆亦然。甲骨文與楷書的組字結構已如上所述，下文起要先介紹筆者對《說文》小篆的組字結構與組合數的分析，以及它們與六書的關係，著重於小篆字形的橫向比較。

第三節　常用合體字小篆結構類別

由於《說文》中的小篆字數相當多，其中亦不乏有許慎說解錯誤之處，而本論文屬於初探，加上礙於時間與篇幅的因素，無法完全呈現所有《說文》小篆的組字結構分析。因此本節的字例，是根據教育部所頒行之四千八百零八字，取其見於《說文》者之三千一百一十五字，以及大徐所附新附字，共得三千五百一十四字，〔註31〕作爲探析的對象，一來字數數量適中，可照顧的較爲全面，二來以常用字爲例，與吾人今日使用的情況較爲貼合。

以下先針對這三千五百一十四字，以表格的方式列置於後。關於表格之凡例與說明條列如後：

〔註30〕 參見李孝定撰：《漢字史話》（臺北：聯經出版事業公司，1987 年 2 月初版六刷），頁 54～58。

〔註31〕 大徐新附字當有四百字，但經分析之結果，有一字爲變體，因此實際上只取三百九十九字，合教育部公布之常用字而見於《說文》者，共計三千五百一十四字。

　　一、每個字例的說明皆分爲六欄，第一欄爲小篆字形，第二欄爲楷書字形，第三欄爲組字結構大類，第四欄爲組字結構小類，第五欄爲組字部件數，第六欄則標上頁數與重文；其次再補充大徐所附之新附字以爲補充。

　　二、本表格中之字形依段注本爲標準，而以宋建華之小篆字形爲呈現方式，若是宋建華之小篆字形結構與段注本有不同者，則由段注本中之字形改正；若是因筆勢因素而造成之字形差異，如不影響結構則不做修正。

　　三、分析的原則以部件分析的方法爲主，如因筆勢因素而造成分類上的混淆，則依許愼之說法爲標準，如歷爲從止麻聲，則作上下型結構而不做斜角型結構（亦即如斜角型結構如广、尸、广、厂等類所形成之字，原本就有空間容納其它部件的文字，故屬斜角型結構，而在組字過程中有變形者則不歸入此類）。

　　四、每個字例只依許愼之說解做一次性拆分，如「舂」爲廾、臼與杵省，爲中包下結構，秦爲從禾舂省，則爲上包下結構，不將「舂省」繼續拆分。

〈常用合體字小篆結構分析表〉

篆	楷	組合大類	組合小類	組合數	備註
元	元	上下		二合	1
天	天	上下		二合	
丕	丕	半包圍	上包下	二合	
吏	吏	穿插		二合	
帝	帝	上下		二合	2
旁	旁	多層	中包下	三合	
示	示	上下		二合	
禮	禮	左右		二合	
禧	禧	左右		二合	
祿	祿	左右		二合	3
禎	禎	左右		二合	
祥	祥	左右		二合	
祉	祉	左右		二合	
福	福	左右		二合	
祐	祐	左右		二合	
祺	祺	左右		二合	
祇	祇	左右		二合	
神	神	左右		二合	
祇	祇	左右		二合	
祕	祕	左右		二合	
齋	齋	半包圍	上包下	二合	
祭	祭	三角	上二下一	三合	
祀	祀	左右		二合	
祠	祠	左右		二合	5
祝	祝	左右		二合	6
祈	祈	左右		二合	
禱	禱	左右		二合	

𥚸	禦	上下		二合	7
𥙊	社	左右		二合	8
𥜽	禍	左右		二合	
𥛅	崇	上下		二合	
𥛪	禁	上下		二合	9
王	王	穿插		二合	
閏	閏	半包圍	上包下	二合	
皇	皇	上下		二合	
瑜	瑜	左右		二合	10
瓊	瓊	左右		二合	
瑛	瑛	左右		二合	11
球	球	左右		二合	12
琳	琳	左右		二合	
璧	璧	上下		二合	
環	環	左右		二合	
璜	璜	左右		二合	
琥	琥	左右		二合	
瓏	瓏	左右		二合	
璋	璋	左右		二合	
瑂	瑂	左右		二合	13
瑞	瑞	左右		二合	
瑩	瑩	半包圍	上包下	二合	15
瑕	瑕	左右		二合	
琢	琢	左右		二合	
理	理	左右		二合	
珍	珍	左右		二合	16
玩	玩	左右		二合	
玲	玲	左右		二合	
瑣	瑣	左右		二合	
玖	玖	左右		二合	

碧	碧	三角	上二下一	三合	17
瑤	瑤	左右		二合	
珠	珠	左右		二合	
玟	玟	左右		二合	18
瑰	瑰	左右		二合	
璣	璣	左右		二合	
琅	琅	左右		二合	
珊	珊	左右		二合	
瑚	瑚	左右		二合	19
靈	靈	上下		二合	重文
珏	珏	左右		二合	
班	班	穿插		二合	
氛	氛	斜角	右上左下	二合	20
士	士	上下		二合	
婿	婿	左右		二合	重文
壯	壯	左右		二合	
屯	屯	穿插		二合	22
每	每	上下		二合	
毒	毒	上下		二合	
芬	芬	上下		二合	重文
莊	莊	上下		二合	
芝	芝	上下		二合	23
蓊	蓊	上下		二合	
蘇	蘇	上下		二合	24
荏	荏	上下		二合	
葵	葵	上下		二合	
薇	薇	上下		二合	
芋	芋	上下		二合	25
莒	莒	上下		二合	
菊	菊	上下		二合	

	菫	上下		二合	
	菁	上下		二合	
	蘆	上下		二合	
	藍	上下		二合	
	萱	上下		二合	重文
	蘭	上下		二合	
	薰	上下		二合	26
	薛	上下		二合	27
	苦	上下		二合	
	茅	上下		二合	28
	菅	上下		二合	
	莞	上下		二合	
	蔗	上下		二合	29
	芩	上下		二合	30
	蒐	上下		二合	31
	薜	上下		二合	
	苞	上下		二合	
	艾	上下		二合	32
	芹	上下		二合	
	董	上下		二合	
	蓮	上下		二合	34
	茄	上下		二合	
	蘿	上下		二合	35
	蔚	上下		二合	
	蕭	上下		二合	
	芍	上下		二合	
	葛	上下		二合	36
	蔓	上下		二合	
	菌	上下		二合	37
	葷	上下		二合	

	茱	上下		二合	
	萸	上下		二合	
	荊	上下		二合	
	萌	上下		二合	38
	茁	上下		二合	
	莖	上下		二合	
	葉	上下		二合	
	葩	上下		二合	
	英	上下		二合	
	萎	上下		二合	
	莢	上下		二合	39
	芒	上下		二合	
	茂	上下		二合	
	蔭	上下		二合	
	茲	上下		二合	
	蒼	上下		二合	40
	萃	上下		二合	
	苗	上下		二合	
	苟	上下		二合	
	蕪	上下		二合	
	荒	上下		二合	
	落	上下		二合	
	蔽	上下		二合	
	菸	上下		二合	41
	蔡	上下		二合	
	榮	上下		二合	
	薄	上下		二合	
	苑	上下		二合	
	藪	上下		二合	
	芳	上下		二合	42

藥	藥	上下		二合	
蓆	蓆	上下		二合	
芰	芰	上下		二合	43
荐	荐	上下		二合	
藉	藉	上下		二合	
蓋	蓋	上下		二合	
藩	藩	上下		二合	
若	若	上下		二合	44
茵	茵	上下		二合	
芻	芻	半包圍	上包下	二合	
茹	茹	上下		二合	
苣	苣	上下		二合	45
蒸	蒸	上下		二合	
蕉	蕉	上下		二合	
折	折	左右		二合	重文
卉	卉	上下		二合	
蒜	蒜	上下		二合	
芥	芥	上下		二合	
蔥	蔥	上下		二合	
蕨	蕨	上下		二合	46
莎	莎	上下		二合	
菲	菲	上下		二合	
葦	葦	上下		二合	
萊	萊	上下		二合	
荔	荔	上下		二合	
蒙	蒙	上下		二合	
藻	藻	上下		二合	重文
范	范	上下		二合	
萄	萄	上下		二合	47
薔	薔	上下		二合	

茶	茶	上下		二合	
蒿	蒿	上下		二合	
蓬	蓬	上下		二合	
蕃	蕃	上下		二合	
茸	茸	上下		二合	
草	草	上下		二合	
蓄	蓄	上下		二合	48
春	春	多層	中包下	三合	
莫	莫	穿插		二合	
葬	葬	穿插		三合	
少	少	上下		二合	49
分	分	半包圍	上包下	二合	
曾	曾	多層	上中下	三合	
尚	尚	穿插		二合	
詹	詹	斜角	左上右下	三合	
介	介	穿插		二合	
兆	兆	穿插		二合	
公	公	半包圍	上包下	二合	50
必	必	穿插		二合	
余	余	上下		二合	
番	番	上下		二合	
審	審	半包圍	上包下	二合	重文
悉	悉	上下		二合	
釋	釋	左右		二合	
半	半	上下		二合	
胖	胖	左右		二合	
叛	叛	左右		二合	51
牡	牡	左右		二合	
特	特	左右		二合	
牝	牝	左右		二合	

犢	犢	左右		二合	
犖	犖	半包圍	上包下	二合	
牟	牟	上下		二合	52
牲	牲	左右		二合	
牽	牽	穿插		三合	
牢	牢	穿插		二合	
牴	牴	左右		二合	53
犀	犀	上下		二合	
物	物	左右		二合	
犧	犧	左右		二合	
犛	犛	斜角	左上右下	二合	
告	告	上下		二合	54
吻	吻	左右		二合	
嚨	嚨	左右		二合	
喉	喉	左右		二合	
吞	吞	上下		二合	55
咽	咽	左右		二合	
呱	呱	左右		二合	
啾	啾	左右		二合	
咳	咳	左右		二合	
孩	孩	左右		二合	重文
咀	咀	左右		二合	
啜	啜	左右		二合	
嚼	嚼	左右		二合	重文
吮	吮	左右		二合	
噬	噬	半包圍	上包下	二合	56
譏	譏	左右		二合	
含	含	上下		二合	
味	味	左右		二合	
噫	噫	左右		二合	

咦	咦	左右		二合	
喘	喘	左右		二合	
呼	呼	左右		二合	
吸	吸	左右		二合	
噓	噓	左右		二合	
吹	吹	左右		二合	
喟	喟	左右		二合	
嚏	嚏	左右		二合	57
噤	噤	左右		二合	
名	名	斜角	左上右下	二合	
吾	吾	上下		二合	
哲	哲	上下		二合	
君	君	半包圍	上包下	二合	
命	命	斜角	右上左下	二合	
咨	咨	斜角	右上左下	二合	
召	召	上下		二合	
問	問	半包圍	上包下	二合	
唯	唯	左右		二合	
唱	唱	左右		二合	
和	和	左右		二合	
啞	啞	左右		二合	
喙	喙	左右		二合	
咄	咄	左右		二合	58
唉	唉	左右		二合	
哉	哉	斜角	右上左下	二合	
呷	呷	左右		二合	
嘯	嘯	左右		二合	
台	台	上下		二合	
咸	咸	半包圍	上包下	二合	59
呈	呈	上下		二合	

犢	犢	左右		二合	
犖	犖	半包圍	上包下	二合	
牟	牟	上下		二合	52
牲	牲	左右		二合	
牽	牽	穿插		三合	
牢	牢	穿插		二合	
牴	牴	左右		二合	53
犀	犀	上下		二合	
物	物	左右		二合	
犧	犧	左右		二合	
犛	犛	斜角	左上右下	二合	
告	告	上下		二合	54
吻	吻	左右		二合	
嚨	嚨	左右		二合	
喉	喉	左右		二合	
吞	吞	上下		二合	55
咽	咽	左右		二合	
呱	呱	左右		二合	
啾	啾	左右		二合	
咳	咳	左右		二合	
孩	孩	左右		二合	重文
咀	咀	左右		二合	
啜	啜	左右		二合	
嚼	嚼	左右		二合	重文
吮	吮	左右		二合	
噬	噬	半包圍	上包下	二合	56
嘰	嘰	左右		二合	
含	含	上下		二合	
味	味	左右		二合	
噎	噎	左右		二合	

	咦	左右		二合	
	喘	左右		二合	
	呼	左右		二合	
	吸	左右		二合	
	嘘	左右		二合	
	吹	左右		二合	
	喟	左右		二合	
	噎	左右		二合	57
	噤	左右		二合	
	名	斜角	左上右下	二合	
	吾	上下		二合	
	哲	上下		二合	
	君	半包圍	上包下	二合	
	命	斜角	右上左下	二合	
	咨	斜角	右上左下	二合	
	召	上下		二合	
	問	半包圍	上包下	二合	
	唯	左右		二合	
	唱	左右		二合	
	和	左右		二合	
	啞	左右		二合	
	噱	左右		二合	
	咄	左右		二合	58
	唉	左右		二合	
	哉	斜角	右上左下	二合	
	呷	左右		二合	
	嘯	左右		二合	
	台	上下		二合	
	咸	半包圍	上包下	二合	59
	呈	上下		二合	

啇	啇	上下		二合	
吉	吉	上下		二合	
周	周	半包圍	上包下	二合	
唐	唐	半包圍	上包下	二合	
噎	噎	左右		二合	
吐	吐	左右		二合	
吃	吃	左右		二合	
啖	啖	左右		二合	
哇	哇	左右		二合	60
嗑	嗑	左右		二合	
嘮	嘮	左右		二合	
呶	呶	左右		二合	
叱	叱	左右		二合	
噴	噴	左右		二合	
吒	吒	左右		二合	
吁	吁	左右		二合	
嘖	嘖	左右		二合	
唸	唸	左右		二合	
呻	呻	左右		二合	61
吟	吟	左右		二合	
叫	叫	左右		二合	
嘆	嘆	左右		二合	
喝	喝	左右		二合	
哨	哨	左右		二合	
吝	吝	半包圍	上包下	二合	
各	各	斜角	右上左下	二合	
否	否	半包圍	上包下	二合	
唁	唁	左右		二合	
哀	哀	穿插		二合	
喉	喉	左右		二合	62

篆	字	結構		合體	頁碼
吠	吠	左右		二合	
咆	咆	左右		二合	
哮	哮	左右		二合	
喔	喔	左右		二合	
嚶	嚶	左右		二合	
啄	啄	左右		二合	
唬	唬	左右		二合	
局	局	半包圍	上包下	二合	
嚴	嚴	上下		二合	63
單	單	上下		二合	
哭	哭	上下		二合	
喪	喪	半包圍	上包下	二合	
走	走	上下		二合	64
趨	趨	左右		二合	
赴	赴	左右		二合	
趣	趣	左右		二合	
超	超	左右		二合	
赳	赳	左右		二合	
越	越	左右		二合	
趁	趁	左右		二合	
起	起	左右		二合	65
趙	趙	左右		二合	66
歷	歷	上下		二合	68
歸	歸	三角	左二右一	三合	
登	登	上下		二合	
步	步	上下		二合	69
歲	歲	穿插		二合	
此	此	左右		二合	
是	是	上下		二合	70
邁	邁	左右		二合	

	巡	左右		二合	
	徒	斜角	右上左下	二合	71
	征	左右		二合	重文
	隨	左右		二合	
	逝	左右		二合	
	述	左右		二合	
	遵	左右		二合	
	適	左右		二合	
	過	左右		二合	
	進	左右		二合	
	造	左右		二合	
	速	左右		二合	72
	迅	左右		二合	
	逆	左右		二合	
	迎	左右		二合	
	遇	左右		二合	
	遭	左右		二合	
	遘	左右		二合	
	逢	左右		二合	
	迪	左右		二合	
	遞	左右		二合	
	通	左右		二合	
	遷	左右		二合	
	運	左右		二合	
	遁	左右		二合	
	遜	左右		二合	
	返	左右		二合	
	還	左右		二合	
	選	左右		二合	
	送	左右		二合	73

遺	遺	左右		二合	
邐	邐	左右		二合	
逮	逮	左右		二合	
遲	遲	左右		二合	
逗	逗	左右		二合	
池	池	左右		二合	
避	避	左右		二合	
違	違	左右		二合	
遴	遴	左右		二合	
達	達	左右		二合	
迭	迭	左右		二合	74
迷	迷	左右		二合	
連	連	左右		二合	
遺	遺	左右		二合	
遂	遂	左右		二合	
逃	逃	左右		二合	
追	追	左右		二合	
逐	逐	左右		二合	
近	近	左右		二合	
迫	迫	左右		二合	
邇	邇	左右		二合	75
遏	遏	左右		二合	
遮	遮	左右		二合	
逞	逞	左右		二合	
遼	遼	左右		二合	
遠	遠	左右		二合	
逖	逖	左右		二合	
迴	迴	左右		二合	
迂	迂	左右		二合	
道	道	左右		二合	76

遵	遽	左右		二合	
邊	邊	左右		二合	
德	德	左右		二合	
徑	徑	左右		二合	
復	復	左右		二合	
往	往	左右		二合	
彼	彼	左右		二合	
循	循	左右		二合	
微	微	左右		二合	77
徐	徐	左右		二合	
徬	徬	左右		二合	
蹊	蹊	左右		二合	重文
待	待	左右		二合	
退	退	斜角	右上左下	二合	重文
後	後	左右		二合	
很	很	左右		二合	
得	得	左右		二合	
律	律	左右		二合	78
御	御	左右		二合	
馭	馭	左右		二合	重文
廷	廷	斜角	右上左下	二合	
建	建	斜角	右上左下	二合	
延	延	斜角	右上左下	二合	
術	術	穿插		二合	
街	街	穿插		二合	
衢	衢	穿插		二合	
衙	衙	穿插		二合	
齒	齒	上下		二合	79
齟	齟	左右		二合	
齬	齬	左右		二合	80

篆	楷	結構	位置	合體	備註
齦	齦	左右		二合	
齫	齫	左右		二合	重文/81
足	足	上下		二合	
跟	跟	左右		二合	
踝	踝	左右		二合	
跪	跪	左右		二合	
躍	躍	左右		二合	82
蹋	蹋	左右		二合	
跨	跨	左右		二合	
躡	躡	左右		二合	
蹈	蹈	左右		二合	83
踐	踐	左右		二合	
踵	踵	左右		二合	
躅	躅	左右		二合	
跳	跳	左右		二合	
跋	跋	左右		二合	84
跌	跌	左右		二合	
蹲	蹲	左右		二合	
距	距	左右		二合	
路	路	左右		二合	85
疋	疋	上下		二合	
品	品	三角	上一下二	三合	
嗣	嗣	三角	左二右一	三合	86
扁	扁	斜角	左上右下	二合	
囂	囂	穿插		二合	87
器	器	穿插		二合	
舌	舌	上下		二合	
只	只	上下		二合	88
商	商	上下		二合	
句	句	半包圍	右包左	二合	

篆	字	結構		分類	
鞠	拘	左右		二合	
鉤	鉤	左右		二合	
糾	糾	左右		二合	89
古	古	上下		二合	
丈	丈	上下		二合	
千	千	上下		二合	
博	博	左右		二合	
世	世	上下		二合	90
言	言	上下		二合	
語	語	左右		二合	
談	談	左右		二合	
謂	謂	左右		二合	
請	請	左右		二合	
謁	謁	左右		二合	
許	許	左右		二合	
諾	諾	左右		二合	
諸	諸	左右		二合	
詩	詩	左右		二合	91
讖	讖	左右		二合	
諷	諷	左右		二合	
誦	誦	左右		二合	
讀	讀	左右		二合	
訓	訓	左右		二合	
誨	誨	左右		二合	
譬	譬	上下		二合	
諭	諭	左右		二合	
諄	諄	左右		二合	
謀	謀	左右		二合	92
謨	謨	左右		二合	
訪	訪	左右		二合	

論	論	左右		二合	
議	議	左右		二合	
訂	訂	左右		二合	
詳	詳	左右		二合	
諦	諦	左右		二合	
識	識	左右		二合	
訊	訊	左右		二合	
謹	謹	左右		二合	
信	信	左右		二合	93
誠	誠	左右		二合	
誠	誠	左右		二合	
誥	誥	左右		二合	
誓	誓	上下		二合	
話	話	左右		二合	
藹	藹	左右		二合	
証	証	左右		二合	
諫	諫	左右		二合	
課	課	左右		二合	
試	試	左右		二合	
詮	詮	左右		二合	94
說	說	左右		二合	
計	計	左右		二合	
諧	諧	左右		二合	
調	調	左右		二合	
話	話	左右		二合	
諉	諉	左右		二合	
警	警	上下		二合	
謙	謙	左右		二合	
設	設	左右		二合	95
護	護	左右		二合	

託	託	左右		二合	
記	記	左右		二合	
譽	譽	半包圍	上包下	二合	
謝	謝	左右		二合	
詠	詠	左右		二合	
諍	諍	左右		二合	
訖	訖	左右		二合	
諺	諺	左右		二合	
訝	訝	左右		二合	96
詣	詣	左右		二合	
講	講	左右		二合	
膽	膽	斜角	左上右下	二合	
訥	訥	左右		二合	
謟	謟	左右		二合	重文
訕	訕	左右		二合	97
譏	譏	左右		二合	
誣	誣	左右		二合	
謗	謗	左右		二合	
詛	詛	左右		二合	
悖	悖	左右		二合	重文/98
誤	誤	左右		二合	
誇	誇	左右		二合	99
訌	訌	左右		二合	
譁	譁	左右		二合	
謬	謬	左右		二合	
譎	譎	左右		二合	100
詐	詐	左右		二合	
訟	訟	左右		二合	
許	許	左右		二合	
訴	訴	左右		二合	

讒	讒	左右		二合	
譴	譴	左右		二合	
讓	讓	左右		二合	
詰	詰	左右		二合	101
詭	詭	左右		二合	
證	證	左右		二合	
詆	詆	左右		二合	
誰	誰	左右		二合	
診	診	左右		二合	
誅	誅	左右		二合	
討	討	左右		二合	
諱	諱	左右		二合	102
詬	詬	左右		二合	
該	該	左右		二合	
譯	譯	左右		二合	
競	競	多層	多合	四合	
音	音	全包圍		二合	
響	響	上下		二合	
韶	韶	左右		二合	103
章	章	上下		二合	
竟	竟	上下		二合	
童	童	上下		二合	
妾	妾	上下		二合	
業	業	上下		二合	
叢	叢	上下		二合	
對	對	左右		二合	重文/104
僕	僕	左右		二合	
奉	奉	多層	中包下	三合	
丞	丞	多層	中包下	三合	
奐	奐	上下		二合	

篆	字	結構	方位	合	備註
𠭤	弄	上下		二合	
𢦅	戒	上下		二合	105
𠦸	兵	穿插		二合	
𡘻	弈	上下		二合	
𥅽	具	上下		二合	
攀	攀	左右		二合	重文
樊	樊	上下		二合	
共	共	上下		二合	
龔	龔	上下		二合	
異	異	穿插		二合	
戴	戴	斜角	右上左下	二合	
與	與	半包圍	下包上	二合	106
興	興	半包圍	下包上	二合	
要	要	上下		二合	重文
農	農	半包圍	下包上	二合	
爨	爨	多層	多合	五合	
爨	爨	半包圍	上包下	三合	
緜	緜	左右		二合	108
粗	粗	左右		二合	
鞏	鞏	斜角	右上左下	二合	
鞠	鞠	左右		二合	109
靶	靶	左右		二合	110
勒	勒	左右		二合	111
鞭	鞭	左右		二合	
鞅	鞅	左右		二合	
釜	釜	上下		二合	重文/112
融	融	左右		二合	
羹	羹	上下		二合	重文/113
餌	餌	左右		二合	重文
煮	煮	上下		二合	114

小篆	字	結構	細分	二合	頁
	孚	上下		二合	
	爲	上下		二合	
	孰	左右		二合	
	鬩	半包圍	上包下	二合	115
	右	斜角	右上左下	二合	
	肱	左右		二合	重文/116
	叉	穿插		二合	
	父	斜角	左上右下	二合	
	燮	上下		二合	重文
	曼	上下		二合	
	尹	穿插		二合	
	及	斜角	左上右下	二合	
	秉	穿插		二合	
	反	斜角	左上右下	二合	117
	叔	左右		二合	
	取	左右		二合	
	彗	上下		二合	
	友	上下		二合	
	度	斜角	左上右下	二合	
	卑	斜角	左上右下	二合	
	史	上下		二合	
	事	穿插		二合	
	支	上下		二合	118
	肄	左右		二合	重文
	肅	穿插		二合	
	聿	穿插		二合	
	筆	上下		二合	
	書	上下		二合	
	畫	上下		二合	
	晝	上下		二合	

隸	隸	左右		二合	119
緊	緊	上下		二合	
堅	堅	上下		二合	
豎	豎	上下		二合	
臧	臧	半包圍	上包下	二合	
毆	毆	左右		二合	120
殿	殿	左右		二合	
段	段	左右		二合	121
毅	毅	左右		二合	
役	役	左右		二合	
弒	弒	左右		二合	
寸	寸	斜角	右上左下	二合	122
寺	寺	上下		二合	
將	將	斜角	左上右下	二合	
尋	尋	多層	多合	五合	
專	專	上下		二合	
導	導	上下		二合	
皮	皮	斜角	左上右下	二合	123
皰	皰	左右		二合	
啓	啓	左右		二合	
徹	徹	左右		二合	
敏	敏	左右		二合	
整	整	三角	上二下一	三合	124
效	效	左右		二合	
故	故	左右		二合	
政	政	左右		二合	
敷	敷	左右		二合	
數	數	左右		二合	
孜	孜	左右		二合	
敞	敞	左右		二合	

改	改	左右		二合	125
變	變	上下		二合	
更	更	上下		二合	
斂	斂	左右		二合	
敵	敵	左右		二合	
救	救	左右		二合	
赦	赦	左右		二合	
敦	敦	左右		二合	126
敗	敗	左右		二合	
收	收	左右		二合	
攻	攻	左右		二合	
敲	敲	左右		二合	
敘	敘	左右		二合	127
牧	牧	左右		二合	
教	教	左右		二合	128
學	學	穿插		三合	重文
卦	卦	左右		二合	
貞	貞	上下		二合	
占	占	上下		二合	
甫	甫	上下		二合	129
庸	庸	上下		二合	
爾	爾	穿插		二合	
爽	爽	穿插		二合	
眼	眼	左右		二合	131
眩	眩	左右		二合	
瞞	瞞	左右		二合	
睨	睨	左右		二合	133
瞟	瞟	左右		二合	
睹	睹	左右		二合	
睽	睽	左右		二合	

睦	睦	左右		二合	134
瞻	瞻	左右		二合	
相	相	左右		二合	
眷	眷	半包圍	上包下	二合	135
督	督	上下		二合	
看	看	斜角	左上右下	二合	
睡	睡	左右		二合	
瞥	瞥	上下		二合	
眺	眺	左右		二合	136
睞	睞	左右		二合	
矇	矇	左右		二合	
盲	盲	上下		二合	
瞀	瞀	上下		二合	
眉	眉	斜角	左上右下	二合	137
省	省	斜角	左上右下	二合	
皆	皆	上下		二合	138
魯	魯	上下		二合	
者	者	半包圍	上包下	二合	
鼻	鼻	上下		二合	139
鼾	鼾	左右		二合	
習	習	上下		二合	
翰	翰	斜角	左上右下	二合	
翟	翟	上下		二合	140
翡	翡	上下		二合	
翠	翠	上下		二合	
翁	翁	上下		二合	
翅	翅	左右		二合	
翹	翹	左右		二合	
翕	翕	上下		二合	
翩	翩	左右		二合	141

翔	翱	左右		二合	
翔	翔	左右		二合	
翳	翳	上下		二合	142
雅	雅	左右		二合	
隻	隻	上下		二合	
雀	雀	上下		二合	143
雉	雉	左右		二合	
雞	雞	左右		二合	
雛	雛	左右		二合	
離	離	左右		二合	144
雕	雕	左右		二合	重文
雁	雁	斜角	左上右下	三合	
雇	雇	斜角	左上右下	二合	
雄	雄	左右		二合	145
雌	雌	左右		二合	
隼	雋	上下		二合	
奪	奪	上下		二合	
奮	奮	上下		二合	
舊	舊	上下		二合	146
乖	乖	穿插		二合	
莨	莨	上下		二合	
芊	芊	穿插		二合	147
羔	羔	上下		二合	
羯	羯	左右		二合	
羸	羸	半包圍	上包下	二合	148
群	群	上下		二合	
美	美	上下		二合	
羌	羌	上下		二合	
羶	羶	左右		二合	
瞿	瞿	上下		二合	149

雙	雙	上下		二合	
集	集	上下		二合	重文
鳳	鳳	上下		二合	
鵬	鵬	左右		二合	重文/150
鸞	鸞	上下		二合	
鳩	鳩	左右		二合	
鴿	鴿	左右		二合	151
難	難	左右		二合	重文/152
鶴	鶴	左右		二合	153
鷺	鷺	上下		二合	
鵠	鵠	左右		二合	
鴻	鴻	左右		二合	
鴛	鴛	上下		二合	
鴦	鴦	上下		二合	
鵝	鵝	左右		二合	154
鷗	鷗	左右		二合	155
鶃	鶃	左右		二合	
鶯	鶯	半包圍	上包下	二合	156
鸚	鸚	左右		二合	157
鳩	鳩	左右		二合	158
鳴	鳴	左右		二合	
畢	畢	上下		二合	160
冀	冀	穿插		二合	
棄	棄	穿插		三合	重文
再	再	上下		二合	
幼	幼	左右		二合	
幽	幽	穿插		二合	
幾	幾	上下		二合	161
惠	惠	上下		二合	
蕙	蕙	上下		二合	

篆	字	結構		類別	備註
舒	舒	左右		二合	162
放	放	左右		二合	
敖	敖	左右		二合	
爰	爰	穿插		二合	
受	受	穿插		二合	
爭	爭	上下		二合	
睿	睿	多層	上中下	三合	重文/163
殳	殳	左右		二合	重文
殊	殊	左右		二合	
殤	殤	左右		二合	164
殯	殯	左右		二合	165
朽	朽	左右		二合	重文
殆	殆	左右		二合	
殃	殃	左右		二合	
殘	殘	左右		二合	
殲	殲	左右		二合	
殖	殖	左右		二合	166
死	死	左右		二合	
別	別	左右		二合	
骨	骨	半包圍	上包下	二合	
髏	髏	左右		二合	
骸	骸	左右		二合	168
體	體	左右		二合	
骼	骼	左右		二合	
胎	胎	左右		二合	169
肌	肌	左右		二合	
臚	臚	左右		二合	
膚	膚	上下		二合	重文
肫	肫	左右		二合	
肴	肴	上下		二合	

旨	肓	上下		二合	170
腎	腎	上下		二合	
肺	肺	左右		二合	
脾	脾	左右		二合	
肝	肝	左右		二合	
膽	膽	左右		二合	
胃	胃	上下		二合	
腸	腸	左右		二合	
膏	膏	上下		二合	171
肪	肪	左右		二合	
膺	膺	斜角	左上右下	二合	
臆	臆	左右		二合	重文
背	背	上下		二合	
脅	脅	上下		二合	
膀	膀	左右		二合	
肋	肋	左右		二合	
肩	肩	斜角	左上右下	二合	重文
胳	胳	左右		二合	
臂	臂	上下		二合	
肘	肘	左右		二合	172
腹	腹	左右		二合	
股	股	左右		二合	
腳	腳	左右		二合	
肢	肢	左右		二合	重文
肖	肖	上下		二合	
胤	胤	穿插		三合	173
胄	胄	上下		二合	
肥	肥	左右		二合	
脫	脫	左右		二合	
疹	疹	斜角	左上右下	二合	

膧	腫	左右		二合	174
臘	臘	左右		二合	
隋	隋	左右		二合	
膳	膳	左右		二合	
肴	肴	上下		二合	175
腆	腆	左右		二合	
胡	胡	左右		二合	
脯	脯	左右		二合	176
脩	脩	斜角	左上右下	二合	
胥	胥	上下		二合	177
腥	腥	左右		二合	
脂	脂	左右		二合	
膩	膩	左右		二合	178
膜	膜	左右		二合	
膾	膾	左右		二合	
散	散	斜角	左上右下	二合	
膠	膠	左右		二合	179
腐	腐	上下		二合	
筋	筋	三角	上一下二	三合	180
腱	腱	左右		二合	重文
削	削	左右		二合	
劓	劓	左右		二合	
利	利	左右		二合	
初	初	左右		二合	
前	前	斜角	左上右下	二合	
則	則	左右		二合	181
剛	剛	左右		二合	
切	切	左右		二合	
刻	刻	左右		二合	
副	副	左右		二合	

剖	剖	左右		二合	
辡	辨	穿插		二合	182
判	判	左右		二合	
列	列	左右		二合	
刊	刊	左右		二合	
冊	冊	左右		二合	
劈	劈	上下		二合	
剝	剝	左右		二合	
割	割	左右		二合	
劃	劃	左右		二合	
劑	劑	左右		二合	183
刷	刷	左右		二合	
刮	刮	左右		二合	
剽	剽	左右		二合	
釗	釗	左右		二合	
制	制	左右		二合	184
罰	罰	左右		二合	
劵	劵	半包圍	上包下	二合	
刺	刺	左右		二合	
刃	刃	斜角	左上右下	二合	185
創	創	左右		二合	重文
劍	劍	左右		二合	重文
耒	耒	上下		二合	
耕	耕	左右		二合	186
觸	觸	左右		二合	187
衡	衡	穿插		三合	188
解	解	左右		二合	
觴	觴	左右		二合	189
箭	箭	上下		二合	191
筍	筍	上下		二合	

節	節	上下		二合	
笨	笨	上下		二合	192
篆	篆	上下		二合	
篇	篇	上下		二合	
籍	籍	上下		二合	
篁	篁	上下		二合	
簡	簡	上下		二合	
等	等	上下		二合	193
箋	箋	上下		二合	
符	符	上下		二合	
簾	簾	上下		二合	
簞	簞	上下		二合	194
簍	簍	上下		二合	195
籃	籃	上下		二合	
竿	竿	上下		二合	196
籠	籠	上下		二合	197
箝	箝	上下		二合	
笠	笠	上下		二合	
箱	箱	上下		二合	
策	策	上下		二合	198
答	答	上下		二合	
籤	籤	上下		二合	
箴	箴	上下		二合	
竽	竽	上下		二合	
笙	笙	上下		二合	199
簧	簧	上下		二合	
簫	簫	上下		二合	
筒	筒	上下		二合	
籟	籟	上下		二合	
笛	笛	上下		二合	

𣂇	剖	左右		二合	
辡	辨	穿插		二合	182
㓝	判	左右		二合	
𠛱	列	左右		二合	
㓞	刊	左右		二合	
㣇	冊	左右		二合	
劈	劈	上下		二合	
𣂇	剝	左右		二合	
㓢	割	左右		二合	
劃	劃	左右		二合	
㓞	劑	左右		二合	183
㓞	刷	左右		二合	
㓞	刮	左右		二合	
㓞	剽	左右		二合	
釗	釗	左右		二合	
㓞	制	左右		二合	184
𠛱	罰	左右		二合	
券	券	半包圍	上包下	二合	
㓞	刺	左右		二合	
刀	刃	斜角	左上右下	二合	185
創	創	左右		二合	重文
劍	劍	左右		二合	重文
耒	耒	上下		二合	
耕	耕	左右		二合	186
觸	觸	左右		二合	187
衡	衡	穿插		三合	188
解	解	左右		二合	
觴	觴	左右		二合	189
箭	箭	上下		二合	191
筍	筍	上下		二合	

	節	上下		二合	
	笨	上下		二合	192
	篆	上下		二合	
	篇	上下		二合	
	籍	上下		二合	
	篁	上下		二合	
	簡	上下		二合	
	等	上下		二合	193
	箋	上下		二合	
	符	上下		二合	
	簾	上下		二合	
	簞	上下		二合	194
	簍	上下		二合	195
	籃	上下		二合	
	竿	上下		二合	196
	籠	上下		二合	197
	箝	上下		二合	
	笠	上下		二合	
	箱	上下		二合	
	策	上下		二合	198
	答	上下		二合	
	籤	上下		二合	
	箴	上下		二合	
	竽	上下		二合	
	笙	上下		二合	199
	簧	上下		二合	
	簫	上下		二合	
	筒	上下		二合	
	籍	上下		二合	
	笛	上下		二合	

箏	箏	上下		二合	200
籌	籌	上下		二合	
算	算	上下		二合	
笑	笑	上下		二合	
第	第	上下		二合	201
箕	箕	上下		二合	
篋	篋	上下		二合	
典	典	上下		二合	202
巽	巽	上下		二合	
奠	奠	上下		二合	
左	左	斜角	左上右下	二合	
差	差	上下		二合	
式	式	斜角	右上左下	二合	203
巧	巧	左右		二合	
巨	巨	半包圍	左包右	二合	
巫	巫	穿插		二合	
甘	甘	全包圍		二合	204
甜	甜	左右		二合	
甚	甚	上下		二合	
旨	旨	上下		二合	
嘗	嘗	上下		二合	
曰	曰	穿插		二合	
曷	曷	上下		二合	
曹	曹	上下		二合	205
可	可	斜角	右上左下	二合	206
奇	奇	上下		二合	
哥	哥	上下		二合	
兮	兮	上下		二合	
羲	羲	上下		二合	
乎	乎	上下		二合	

篆	字	結構	位置	組合	頁碼
虓	號	左右		二合	
亐	于	上下		二合	
虧	虧	左右		二合	
粵	粵	上下		二合	
平	平	穿插		二合	207
喜	喜	上下		二合	
彭	彭	左右		二合	
嘉	嘉	上下		二合	
鼓	鼓	三角	左一右二	三合	208
鼖	鼙	上下		二合	
豈	豈	上下		二合	
豐	豐	上下		二合	210
豔	豔	左右		二合	
虞	虞	上下		二合	211
虔	虔	上下		二合	
虐	虐	上下		三合	
彪	彪	斜角	左上右下	二合	212
盂	盂	上下		二合	213
盛	盛	上下		二合	
盧	盧	上下		二合	214
盎	盎	上下		二合	
益	益	上下		二合	
盈	盈	上下		二合	
盡	盡	上下		二合	
鹽	鹽	三角	上二下一	三合	215
盪	盪	上下		二合	
去	去	半包圍	上包下	二合	
血	血	半包圍	下包上	二合	
膿	膿	左右		二合	重文/216
盍	盍	上下		二合	

坐	主	半包圍	下包上	二合	
彤	彤	左右		二合	218
青	青	上下		二合	
靜	靜	左右		二合	
阱	阱	左右		二合	
刑	刑	左右		二合	
即	即	左右		二合	219
既	既	左右		二合	
爵	爵	斜角	左上右下	三合	220
食	食	上下		二合	
餾	餾	左右		二合	221
飪	飪	左右		二合	
飴	飴	左右		二合	
餅	餅	左右		二合	
養	養	上下		二合	222
飯	飯	左右		二合	
飧	飧	上下		二合	
餐	餐	上下		二合	223
餉	餉	左右		二合	
飽	飽	左右		二合	
饒	饒	左右		二合	224
餘	餘	左右		二合	
餞	餞	左右		二合	
館	館	左右		二合	
饑	饑	左右		二合	
餒	餒	左右		二合	
叨	叨	左右		二合	重文
飢	飢	左右		二合	225
餓	餓	左右		二合	
餽	餽	左右		二合	

篆	字	結構		組合	備註
合	合	上下		二合	
侖	侖	上下		二合	
今	今	上下		二合	
舍	舍	多層	上中下	三合	
會	會	上下		二合	
倉	倉	斜角	左上右下	二合	226
內	內	穿插		二合	
全	全	上下		二合	重文
瓶	瓶	左右		二合	重文/227
缸	缸	左右		二合	228
缺	缺	左右		二合	
磬	磬	半包圍	上包下	二合	
射	射	左右		二合	重文
矯	矯	左右		二合	
侯	侯	多層	中包下	三合	229
短	短	左右		二合	
知	知	左右		二合	230
矣	矣	上下		二合	
亭	亭	半包圍	上包下	二合	
央	央	穿插		二合	
京	京	穿插		二合	231
就	就	左右		二合	
享	享	上下		二合	重文
覃	覃	上下		二合	重文/232
厚	厚	斜角	左上右下	二合	
良	良	上下		二合	
稟	稟	上下		二合	233
嗇	嗇	上下		二合	
牆	牆	左右		二合	
麥	麥	上下		二合	234

小篆	楷書				
麩	麩	左右		二合	
𦱃	致	左右		二合	235
憂	憂	上下		二合	
愛	愛	斜角	右上左下	二合	
夏	夏	上下		二合	
夔	夔	上下		二合	236
舛	舛	左右		二合	
舞	舞	上下		二合	
舜	舜	上下		二合	
韶	韶	左右		二合	237
緞	緞	左右		二合	重文/238
韓	韓	斜角	左上右下	二合	
桀	桀	上下		二合	240
乘	乘	上下		二合	
橘	橘	左右		二合	241
橙	橙	左右		二合	
柚	柚	左右		二合	
梅	梅	左右		二合	
杏	杏	上下		二合	242
李	李	上下		二合	
桃	桃	左右		二合	
楷	楷	左右		二合	
桂	桂	左右		二合	
棠	棠	上下		二合	
杜	杜	左右		二合	
椅	椅	左右		二合	244
梓	梓	左右		二合	
榛	榛	左右		二合	245
栩	栩	左右		二合	
樣	樣	左右		二合	

杺	枇	左右		二合	246
桔	桔	左右		二合	
槮	梢	左右		二合	247
桰	枸	左右		二合	
枋	枋	左右		二合	
楊	楊	左右		二合	
柳	柳	左右		二合	
棣	棣	左右		二合	248
楓	楓	左右		二合	
權	權	左右		二合	
槐	槐	左右		二合	
杞	杞	左右		二合	
檀	檀	左右		二合	249
欄	欄	左右		二合	
梧	梧	左右		二合	
榮	榮	半包圍	上包下	二合	
桐	桐	左右		二合	
梗	梗	左右		二合	250
橋	橋	左右		二合	
松	松	左右		二合	
檜	檜	左右		二合	
樅	樅	左右		二合	
柏	柏	左右		二合	
梔	梔	左右		二合	
某	某	上下		二合	
棍	桅	左右		二合	
樹	樹	左右		二合	251
本	本	穿插		二合	
朱	朱	穿插		二合	
根	根	左右		二合	

篆	楷	結構	斜角	合	頁碼
朱	株	左右		二合	
末	末	穿插		二合	
果	果	上下		二合	
枝	枝	左右		二合	
條	條	斜角	左上右下	二合	
朴	朴	左右		二合	
枚	枚	左右		二合	
梃	梃	左右		二合	252
標	標	左右		二合	
朵	朵	上下		二合	
枉	枉	左右		二合	253
格	格	左右		二合	254
枯	枯	左右		二合	
樸	樸	左右		二合	
楨	楨	左右		二合	
柔	柔	上下		二合	
材	材	左右		二合	255
杳	杳	上下		二合	
栽	栽	斜角	右上左下	二合	
築	築	斜角	右上左下	二合	
構	構	左右		二合	256
模	模	左右		二合	
棟	棟	左右		二合	
極	極	左右		二合	
柱	柱	左右		二合	
楹	楹	左右		二合	
植	植	左右		二合	258
樞	樞	左右		二合	
樓	樓	左右		二合	
梱	梱	左右		二合	259

檜	檜	左右		二合	
柵	柵	左右		二合	
桓	桓	左右		二合	260
枕	枕	左右		二合	
櫝	櫝	左右		二合	
櫛	櫛	左右		二合	261
梳	梳	左右		二合	
杷	杷	左右		二合	262
杵	杵	左右		二合	
概	概	上下		二合	
盤	盤	上下		二合	重文/263
案	案	上下		二合	
橢	橢	左右		二合	264
槌	槌	左右		二合	
機	機	左右		二合	
核	核	左右		二合	265
棚	棚	左右		二合	
棧	棧	左右		二合	
梯	梯	左右		二合	
杖	杖	左右		二合	266
椎	椎	左右		二合	
柯	柯	左右		二合	
柄	柄	左右		二合	
榜	榜	左右		二合	
棋	棋	半包圍	上包下	二合	267
槽	槽	左右		二合	
梟	梟	上下		二合	
桶	桶	左右		二合	
櫓	櫓	左右		二合	
札	札	左右		二合	268

檢	檢	左右		二合	
橄	橄	左右		二合	
權	權	左右		二合	269
橋	橋	左右		二合	
梁	梁	上下		二合	270
楫	楫	左右		二合	
校	校	左右		二合	
采	采	上下		二合	
橫	橫	左右		二合	
柿	柿	左右		二合	
析	析	左右		二合	271
休	休	左右		二合	272
互	互	穿插		二合	重文
械	械	左右		二合	
檻	檻	左右		二合	273
棺	棺	左右		二合	
梟	梟	上下		二合	
東	東	穿插		二合	
林	林	左右		二合	
鬱	鬱	穿插		二合	274
楚	楚	上下		二合	
麓	麓	上下		二合	
森	森	上下		三合	
桑	桑	上下		二合	275
師	師	左右		二合	
賣	賣	上下		二合	
索	索	半包圍	上包下	二合	276
南	南	半包圍	上包下	二合	
產	產	斜角	左上右下	二合	
隆	隆	斜角	左上右下	二合	

篆	字	結構	位置	合體	頁
華	華	上下		二合	277
稽	稽	三角	左一右二	三合	278
巢	巢	上下		二合	
束	束	穿插		二合	
柬	柬	穿插		二合	
剌	剌	左右		二合	279
囊	囊	穿插		二合	
團	團	全包圍		二合	
圓	圓	全包圍		二合	
回	回	全包圍		二合	
圖	圖	全包圍		二合	
國	國	全包圍		二合	280
圈	圈	全包圍		二合	
園	園	全包圍		二合	
圃	圃	全包圍		二合	
因	因	全包圍		二合	
囚	囚	全包圍		二合	281
固	固	全包圍		二合	
圍	圍	全包圍		二合	
困	困	全包圍		二合	
員	員	上下		二合	
賄	賄	左右		二合	282
財	財	左右		二合	
貨	貨	上下		二合	
資	資	斜角	右上左下	二合	
賬	賬	左右		二合	
賢	賢	上下		二合	
賀	賀	上下		二合	
貢	貢	上下		二合	
贊	贊	上下		二合	

篆	字	結構	斜角	合	頁碼
貸	貸	上下		二合	
賂	賂	左右		二合	283
贈	贈	左右		二合	
贛	贛	斜角	左上右下	二合	
賞	賞	上下		二合	
賜	賜	左右		二合	
賴	賴	斜角	左上右下	二合	
負	負	上下		二合	
貯	貯	左右		二合	
貳	貳	斜角	右上左下	二合	
賓	賓	斜角	左上右下	二合	
賒	賒	左右		二合	
贅	贅	上下		二合	284
質	質	上下		二合	
貿	貿	上下		二合	
贖	贖	左右		二合	
費	費	上下		二合	
責	責	上下		二合	
賈	賈	上下		二合	
販	販	左右		二合	
買	買	上下		二合	
貴	貴	上下		二合	
賤	賤	左右		二合	
賦	賦	左右		二合	
貪	貪	上下		二合	
貶	貶	左右		二合	
貧	貧	上下		二合	285
賃	賃	上下		二合	
購	購	左右		二合	
邑	邑	上下		二合	

篆	楷	結構		合文	頁碼
𨛜	邦	左右		二合	
𨛜	郡	左右		二合	
𨜏	都	左右		二合	286
𨞜	鄰	左右		二合	
𨝅	鄙	左右		二合	
𨛜	郊	左右		二合	
𨛜	邸	左右		二合	
𡵉	岐	左右		二合	重文/288
𨞜	郁	左右		二合	
𡲢	㞣	斜角	左上右下	二合	
𨞜	鄭	左右		二合	289
𨜏	部	左右		二合	
𨝅	邵	左右		二合	291
𨛜	邢	左右		二合	292
𥘱	祁	左右		二合	
𨜏	鄧	左右		二合	294
𨞜	鄂	左右		二合	295
𨜏	那	左右		二合	296
𨞜	鄱	左右		二合	297
𨞜	鄒	左右		二合	298
𨜏	郎	左右		二合	299
𨛜	邪	左右		二合	300
𨜏	郭	左右		二合	301
𨞜	鄉	穿插		二合	303
𧱵	巷	半包圍	上包下	二合	重文
𣇳	時	左右		二合	305
𣆟	早	上下		二合	
𣈤	昧	左右		二合	
𣐽	晢	上下		二合	306
𣊡	曉	左右		二合	

昭	昭	左右		二合	
晤	晤	左右		二合	
晃	晃	上下		二合	
曠	曠	左右		二合	
旭	旭	左右		二合	
晉	晉	上下		二合	
晏	晏	上下		二合	307
景	景	上下		二合	
暈	暈	上下		二合	
暉	暉	左右		二合	
晚	晚	左右		二合	308
昏	昏	斜角	右上左下	二合	
旱	旱	上下		二合	
晦	晦	左右		二合	
暗	暗	左右		二合	
昨	昨	左右		二合	309
暇	暇	左右		二合	
暫	暫	上下		二合	
昌	昌	上下		二合	
暑	暑	上下		二合	
暴	暴	多層	多合	四合	310
昔	昔	上下		二合	
昆	昆	上下		二合	311
普	普	上下		二合	
旦	旦	上下		二合	
暨	暨	上下		二合	
朝	朝	斜角	左上右下	二合	
旗	旗	斜角	左上右下	二合	312
旌	旌	斜角	左上右下	二合	
旐	旐	斜角	左上右下	二合	314

旃	施	斜角	左上右下	二合	
游	游	左右		二合	
遊	遊	左右		二合	重文
旋	旋	斜角	左上右下	二合	
旅	旅	斜角	左上右下	二合	315
族	族	斜角	左上右下	二合	
冥	冥	半包圍	上包下	三合	
星	星	上下		二合	重文
晨	晨	上下		二合	重文/316
朔	朔	左右		二合	
霸	霸	斜角	左上右下	二合	
期	期	左右		二合	317
有	有	斜角	右上左下	二合	
明	明	左右		二合	重文
盟	盟	上下		二合	重文/318
夜	夜	穿插		二合	
夢	夢	半包圍	上包下	二合	
矞	矞	上下		二合	
外	外	左右		二合	
夙	夙	左右		二合	
多	多	上下		二合	319
夥	夥	左右		二合	
貫	貫	上下		二合	
虜	虜	上下		三合	
甬	甬	上下		二合	320
栗	栗	上下		二合	
粟	粟	上下		二合	
棗	棗	上下		二合	321
棘	棘	左右		二合	
版	版	左右		二合	

小篆	楷書	結構		合體	備註
牘	牘	左右		二合	
牒	牒	左右		二合	
牖	牖	左右		二合	
秀	秀	上下		二合	323
稼	稼	左右		二合	
穡	穡	左右		二合	324
種	種	左右		二合	
稠	稠	左右		二合	
稀	稀	左右		二合	
穆	穆	左右		二合	
私	私	左右		二合	
稷	稷	左右		二合	
稻	稻	左右		二合	325
移	移	左右		二合	326
穎	穎	斜角	右上左下	二合	
穗	穗	左右		二合	重文/327
秒	秒	左右		二合	
康	康	半包圍	上包下	二合	重文
穫	穫	左右		二合	328
積	積	左右		二合	
秩	秩	左右		二合	
程	程	左右		二合	329
稟	稟	上下		二合	
秧	秧	左右		二合	
年	年	上下		二合	
穀	穀	上下		二合	
稔	稔	左右		二合	
租	租	左右		二合	
稅	稅	左右		二合	
穌	穌	左右		二合	330

稍	稍	左右		二合	
秋	秋	左右		二合	
秦	秦	半包圍	上包下	二合	
稱	稱	左右		二合	
科	科	左右		二合	
程	程	左右		二合	
兼	兼	穿插		二合	332
黍	黍	上下		二合	
黏	黏	左右		二合	333
黎	黎	左右		二合	
香	香	上下		二合	
馨	馨	半包圍	上包下	二合	
梁	梁	上下		二合	
精	精	左右		二合	334
粗	粗	左右		二合	
粒	粒	左右		二合	
麋	麋	斜角	左上右下	二合	335
糟	糟	左右		二合	
糧	糧	左右		二合	336
粹	粹	左右		二合	
氣	氣	斜角	右上左下	二合	
粉	粉	左右		二合	
竊	竊	多層	多合	四合	
舂	舂	多層	中包下	三合	337
臽	臽	上下		二合	
兒	兒	上下		二合	
麻	麻	斜角	左上右下	二合	339
豉	豉	左右		二合	重文/340
瓣	瓣	穿插		二合	341
瓠	瓠	左右		二合	

瓣	瓢	左右		二合	
家	家	半包圍	上包下	二合	
宅	宅	半包圍	上包下	二合	
室	室	半包圍	上包下	二合	
宣	宣	半包圍	上包下	二合	
向	向	半包圍	上包下	二合	
奧	奧	半包圍	上包下	二合	
宇	宇	半包圍	上包下	二合	342
宏	宏	半包圍	上包下	二合	
定	定	半包圍	上包下	二合	
安	安	半包圍	上包下	二合	343
宴	宴	半包圍	上包下	二合	
察	察	半包圍	上包下	二合	
完	完	半包圍	上包下	二合	
富	富	半包圍	上包下	二合	
實	實	半包圍	上包下	二合	
容	容	半包圍	上包下	二合	
寶	寶	半包圍	上包下	二合	
宦	宦	半包圍	上包下	二合	
宰	宰	半包圍	上包下	二合	
守	守	半包圍	上包下	二合	
寵	寵	半包圍	上包下	二合	344
宥	宥	半包圍	上包下	二合	
宜	宜	半包圍	上包下	二合	
寫	寫	半包圍	上包下	二合	
宵	宵	半包圍	上包下	二合	
宿	宿	半包圍	上包下	二合	
寬	寬	半包圍	上包下	二合	
寡	寡	半包圍	上包下	二合	
宛	宛	半包圍	上包下	二合	

客	半包圍	上包下	二合		
寄	半包圍	上包下	二合	345	
寓	半包圍	上包下	二合		
寒	多層	多合	四合		
害	半包圍	上包下	二合		
宋	半包圍	上包下	二合		
宗	半包圍	上包下	二合		
宙	半包圍	上包下	二合	346	
宮	半包圍	上包下	二合		
營	半包圍	上包下	二合		
躬	左右		二合	重文/347	
穴	半包圍	上包下	二合		
窯	半包圍	上包下	二合		
穿	半包圍	上包下	二合	348	
寶	半包圍	上包下	二合		
窾	半包圍	上包下	二合		
空	半包圍	上包下	二合		
窠	半包圍	上包下	二合		
窨	半包圍	上包下	二合		
窺	半包圍	上包下	二合	349	
窒	半包圍	上包下	二合		
突	半包圍	上包下	二合		
竄	半包圍	上包下	二合		
窘	半包圍	上包下	二合		
窕	半包圍	上包下	二合		
穹	半包圍	上包下	二合	350	
究	半包圍	上包下	二合		
窮	半包圍	上包下	二合		
窈	半包圍	上包下	二合		
窟	半包圍	上包下	二合	351	

篆	字				
𤻿	疾	斜角	左上右下	二合	
𤼇	痛	斜角	左上右下	二合	
𤻯	病	斜角	左上右下	二合	
𤻮	瘍	斜角	左上右下	二合	352
𤼷	瘀	斜角	左上右下	二合	353
𤸺	疝	斜角	左上右下	二合	
𤼕	痱	斜角	左上右下	二合	
𤼩	瘤	斜角	左上右下	二合	
𤽒	疽	斜角	左上右下	二合	
𤿇	癬	斜角	左上右下	二合	
𤺜	疥	斜角	左上右下	二合	
𤿌	瘜	斜角	左上右下	二合	354
𤼊	痲	斜角	左上右下	二合	
𤼁	痔	斜角	左上右下	二合	
𤾸	瘻	斜角	左上右下	二合	
𤻳	痕	斜角	左上右下	二合	355
𤻅	痙	斜角	左上右下	二合	
𤾐	瘦	斜角	左上右下	二合	
𤼈	痞	斜角	左上右下	二合	
𤺩	疲	斜角	左上右下	二合	
𤺘	疫	斜角	左上右下	二合	
𤾧	療	斜角	左上右下	二合	重文/356
𤾨	瘉	斜角	左上右下	二合	
𡨢	冠	半包圍	上包下	二合	
𠔷	同	半包圍	上包下	二合	357
𡨴	冕	半包圍	上包下	二合	
𦙾	胄	上下		二合	
𠔼	冒	半包圍	上包下	二合	358
𪠫	最	半包圍	上包下	二合	
𠕓	兩	上下		二合	

篆	字				
罔	罔	半包圍	上包下	二合	重文
網	網	半包圍	上包下	三合	
罕	罕	半包圍	上包下	二合	
罩	罩	半包圍	上包下	二合	359
罪	罪	半包圍	上包下	二合	
罟	罟	半包圍	上包下	二合	
羅	羅	半包圍	上包下	二合	
署	署	半包圍	上包下	二合	360
罷	罷	半包圍	上包下	二合	
置	置	半包圍	上包下	二合	
罵	罵	半包圍	上包下	二合	
羈	羈	半包圍	上包下	二合	重文
覆	覆	半包圍	上包下	二合	
帥	帥	左右		二合	361
幣	幣	上下		二合	
幅	幅	左右		二合	
帶	帶	多層	上中下	三合	
常	常	上下		二合	362
裳	裳	上下		二合	重文
幔	幔	左右		二合	
帷	帷	左右		二合	
帳	帳	左右		二合	
幕	幕	半包圍	上包下	二合	
帖	帖	左右		二合	
飾	飾	三角	左一右二	三合	363
帚	帚	多層	上中下	三合	364
席	席	斜角	左上右下	二合	
帑	帑	上下		二合	365
布	布	斜角	右上左下	二合	
市	市	穿插		二合	366

𤶎	疾	斜角	左上右下	二合	
痛	痛	斜角	左上右下	二合	
病	病	斜角	左上右下	二合	
瘍	瘍	斜角	左上右下	二合	352
瘀	瘀	斜角	左上右下	二合	353
疝	疝	斜角	左上右下	二合	
痹	痹	斜角	左上右下	二合	
瘤	瘤	斜角	左上右下	二合	
疽	疽	斜角	左上右下	二合	
癬	癬	斜角	左上右下	二合	
疥	疥	斜角	左上右下	二合	
癭	癭	斜角	左上右下	二合	354
痲	痲	斜角	左上右下	二合	
痔	痔	斜角	左上右下	二合	
瘻	瘻	斜角	左上右下	二合	
痕	痕	斜角	左上右下	二合	355
痙	痙	斜角	左上右下	二合	
瘦	瘦	斜角	左上右下	二合	
痞	痞	斜角	左上右下	二合	
疲	疲	斜角	左上右下	二合	
疫	疫	斜角	左上右下	二合	
療	療	斜角	左上右下	二合	重文/356
瘉	瘉	斜角	左上右下	二合	
冠	冠	半包圍	上包下	二合	
同	同	半包圍	上包下	二合	357
冕	冕	半包圍	上包下	二合	
冑	冑	上下		二合	
冒	冒	半包圍	上包下	二合	358
最	最	半包圍	上包下	二合	
兩	兩	上下		二合	

岡	岡	半包圍	上包下	二合	重文
網	網	半包圍	上包下	三合	
罕	罕	半包圍	上包下	二合	
罩	罩	半包圍	上包下	二合	359
罪	罪	半包圍	上包下	二合	
罟	罟	半包圍	上包下	二合	
羅	羅	半包圍	上包下	二合	
署	署	半包圍	上包下	二合	360
罷	罷	半包圍	上包下	二合	
置	置	半包圍	上包下	二合	
罵	罵	半包圍	上包下	二合	
羈	羈	半包圍	上包下	二合	重文
覆	覆	半包圍	上包下	二合	
帥	帥	左右		二合	361
幣	幣	上下		二合	
幅	幅	左右		二合	
帶	帶	多層	上中下	三合	
常	常	上下		二合	362
裳	裳	上下		二合	重文
幔	幔	左右		二合	
帷	帷	左右		二合	
帳	帳	左右		二合	
幕	幕	半包圍	上包下	二合	
帖	帖	左右		二合	
飾	飾	三角	左一右二	三合	363
帚	帚	多層	上中下	三合	364
席	席	斜角	左上右下	二合	
帑	帑	上下		二合	365
布	布	斜角	右上左下	二合	
市	市	穿插		二合	366

篆	字	結構		類型	頁碼
帛	帛	上下		二合	367
錦	錦	左右		二合	
皎	皎	左右		二合	
皚	皚	左右		二合	
敝	敝	左右		二合	
僮	僮	左右		二合	369
保	保	左右		二合	
仁	仁	左右		二合	
企	企	斜角	右上左下	二合	
仍	仍	左右		二合	
仕	仕	左右		二合	370
佩	佩	左右		二合	
儒	儒	左右		二合	
俊	俊	左右		二合	
傑	傑	左右		二合	
伉	伉	左右		二合	371
伯	伯	左右		二合	
仲	仲	左右		二合	
伊	伊	左右		二合	
倩	倩	左右		二合	
佳	佳	左右		二合	372
傀	傀	左右		二合	
偉	偉	左右		二合	
份	份	左右		二合	
彬	彬	左右		二合	重文
僚	僚	左右		二合	
倭	倭	左右		二合	
僑	僑	左右		二合	
俟	俟	左右		二合	373
健	健	左右		二合	

傲	傲	左右		二合	
倨	倨	左右		二合	
儼	儼	左右		二合	
俚	俚	左右		二合	
伴	伴	左右		二合	
俺	俺	左右		二合	
傭	傭	左右		二合	374
仿	仿	左右		二合	
佛	佛	左右		二合	
佗	佗	左右		二合	375
何	何	左右		二合	
供	供	左右		二合	
儲	儲	左右		二合	
備	備	左右		二合	
位	位	左右		二合	
儐	儐	左右		二合	
他	他	左右		二合	
倫	倫	左右		二合	376
偕	偕	左右		二合	
俱	俱	左右		二合	
傅	傅	左右		二合	
倚	倚	左右		二合	
依	依	左右		二合	
仍	仍	左右		二合	
侍	侍	左右		二合	377
傾	傾	左右		二合	
側	側	左右		二合	
付	付	左右		二合	
俠	俠	左右		二合	
仰	仰	左右		二合	

伍	伍	左右		二合	
什	什	左右		二合	
佰	佰	左右		二合	378
作	作	左右		二合	
借	借	左右		二合	
侵	侵	左右		二合	
候	候	左右		二合	
償	償	左右		二合	
僅	僅	左右		二合	
代	代	左右		二合	379
儀	儀	左右		二合	
傍	傍	左右		二合	
似	似	左右		二合	
像	像	左右		二合	
便	便	左右		二合	
任	任	左右		二合	
優	優	左右		二合	
僖	僖	左右		二合	380
儉	儉	左右		二合	
俗	俗	左右		二合	
俾	俾	左右		二合	
倪	倪	左右		二合	
使	使	左右		二合	
伶	伶	左右		二合	
儷	儷	左右		二合	
傳	傳	左右		二合	381
倌	倌	左右		二合	
仔	仔	左右		二合	
伸	伸	左右		二合	
倍	倍	左右		二合	382

	僭	左右		二合	
	倀	左右		二合	
	偏	左右		二合	
	儔	左右		二合	
	佃	左右		二合	
	佻	左右		二合	383
	僻	左右		二合	
	侈	左右		二合	
	佝	左右		二合	
	倡	左右		二合	
	俳	左右		二合	384
	俄	左右		二合	
	侮	左右		二合	
	嫉	左右		二合	重文
	僵	左右		二合	
	偃	左右		二合	385
	仆	左右		二合	
	傷	左右		二合	
	催	左右		二合	
	俑	左右		二合	
	伏	左右		二合	
	促	左右		二合	
	例	左右		二合	
	係	左右		二合	
	伐	左右		二合	
	俘	左右		二合	386
	但	左右		二合	
	仇	左右		二合	
	僵	左右		二合	
	咎	左右		二合	

𣥐	仳	左右		二合	
値	値	左右		二合	
倦	倦	左右		二合	387
偶	偶	左右		二合	
弔	弔	上下		二合	
僥	僥	左右		二合	388
眞	眞	多層	多合	四合	
化	化	左右		二合	
匙	匙	左右		二合	389
頃	頃	左右		二合	
卓	卓	上下		二合	重文
艮	艮	上下		二合	
并	并	上下		二合	
比	比	左右		二合	390
北	北	左右		二合	
冀	冀	上下		二合	
丘	丘	上下		二合	
虛	虛	上下		二合	
眾	眾	上下		二合	391
聚	聚	上下		二合	
徵	徵	半包圍	上包下	二合	
重	重	穿插		二合	392
量	量	上下		二合	
臥	臥	左右		二合	
監	監	上下		二合	
臨	臨	上下		二合	
軀	軀	左右		二合	
殷	殷	左右		二合	
裁	裁	斜角	右上左下	二合	
兗	兗	穿插		二合	

褎	表	穿插		二合	393
樓	褸	左右		二合	394
襲	襲	上下		二合	395
袍	袍	左右		二合	
襤	襤	左右		二合	396
袖	袖	左右		二合	重文
袂	袂	左右		二合	
複	複	左右		二合	397
裔	裔	上下		二合	398
袁	袁	穿插		二合	
襄	襄	穿插		二合	
被	被	左右		二合	
褻	褻	穿插		二合	399
衷	衷	穿插		二合	
裨	裨	左右		二合	
雜	雜	斜角	左上右下	二合	
裕	裕	左右		二合	
裂	裂	上下		二合	
祖	祖	左右		二合	
補	補	左右		二合	400
褫	褫	左右		二合	
裸	裸	左右		二合	重文
裝	裝	上下		二合	
裏	裏	穿插		二合	
褐	褐	左右		二合	401
袞	袞	穿插		二合	
卒	卒	穿插		二合	
褚	褚	左右		二合	
製	製	上下		二合	
裘	裘	穿插		二合	402

🖋	老	多層	中包下	三合	
🖋	耆	斜角	右上左下	二合	
🖋	壽	斜角	右上左下	二合	
🖋	考	斜角	右上左下	二合	
🖋	孝	斜角	右上左下	二合	
🖋	居	斜角	左上右下	二合	403
🖋	屑	斜角	左上右下	二合	404
🖋	展	斜角	左上右下	二合	
🖋	屈	斜角	左上右下	二合	
🖋	尼	斜角	左上右下	二合	
🖋	屍	斜角	左上右下	二合	
🖋	屠	斜角	左上右下	二合	
🖋	屋	斜角	左上右下	二合	
🖋	層	斜角	左上右下	二合	405
🖋	尺	斜角	左上右下	二合	406
🖋	咫	左右		二合	
🖋	尾	斜角	左上右下	二合	
🖋	屬	斜角	左上右下	二合	
🖋	屈	斜角	左上右下	二合	
🖋	尿	斜角	左上右下	二合	407
🖋	履	斜角	左上右下	四合	
🖋	屐	斜角	左上右下	二合	
🖋	俞	三角	上一下二	三合	
🖋	船	左右		二合	
🖋	朕	左右		二合	408
🖋	舫	左右		二合	
🖋	般	左右		二合	
🖋	服	左右		二合	
🖋	兀	上下		二合	409
🖋	兒	上下		二合	

字	楷	結構	結構	合	頁
㿟	允	上下		二合	
㿟	兌	上下		二合	
㿟	充	上下		二合	
㿟	亮	半包圍	上包下	二合	
㿟	兄	上下		二合	410
競	競	多層	多合	四合	
㿟	簪	上下		二合	重文
㿟	貌	左右		二合	重文
㿟	弁	上下		二合	重文/411
㿟	兜	穿插		二合	
㿟	先	上下		二合	
㿟	禿	上下		二合	
見	見	上下		二合	412
視	視	左右		二合	
觀	觀	左右		二合	
覽	覽	上下		二合	
覬	覬	左右		二合	413
覯	覯	左右		二合	
覺	覺	半包圍	上包下	二合	
親	親	左右		二合	414
覲	覲	左右		二合	
㿟	欠	上下		二合	
欽	欽	左右		二合	415
歟	歟	左右		二合	
歇	歇	左右		二合	
歡	歡	左右		二合	
欣	欣	左右		二合	
款	款	左右		二合	
欲	欲	左右		二合	
歌	歌	左右		二合	416

	歐	左右		二合	
	歎	左右		二合	417
	歙	左右		二合	418
	次	左右		二合	
	欺	左右		二合	
	羨	上下		二合	
	盜	上下		二合	419
	頁	上下		二合	420
	頭	左右		二合	
	顏	左右		二合	
	頌	左右		二合	
	顥	左右		二合	
	顛	左右		二合	
	頂	左右		二合	
	題	左右		二合	421
	頰	左右		二合	
	頸	左右		二合	
	領	左右		二合	
	項	左右		二合	
	碩	左右		二合	422
	頒	左右		二合	
	願	左右		二合	
	頑	左右		二合	
	顆	左右		二合	423
	頜	左右		二合	
	顧	左右		二合	
	順	左右		二合	
	顳	左右		二合	
	項	左右		二合	
	頓	左右		二合	

䪼	頡	左右		二合	424
頗	頗	左右		二合	425
顛	顛	左右		二合	426
煩	煩	左右		二合	
籲	籲	左右		二合	
顯	顯	左右		二合	
面	面	全包圍		二合	427
覛	覛	左右		二合	
縣	縣	左右		二合	428
須	須	左右		二合	
形	形	左右		二合	429
修	修	斜角	左上右下	二合	
彰	彰	左右		二合	
彫	彫	左右		二合	
弱	弱	左右		二合	
彥	彥	穿插		二合	
斐	斐	上下		二合	
髮	髮	斜角	左上右下	二合	430
鬢	鬢	斜角	左上右下	二合	
髦	髦	斜角	左上右下	二合	
后	后	斜角	左上右下	二合	434
詞	詞	上下		二合	
厄	厄	斜角	左上右下	二合	
令	令	上下		二合	435
厄	厄	斜角	左上右下	二合	
卷	卷	半包圍	上包下	二合	
卻	卻	左右		二合	
卸	卸	左右		二合	
印	印	上下		二合	436
色	色	上下		二合	

	卿	穿插		二合	
	辟	三角	左二右一	三合	437
	匍	半包圍	上包下	二合	
	匐	半包圍	上包下	二合	
	旬	半包圍	上包下	二合	
	勻	半包圍	上包下	二合	
	匈	半包圍	上包下	二合	438
	冢	半包圍	上包下	二合	
	包	半包圍	上包下	二合	
	胞	左右		二合	
	匏	左右		二合	
	苟	多層	中包下	三合	439
	敬	左右		二合	
	鬼	三角	上一下二	三合	
	魂	上下		二合	
	魄	左右		二合	
	魅	左右		二合	重文/440
	醜	左右		二合	
	畏	上下		二合	441
	篡	半包圍	上包下	二合	
	巍	左右		二合	
	嶽	上下		二合	442
	岳	半包圍	上包下	二合	重文
	岱	上下		二合	
	島	上下		二合	
	岡	半包圍	上包下	二合	444
	岑	上下		二合	
	巒	上下		二合	
	密	半包圍	上包下	二合	
	岫	左右		二合	

嵺	峻	左右		二合	重文
嵺	崛	左右		二合	
崇	崇	上下		二合	
巖	巖	上下		二合	445
峨	峨	左右		二合	
崩	崩	斜角	左上右下	二合	
崔	崔	上下		二合	446
岸	岸	斜角	左上右下	二合	
崖	崖	斜角	左上右下	二合	
府	府	斜角	左上右下	二合	447
庠	庠	斜角	左上右下	二合	
廬	廬	斜角	左上右下	二合	
庭	庭	斜角	左上右下	二合	448
庖	庖	斜角	左上右下	二合	
廚	廚	斜角	左上右下	二合	
庫	庫	斜角	左上右下	二合	
序	序	斜角	左上右下	二合	
廣	廣	斜角	左上右下	二合	
庚	庚	斜角	左上右下	二合	
廁	廁	斜角	左上右下	二合	
廉	廉	斜角	左上右下	二合	449
龐	龐	斜角	左上右下	二合	
底	底	斜角	左上右下	二合	
庇	庇	斜角	左上右下	二合	450
庶	庶	斜角	左上右下	二合	
廟	廟	斜角	左上右下	二合	
斥	斥	斜角	左上右下	二合	
砥	砥	左右		二合	重文/451
厲	厲	斜角	左上右下	二合	
厥	厥	斜角	左上右下	二合	

厤	厝	斜角	左上右下	二合	452
厃	仄	斜角	左上右下	二合	
厰	厭	斜角	左上右下	二合	
危	危	斜角	左上右下	二合	453
石	石	斜角	左上右下	二合	
碑	碑	左右		二合	
礫	礫	左右		二合	454
磕	磕	左右		二合	455
磬	磬	半包圍	上包下	二合	456
礙	礙	左右		二合	
碎	碎	左右		二合	
破	破	左右		二合	
硯	硯	左右		二合	457
砭	砭	左右		二合	
磊	磊	三角	上一下二	三合	
長	長	上下		二合	
耐	耐	左右		二合	重文/459
豬	豬	左右		二合	
豩	豩	半包圍	上包下	二合	460
豪	豪	上下		二合	重文/461
彙	彙	穿插		二合	
豚	豚	左右		二合	重文
豹	豹	左右		二合	462
豺	豺	左右		二合	
貍	貍	左右		二合	
貂	貂	左右		二合	463
貉	貉	左右		二合	
兒	兒	上下		二合	重文
豫	豫	左右		二合	464
駒	駒	左右		二合	465

𩦸	驪	左右		二合	
𩢷	駱	左右		二合	466
𩦂	驃	左右		二合	
𩣑	駁	左右		二合	467
𩦸	驥	左右		二合	
𩦸	駿	左右		二合	
𩦸	驕	左右		二合	468
𩦸	驗	左右		二合	
𩦸	騫	半包圍	上包下	二合	469
𩦸	騎	左右		二合	
𩦸	駕	上下		二合	
𩦸	駢	左右		二合	
𩦸	馴	左右		二合	470
𩦸	駙	左右		二合	
𩦸	篤	上下		二合	
𩦸	馮	左右		二合	
𩦸	驟	左右		二合	471
𩦸	驅	左右		二合	
𩦸	馳	左右		二合	
𩦸	驚	上下		二合	
𩦸	驚	上下		二合	
𩦸	駭	左右		二合	
𩦸	騫	半包圍	上包下	二合	
𩦸	駐	左右		二合	
𩦸	馴	左右		二合	
𩦸	騷	左右		二合	472
𩦸	驛	左右		二合	473
𩦸	騰	斜角	左上右下	二合	
𩦸	驢	左右		二合	
𩦸	法	左右		二合	重文/474

麟	麟	左右		二合	
麒	麒	左右		二合	475
麋	麋	上下		二合	
麂	麂	上下		二合	重文
麝	麝	上下		二合	
麗	麗	上下		二合	476
逸	逸	左右		二合	477
冤	冤	半包圍	上包下	二合	
狗	狗	左右		二合	
狡	狡	左右		二合	478
默	默	左右		二合	
猩	猩	左右		二合	
獎	獎	斜角	左上右下	二合	
狠	狠	左右		二合	
獷	獷	左右		二合	
狀	狀	左右		二合	479
狎	狎	左右		二合	
犯	犯	左右		二合	
猜	猜	左右		二合	
猛	猛	左右		二合	
怯	怯	左右		二合	重文
戾	戾	斜角	左上右下	二合	480
獨	獨	左右		二合	
獵	獵	左右		二合	
狩	狩	左右		二合	
臭	臭	上下		二合	
獲	獲	左右		二合	
獻	獻	左右		二合	
狂	狂	左右		二合	481
類	類	斜角	右上左下	二合	

篆	字	結構		合體	頁碼
狄	狄	左右		二合	
猶	猶	左右		二合	
狙	狙	左右		二合	
猴	猴	左右		二合	482
狼	狼	左右		二合	
狐	狐	左右		二合	
獺	獺	左右		二合	
獄	獄	左右		二合	
貔	貔	左右		二合	483
然	然	上下		二合	485
燒	燒	左右		二合	
烈	烈	上下		二合	
煦	煦	斜角	右上左下	二合	
炭	炭	斜角	左上右下	二合	486
灰	灰	斜角	右上左下	二合	
熄	熄	左右		二合	
炊	炊	左右		二合	487
烘	烘	左右		二合	
熏	熏	上下		二合	
煎	煎	上下		二合	
熬	熬	上下		二合	
炮	炮	左右		二合	
爆	爆	左右		二合	
煬	煬	左右		二合	
尉	尉	三角	上二下一	三合	
炙	炙	上下		二合	488
灼	灼	左右	·	二合	
煉	煉	左右		二合	
焚	焚	上下		二合	
燎	燎	左右		二合	

	焦	上下		二合	重文/489
	煙	左右		二合	
	炳	左右		二合	
	照	斜角	右上左下	二合	
	煜	左右		二合	
	炯	左右		二合	490
	炫	左右		二合	
	煌	左右		二合	
	光	上下		二合	
	熱	上下		二合	
	熾	左右		二合	
	炕	左右		二合	
	燥	左右		二合	
	炎	上下		二合	491
	餤	左右		二合	
	黑	上下		二合	492
	黯	左右		二合	
	黝	左右		二合	
	點	左右		二合	
	黠	左右		二合	493
	黔	左右		二合	
	黨	上下		二合	
	黷	左右		二合	
	黴	半包圍	上包下	二合	
	黜	左右		二合	
	炙	上下		二合	495
	赤	上下		二合	496
	報	左右		二合	
	赭	左右		二合	
	赫	左右		二合	

	奎	上下		二合	497
	夾	穿插		三合	
	奄	上下		二合	
	夸	上下		二合	
	契	上下		二合	
	夷	穿插		二合	498
	亦	穿插		二合	
	吳	斜角	右上左下	二合	
	喬	上下		二合	499
	絞	左右		二合	
	尬	左右		二合	500
	壹	全包圍		二合	
	懿	左右		二合	
	罣	上下		二合	
	執	左右		二合	501
	報	左右		二合	
	奢	上下		二合	
	曝	多層	多合	二合	
	奏	多層	中包下	三合	502
	奕	上下		二合	503
	獎	上下		二合	
	夫	穿插		二合	504
	規	左右		二合	
	端	左右		二合	
	靖	左右		二合	
	竭	左右		二合	505
	竣	左右		二合	
	並	左右		二合	
	替	上下		二合	重文
	毗	左右		二合	506

篆	字	結構	包圍	合	頁碼
𢙢	思	上下		二合	
𢝕	慮	上下		二合	
𢚬	息	上下		二合	
𢜩	情	左右		二合	
𢘑	性	左右		二合	
𢖽	志	上下		二合	
𢛳	意	上下		二合	
𤸷	應	上下		二合	507
𢝊	慎	左右		二合	
𢗴	忠	上下		二合	
𢙁	快	左右		二合	
𢙇	愜	上下		二合	
𢗁	念	上下		二合	
�	憲	半包圍	上包下	三合	
𢟽	慨	左右		二合	
𢠱	願	上下		二合	508
𢝫	慧	上下		二合	
𢘆	恬	左右		二合	
𢙐	恢	左右		二合	
𢙄	恭	半包圍	上包下	二合	
𢘓	恕	上下		二合	
𢘡	怡	左右		二合	
𢝋	慈	上下		二合	
�196	恩	上下		二合	
𢝗	慶	半包圍	上包下	三合	509
𢘤	忱	左右		二合	
𢠚	懷	左右		二合	
�	想	上下		二合	510
𢠲	懼	左右		二合	
𢘲	恃	左右		二合	

篆	字	結構		組合	頁碼
𢙐	悟	左右		二合	
𢞫	慰	上下		二合	
𢗻	慕	半包圍	上包下	二合	511
𢛯	怕	左右		二合	
𢙺	恤	左右		二合	
𢚩	急	上下		二合	512
𢜼	愉	左右		二合	513
𢞣	愚	上下		二合	514
𢜑	悍	左右		二合	
𢠆	態	上下		二合	
𢗩	怪	左右		二合	
𢝬	慢	左右		二合	
𢙊	怠	上下		二合	
𢠖	懈	左右		二合	
𢛰	惰	左右		二合	重文
𢝫	慫	上下		二合	
𢙇	忽	上下		二合	
𢗘	忘	上下		二合	
𢙄	恣	上下		二合	
𢝊	憧	左右		二合	
𢛁	悸	左右		二合	515
𢝑	惑	上下		二合	
𢗘	忌	上下		二合	
𢗞	忿	上下		二合	
𢛳	怨	上下		二合	516
𢘓	怒	上下		二合	
𢛋	慍	左右		二合	
𢙏	惡	上下		二合	
𢜩	憎	左右		二合	
𢙽	恨	左右		二合	

悔	悔	左右		二合	
怏	怏	左右		二合	
懣	懣	上下		二合	
憒	憒	左右		二合	
悶	悶	半包圍	上包下	二合	
惆	惆	左右		二合	
悵	悵	左右		二合	
愾	愾	左右		二合	
愴	愴	左右		二合	517
慘	慘	左右		二合	
悽	悽	左右		二合	
恫	恫	左右		二合	
悲	悲	上下		二合	
惻	惻	左右		二合	
惜	惜	左右		二合	
慇	慇	上下		二合	
感	感	上下		二合	
恙	恙	上下		二合	
惴	惴	左右		二合	
愁	愁	上下		二合	518
悠	悠	上下		二合	
悴	悴	左右		二合	
悄	悄	左右		二合	
慼	慼	左右		二合	
懾	懾	上下		二合	519
憚	憚	左右		二合	
悼	悼	左右		二合	
恐	恐	斜角	右上左下	二合	
怵	怵	左右		二合	
惕	惕	左右		二合	

	惶	左右		二合	
	怖	左右		二合	重文
	恥	左右		二合	
	忝	上下		二合	
	慚	上下		二合	
	憐	左右		二合	
	忍	上下		二合	
	懲	上下		二合	520
	憬	左右		二合	
	河	左右		二合	521
	潼	左右		二合	522
	江	左右		二合	
	沱	左右		二合	
	浙	左右		二合	523
	湔	左右		二合	524
	沫	左右		二合	
	溫	左右		二合	
	沮	左右		二合	
	滇	左右		二合	525
	沅	左右		二合	
	淹	左右		二合	
	溺	左右		二合	
	涇	左右		二合	526
	渭	左右		二合	
	漾	左右		二合	
	漢	左右		二合	527
	浪	左右		二合	
	漆	左右		二合	528
	洛	左右		二合	529
	汝	左右		二合	530

篆	字	結構		類型	頁碼
汾	汾	左右		二合	531
沁	沁	左右		二合	
沾	沾	左右		二合	
漳	漳	左右		二合	532
淇	淇	左右		二合	
蕩	蕩	左右		二合	
深	深	左右		二合	534
汨	汨	左右		二合	
湘	湘	左右		二合	535
油	油	左右		二合	
潭	潭	左右		二合	
溜	溜	左右		二合	
灌	灌	左右		二合	536
漸	漸	左右		二合	
淮	淮	左右		二合	537
澧	澧	左右		二合	538
泄	泄	左右		二合	539
淨	淨	左右		二合	541
泡	泡	左右		二合	
泗	泗	左右		二合	542
洋	洋	左右		二合	543
濁	濁	左右		二合	544
溉	溉	左右		二合	
治	治	左右		二合	545
渚	渚	左右		二合	
濟	濟	左右		二合	
濡	濡	左右		二合	546
沽	沽	左右		二合	
沛	沛	左右		二合	547
泥	泥	左右		二合	548

𣸣	海	左右		二合	550
𣹮	漠	左右		二合	
𣼚	溥	左右		二合	551
𣹳	洪	左右		二合	
𣵲	衍	穿插		二合	
𣺌	滔	左右		二合	
𣶒	涓	左右		二合	
𣹭	混	左右		二合	
𣻑	演	左右		二合	552
𣻪	渙	左右		二合	
𣶇	泌	左右		二合	
𣸗	活	左右		二合	
𣾷	瀏	左右		二合	
𣺶	滂	左右		二合	
𣳁	汪	左右		二合	
𣴯	況	左右		二合	
𣳚	沖	左右		二合	
𣸍	波	左右		二合	
𣸷	浩	左右		二合	553
𣽚	瀾	左右		二合	554
𣺗	漣	左右		二合	重文
𣺌	淪	左右		二合	
𣺴	漂	左右		二合	
𣵆	浮	左右		二合	
𣽟	濫	左右		二合	
𣴓	氾	左右		二合	
𣶎	泓	左右		二合	
𣺾	測	左右		二合	
𣻝	湍	左右		二合	
𣸋	淙	左右		二合	

	激	左右		二合	
	洞	左右		二合	
	沟	左右		二合	
	渾	左右		二合	555
	洌	左右		二合	
	淑	左右		二合	
	溶	左右		二合	
	清	左右		二合	
	滲	左右		二合	
	淵	左右		二合	
	澹	左右		二合	556
	滿	左右		二合	
	滑	左右		二合	
	澤	左右		二合	
	淫	左右		二合	
	潰	左右		二合	
	淺	左右		二合	
	滋	左右		二合	557
	沙	左右		二合	
	瀨	左右		二合	
	浦	左右		二合	558
	沸	左右		二合	
	派	左右		二合	
	濘	左右		二合	
	沼	左右		二合	
	池	左右		二合	
	湖	左右		二合	559
	溝	左右		二合	
	瀆	左右		二合	
	渠	左右		二合	

澗	澗	左右		二合	
澳	澳	左右		二合	
灘	灘	左右		二合	重文/560
汕	汕	左右		二合	
決	決	左右		二合	
滴	滴	左右		二合	
注	注	左右		二合	
沃	沃	左右		二合	
津	津	左右		二合	
渡	渡	左右		二合	561
沿	沿	左右		二合	
泳	泳	左右		二合	
潛	潛	左右		二合	
泛	泛	左右		二合	
泗	泗	左右		二合	重文
湊	湊	左右		二合	
湛	湛	左右		二合	
湮	湮	左右		二合	562
沒	沒	左右		二合	
決	決	左右		二合	
淒	淒	左右		二合	
瀑	瀑	左右		二合	
潦	潦	左右		二合	
濛	濛	左右		二合	563
沈	沈	左右		二合	
漬	漬	左右		二合	
渥	渥	左右		二合	
洽	洽	左右		二合	
濃	濃	左右		二合	564
滯	滯	左右		二合	

涸	涸	左右		二合	
消	消	左右		二合	
渴	渴	左右		二合	
溼	溼	三角	左一右二	三合	
潤	潤	左右		二合	565
準	準	左右		二合	
汀	汀	左右		二合	
湯	湯	左右		二合	566
淅	淅	左右		二合	
浚	浚	左右		二合	
瀝	瀝	左右		二合	
澱	澱	左右		二合	567
淤	淤	左右		二合	
滓	滓	左右		二合	
涼	涼	左右		二合	
淡	淡	左右		二合	
澆	澆	左右		二合	568
液	液	左右		二合	
汁	汁	左右		二合	
溢	溢	左右		二合	
滌	滌	左右		二合	
潘	潘	左右		二合	
漱	漱	左右		二合	
滄	滄	左右		二合	
浴	浴	左右		二合	569
澡	澡	左右		二合	
洗	洗	左右		二合	
汲	汲	左右		二合	
淳	淳	左右		二合	
淋	淋	左右		二合	

濯	濯	左右		二合	
灑	灑	左右		二合	570
泰	泰	多層	中包下	三合	
汗	汗	左右		二合	
泣	泣	左右		二合	
涕	涕	左右		二合	
渝	渝	左右		二合	571
減	減	左右		二合	
滅	滅	左右		二合	
漕	漕	左右		二合	
漏	漏	左右		二合	
萍	萍	左右		二合	572
流	流	左右		二合	重文/573
涉	涉	左右		二合	
瀕	瀕	左右		二合	
頻	頻	左右		二合	
顥	顥	上下		二合	
邕	邕	上下		二合	574
侃	侃	斜角	左上右下	二合	
州	州	穿插		二合	
原	原	斜角	左上右下	二合	重文/575
脈	脈	左右		二合	重文
谷	谷	半包圍	上包下	二合	
谿	谿	左右		二合	
豁	豁	左右		二合	576
潛	潛	左右		二合	重文
冰	冰	左右		二合	
凝	凝	左右		二合	重文
凍	凍	左右		二合	
凌	凌	左右		二合	重文

篆	字	結構		組合	頁碼
牖	凋	左右		二合	
㐱	多	半包圍	上包下	二合	
牰	冶	左右		二合	
牰	冷	左右		二合	
牰	冽	左右		二合	577
霆	霆	上下		二合	
電	電	上下		二合	
震	震	上下		二合	
霄	霄	上下		二合	578
雹	雹	上下		二合	
零	零	上下		二合	
霖	霖	上下		二合	
霑	霑	上下		二合	579
霽	霽	上下		二合	
露	露	上下		二合	
霜	霜	上下		二合	
霾	霾	上下		二合	
霓	霓	上下		二合	
需	需	上下		二合	580
雲	雲	上下		二合	
鮪	鮪	左右		二合	581
鰈	鰈	左右		二合	
鯉	鯉	左右		二合	582
鏈	鏈	左右		二合	583
鰻	鰻	左右		二合	
鱖	鱖	左右		二合	584
鮮	鮮	左右		二合	585
鯽	鯽	左右		二合	重文
鮫	鮫	左右		二合	
鯨	鯨	左右		二合	重文

鱗	鱗	左右		二合	
鮑	鮑	左右		二合	586
漁	漁	左右		二合	重文/587
翼	翼	上下		二合	重文/588
靡	靡	上下		二合	
靠	靠	上下		二合	
孔	孔	左右		二合	590
乳	乳	左右		二合	
至	至	上下		二合	
到	到	左右		二合	591
臻	臻	左右		二合	
臺	臺	半包圍	上包下	二合	
棲	棲	左右		二合	重文
鹹	鹹	左右		二合	592
鹽	鹽	全包圍		二合	
鹼	鹼	左右		二合	
扉	扉	斜角	左上右下	二合	
扇	扇	斜角	左上右下	二合	
房	房	斜角	左上右下	二合	
門	門	左右		二合	593
闈	闈	半包圍	上包下	二合	
閏	閏	半包圍	上包下	二合	
閣	閣	半包圍	上包下	二合	
閣	閣	半包圍	上包下	二合	
闔	闔	半包圍	上包下	二合	594
闢	闢	半包圍	上包下	二合	
闡	闡	半包圍	上包下	二合	
聞	聞	半包圍	上包下	二合	
閣	閣	半包圍	上包下	二合	595
閒	閒	半包圍	上包下	二合	

闌	闌	半包圍	上包下	二合	
閑	閑	半包圍	上包下	二合	
閉	閉	半包圍	上包下	二合	596
閣	閣	半包圍	上包下	二合	
關	關	半包圍	上包下	二合	
闐	闐	半包圍	上包下	二合	
閃	閃	半包圍	上包下	二合	
閱	閱	半包圍	上包下	二合	
闞	闞	半包圍	上包下	二合	
闊	闊	半包圍	上包下	二合	597
閔	閔	半包圍	上包下	二合	
闖	闖	半包圍	上包下	二合	
耽	耽	左右		二合	
耿	耿	左右		二合	
聯	聯	左右		二合	
聊	聊	左右		二合	
聖	聖	斜角	左上右下	二合	598
聰	聰	左右		二合	
聽	聽	三角	左二右一	三合	
聆	聆	左右		二合	599
職	職	左右		二合	
聲	聲	半包圍	上包下	二合	
聞	聞	半包圍	上包下	二合	
聘	聘	左右		二合	
聾	聾	上下		二合	
晶	晶	三角	上一下二	三合	
掌	掌	上下		二合	
指	指	左右		二合	
拳	拳	半包圍	上包下	二合	600
揖	揖	左右		二合	

攘	攘	左右		二合	601
拱	拱	左右		二合	
撿	撿	左右		二合	
拜	拜	三角	上二下一	三合	重文
推	推	左右		二合	602
排	排	左右		二合	
擠	擠	左右		二合	
抵	抵	左右		二合	
拉	拉	左右		二合	
挫	挫	左右		二合	
扶	扶	左右		二合	
持	持	左右		二合	
挈	挈	上下		二合	
摯	摯	上下		二合	603
操	操	左右		二合	
搏	搏	左右		二合	
據	據	左右		二合	
攝	攝	左右		二合	
挾	挾	左右		二合	
押	押	左右		二合	
握	握	左右		二合	
把	把	左右		二合	
攜	攜	左右		二合	604
提	提	左右		二合	
拈	拈	左右		二合	
捨	捨	左右		二合	
按	按	左右		二合	
控	控	左右		二合	
撩	撩	左右		二合	605
措	措	左右		二合	

篆	字	結構	包圍	合	頁
插	插	左右		二合	
掄	掄	左右		二合	
擇	擇	左右		二合	
捉	捉	左右		二合	
攝	攝	左右		二合	
授	授	左右		二合	606
承	承	多層	中包下	三合	
接	接	左右		二合	
招	招	左右		二合	607
撫	撫	左右		二合	
揣	揣	左右		二合	
搔	搔	左右		二合	
挑	挑	左右		二合	
抉	抉	左右		二合	
撓	撓	左右		二合	
摘	摘	左右		二合	608
摺	摺	左右		二合	
摯	摯	上下		二合	
摟	摟	左右		二合	
披	披	左右		二合	
掉	掉	左右		二合	
搖	搖	左右		二合	
揚	揚	左右		二合	609
舉	舉	半包圍	上包下	二合	
掀	掀	左右		二合	
揭	揭	左右		二合	
拯	拯	左右		二合	
振	振	左右		二合	
扛	扛	左右		二合	
扮	扮	左右		二合	610

篆	楷	結構		合	備註
抍	抍	左右		二合	
壇	擅	左右		二合	
摸	摸	左右		二合	
擬	擬	左右		二合	
損	損	左右		二合	
失	失	斜角	左上右下	二合	
撥	撥	左右		二合	
抒	抒	左右		二合	
攫	攫	左右		二合	611
拓	拓	左右		二合	
拾	拾	左右		二合	
援	援	左右		二合	
抽	抽	左右		二合	重文
拔	拔	左右		二合	
攣	攣	上下		二合	
挺	挺	左右		二合	
探	探	左右		二合	
揮	揮	左右		二合	612
摩	摩	上下		二合	
攬	攬	左右		二合	
撞	撞	左右		二合	
扔	扔	左右		二合	
括	括	左右		二合	
擘	擘	上下		二合	
技	技	左右		二合	613
摹	摹	半包圍	上包下	二合	
拙	拙	左右		二合	
拮	拮	左右		二合	
掘	掘	左右		二合	
掩	掩	左右		二合	

播	播	左右		二合	614
撻	撻	左右		二合	
抨	抨	左右		二合	
挨	挨	左右		二合	
撲	撲	左右		二合	
拂	拂	左右		二合	615
擊	擊	上下		二合	
抗	抗	左右		二合	
杭	杭	左右		二合	重文
捕	捕	左右		二合	
撚	撚	左右		二合	
捐	捐	左右		二合	616
捷	捷	左右		二合	
扣	扣	左右		二合	617
換	換	左右		二合	
掖	掖	左右		二合	
脊	脊	上下		二合	
姓	姓	左右		二合	618
姜	姜	上下		二合	
贏	贏	半包圍	上包下	二合	
姚	姚	左右		二合	
媒	媒	左右		二合	619
妁	妁	左右		二合	
娶	娶	上下		二合	
婚	婚	左右		二合	620
姻	姻	左右		二合	
妻	妻	穿插		三合	
婦	婦	左右		二合	
妃	妃	左右		二合	
媲	媲	左右		二合	

妊	妊	左右		二合	
娠	娠	左右		二合	
母	母	穿插		二合	
嫗	嫗	左右		二合	
姑	姑	左右		二合	621
威	威	半包圍	上包下	二合	
姚	姚	左右		二合	
姊	姊	左右		二合	
妹	妹	左右		二合	
姪	姪	左右		二合	622
姨	姨	左右		二合	
媾	媾	左右		二合	
婢	婢	左右		二合	
奴	奴	左右		二合	
娥	娥	左右		二合	623
始	始	左右		二合	
媚	媚	左右		二合	
嫵	嫵	左右		二合	624
好	好	左右		二合	
姣	姣	左右		二合	
婉	婉	左右		二合	
嫣	嫣	左右		二合	625
委	委	上下		二合	
娛	娛	左右		二合	626
娓	娓	左右		二合	
嫡	嫡	左右		二合	
如	如	左右		二合	
嬪	嬪	左右		二合	627
娑	娑	上下		二合	
妓	妓	左右		二合	

嬰	嬰	上下		二合	
媛	媛	左右		二合	628
妝	妝	左右		二合	
妖	妖	左右		二合	
佞	佞	斜角	左上右下	二合	
妨	妨	左右		二合	629
妄	妄	上下		二合	
妯	妯	左右		二合	
嫌	嫌	左右		二合	
妍	妍	左右		二合	
婀	婀	上下		二合	
嫖	嫖	左右		二合	630
婪	婪	上下		二合	
婁	婁	多層	上中下	三合	
姍	姍	左右		二合	631
姘	姘	左右		二合	
奸	奸	左右		二合	
姦	姦	三角	上一下二	三合	632
妥	妥	上下		二合	
毋	毋	穿插		二合	
氓	氓	左右		二合	633
刈	刈	左右		二合	重文
弗	弗	穿插		三合	
也	也	穿插		二合	
氏	氏	穿插		二合	634
氐	氐	上下		二合	
肇	肇	斜角	右上左下	二合	
戝	戝	斜角	左上右下	二合	635
夏	夏	上下		二合	636
戎	戎	斜角	右上左下	二合	

篆	字	結構	方位	合數	頁碼
賊	賊	穿插		二合	
戌	戌	斜角	右上左下	二合	
戰	戰	左右		二合	
戲	戲	左右		二合	
或	或	斜角	右上左下	三合	637
域	域	左右		二合	重文
戕	戕	左右		二合	
戮	戮	左右		二合	
戡	戡	左右		二合	
武	武	上下		二合	638
戢	戢	左右		二合	
戚	戚	半包圍	上包下	二合	
我	我	穿插		二合	
義	義	上下		二合	639
瑟	瑟	上下		二合	640
直	直	斜角	右上左下	三合	
亡	亡	斜角	右上左下	二合	
乍	乍	穿插		二合	
望	望	斜角	左上右下	二合	
無	無	半包圍	上包下	二合	
區	區	半包圍	左包右	二合	641
匿	匿	半包圍	左包右	二合	
匹	匹	半包圍	左包右	二合	
匠	匠	半包圍	左包右	二合	
匡	匡	半包圍	左包右	二合	642
筐	筐	上下		二合	重文
匪	匪	半包圍	左包右	二合	
匱	匱	半包圍	左包右	二合	
匣	匣	半包圍	左包右	二合	643
匯	匯	半包圍	左包右	二合	

甂	甄	左右		二合	644
甌	甌	左右		二合	
弨	弜	左右		二合	646
弧	弧	左右		二合	
張	張	左右		二合	
彎	彎	上下		二合	
引	引	左右		二合	
弘	弘	左右		二合	647
弛	弛	左右		二合	
弩	弩	上下		二合	
彈	彈	左右		二合	
發	發	斜角	右上左下	二合	
彆	彆	上下		二合	
弼	弼	左右		二合	648
弦	弦	左右		二合	
系	系	斜角	左上右下	二合	
孫	孫	左右		二合	
由	由	上下		二合	重文/649
繰	繰	左右		二合	650
繹	繹	左右		二合	
緒	緒	左右		二合	
緬	緬	左右		二合	
純	純	左右		二合	
紇	紇	左右		二合	
經	經	左右		二合	
織	織	左右		二合	651
綜	綜	左右		二合	
緯	緯	左右		二合	
統	統	左右		二合	
紀	紀	左右		二合	

納	納	左右		二合	652
紡	紡	左右		二合	
絕	絕	三角	左一右二	三合	
繼	繼	左右		二合	
續	續	左右		二合	
紹	紹	左右		二合	
縱	縱	左右		二合	
纖	纖	左右		二合	
細	細	左右		二合	653
縮	縮	左右		二合	
素	素	半包圍	上包下	二合	
級	級	左右		二合	
總	總	左右		二合	
約	約	左右		二合	
繚	繚	左右		二合	
纏	纏	左右		二合	
繞	繞	左右		二合	
辮	辮	穿插		二合	
結	結	左右		二合	
締	締	左右		二合	654
縛	縛	左右		二合	
繃	繃	左右		二合	
給	給	左右		二合	
終	終	左右		二合	
綺	綺	左右		二合	
縑	縑	左右		二合	655
練	練	左右		二合	
綾	綾	左右		二合	
繡	繡	左右		二合	
絢	絢	左右		二合	

繪	繪	左右		二合	656
絹	絹	左右		二合	
綠	綠	左右		二合	
紬	紬	左右		二合	
綰	綰	左右		二合	
紅	紅	左右		二合	657
緇	緇	左右		二合	658
纓	纓	左右		二合	659
紳	紳	左右		二合	
組	組	左右		二合	660
纂	纂	半包圍	上包下	二合	
紐	紐	左右		二合	
繪	繪	左右		二合	
緣	緣	左右		二合	661
綱	綱	左右		二合	662
縷	縷	左右		二合	
線	線	左右		二合	重文
縫	縫	左右		二合	
繕	繕	左右		二合	663
徽	徽	半包圍	上包下	二合	
紉	紉	左右		二合	
繩	繩	左右		二合	
縈	縈	半包圍	上包下	二合	664
緘	緘	左右		二合	
編	編	左右		二合	
維	維	左右		二合	
繁	繁	左右		二合	
紛	紛	左右		二合	
紂	紂	左右		二合	665
絆	絆	左右		二合	

絮	絮	上下		二合	
絡	絡	左右		二合	666
紙	紙	左右		二合	
繫	繫	上下		二合	
緝	緝	左右		二合	
績	績	左右		二合	
繆	繆	左右		二合	668
綱	綱	左右		二合	
緋	緋	左右		二合	
紕	紕	左右		二合	
縊	縊	左右		二合	
綏	綏	左右		二合	
彝	彝	多層	多合	四合	669
素	素	上下		二合	
綽	綽	左右		二合	重文
緩	緩	左右		二合	重文
絲	絲	左右		二合	
彎	彎	穿插		二合	
蚓	蚓	左右		二合	重文/670
蛹	蛹	左右		二合	
蟯	蟯	左右		二合	
雖	雖	斜角	右上左下	二合	
蜥	蜥	左右		二合	671
蜓	蜓	左右		二合	
螟	螟	左右		二合	
蛭	蛭	左右		二合	
蜴	蜴	左右		二合	
強	強	斜角	左上右下	二合	672
蜀	蜀	斜角	右上左下	二合	
螻	螻	左右		二合	

篆	字	結構		合	備註
蚖	蚚	左右		二合	
蛾	蛾	左右		二合	
蚩	蚩	上下		二合	674
蚣	蚣	左右		二合	重文
蝗	蝗	左右		二合	
蟬	蟬	左右		二合	
蜻	蜻	左右		二合	675
蛻	蛻	左右		二合	676
蛟	蛟	左右		二合	
蜃	蜃	上下		二合	677
蚌	蚌	左右		二合	
蝸	蝸	左右		二合	
蝦	蝦	左右		二合	678
蟆	蟆	左右		二合	
蟹	蟹	左右		二合	
蠣	蠣	左右		二合	重文/679
蝙	蝙	左右		二合	680
蝠	蝠	左右		二合	
蠻	蠻	上下		二合	
閩	閩	半包圍	上包下	二合	
虹	虹	左右		二合	
蠶	蠶	上下		二合	681
蚤	蚤	上下		二合	重文
螽	螽	穿插		二合	
蜜	蜜	上下		二合	重文/682
蚊	蚊	左右		二合	重文
蟲	蟲	穿插		二合	
蠡	蠡	上下		二合	
蠹	蠹	上下		二合	
蟲	蟲	三角	上一下二	三合	

蠱	蠱	上下		二合	683
風	風	上下		二合	
飆	飄	左右		二合	684
颯	颯	左右		二合	
颺	颺	左右		二合	
蛇	蛇	左右		二合	重文/685
蠅	蠅	左右		二合	686
蛛	蛛	左右		二合	重文
二	二	上下		二合	687
亟	亟	穿插		四合	
恆	恆	穿插		三合	
竺	竺	上下		二合	688
凡	凡	半包圍	上包下	二合	
地	地	左右		二合	
墜	墜	上下		二合	
坤	坤	左右		二合	
坡	坡	左右		二合	689
坪	坪	上下		二合	
均	均	左右		二合	
壤	壤	左右		二合	
塊	塊	左右		二合	重文/690
基	基	半包圍	上包下	二合	691
垣	垣	左右		二合	
堵	堵	左右		二合	
堪	堪	左右		二合	692
堂	堂	上下		二合	
堊	堊	上下		二合	693
墀	墀	左右		二合	
坐	坐	穿插		三合	重文/694
塡	塡	左右		二合	

	坦	左右		二合	
	堤	左右		二合	
	封	三角	左二右一	三合	
	璽	上下		二合	
	墨	上下		二合	
	型	上下		二合	695
	城	左右		二合	
	坎	左右		二合	
	墊	上下		二合	
	增	左右		二合	696
	埤	左右		二合	
	塞	半包圍	上包下	二合	
	培	左右		二合	
	垠	左右		二合	697
	壘	上下		二合	
	塹	上下		二合	
	埂	左右		二合	
	壙	左右		二合	
	毀	斜角	右上左下	二合	698
	壓	上下		二合	
	壤	左右		二合	
	坷	左右		二合	
	埃	左右		二合	
	垢	左右		二合	
	坯	左右		二合	
	墓	半包圍	上包下	二合	699
	墳	左右		二合	
	壟	左右		二合	
	壇	左右		二合	
	場	左右		二合	

圯	圯	左右		二合	700
垂	垂	上下		二合	
圭	圭	上下		二合	
堯	堯	上下		二合	
艱	艱	左右		二合	
里	里	上下		二合	701
釐	釐	斜角	左上右下	二合	
野	野	左右		二合	
疇	疇	左右		二合	
畸	畸	左右		二合	702
畝	畝	左右		二合	重文
甸	甸	半包圍	上包下	二合	
畦	畦	左右		二合	
畔	畔	左右		二合	703
界	界	上下		二合	
略	略	左右		二合	
當	當	上下		二合	
留	留	上下		二合	704
疆	疆	半包圍	右包左	二合	重文
黃	黃	穿插		二合	
男	男	上下		二合	705
舅	舅	左右		二合	
甥	甥	左右		二合	
勛	勛	左右		二合	重文
功	功	左右		二合	
助	助	左右		二合	
務	務	斜角	左上右下	二合	706
勉	勉	左右		二合	
勸	勸	左右		二合	
勁	勁	左右		二合	

篆	楷	結構	細分	合體	編號
勝	勝	斜角	左上右下	二合	
動	動	左右		二合	
劣	劣	斜角	左上右下	二合	
勞	勞	半包圍	上包下	二合	
勤	勤	左右		二合	707
勤	勤	左右		二合	
加	加	左右		二合	
勇	勇	左右		二合	
惠	惠	上下		二合	
勃	勃	左右		二合	
劫	劫	左右		二合	
飭	飭	三角	左一右二	三合	
劾	劾	左右		二合	
募	募	半包圍	上包下	二合	
協	協	左右		二合	708
金	金	穿插		三合	709
銀	銀	左右		二合	
鉛	鉛	左右		二合	
錫	錫	左右		二合	
銅	銅	左右		二合	
鏈	鏈	左右		二合	
鐵	鐵	左右		二合	
鏤	鏤	左右		二合	
錄	錄	左右		二合	
鑄	鑄	左右		二合	710
銷	銷	左右		二合	
鑠	鑠	左右		二合	
鍊	鍊	左右		二合	
釘	釘	左右		二合	
鑲	鑲	左右		二合	

鎔	鎔	左右		二合	
鍛	鍛	左右		二合	
鏡	鏡	左右		二合	
鍾	鍾	左右		二合	
鑑	鑑	左右		二合	
銼	銼	左右		二合	711
鍵	鍵	左右		二合	
錠	錠	左右		二合	712
鏵	鏵	左右		二合	
釦	釦	左右		二合	
錯	錯	左右		二合	
鈕	鈕	左右		二合	713
鑿	鑿	上下		二合	
錢	錢	左右		二合	
鈴	鈴	左右		二合	714
鍥	鍥	左右		二合	
鎮	鎮	左右		二合	
鉗	鉗	左右		二合	
鋸	鋸	左右		二合	
錐	錐	左右		二合	
銳	銳	左右		二合	
鏝	鏝	左右		二合	
鑽	鑽	左右		二合	
銓	銓	左右		二合	
銖	銖	左右		二合	
鍰	鍰	左右		二合	715
錘	錘	左右		二合	
鈞	鈞	左右		二合	
鐲	鐲	左右		二合	
鈴	鈴	左右		二合	

篆	楷	結構	細分	合	編號
鐃	鐃	左右		二合	716
鐸	鐸	左右		二合	
鐘	鐘	左右		二合	
錚	錚	左右		二合	717
鏜	鏜	左右		二合	
鏢	鏢	左右		二合	
鏑	鏑	左右		二合	718
鑾	鑾	上下		二合	719
銜	銜	穿插		二合	720
鑣	鑣	左右		二合	
釣	釣	左右		二合	
鐺	鐺	左右		二合	
鋪	鋪	左右		二合	
鈔	鈔	左右		二合	721
鉻	鉻	左右		二合	
鏃	鏃	左右		二合	
劉	劉	三角	左一右二	三合	
鈍	鈍	左右		二合	
處	處	上下		二合	重文 723
俎	俎	左右		二合	
斧	斧	斜角	右上左下	二合	
斫	斫	左右		二合	724
所	所	左右		二合	
斯	斯	左右		二合	
斷	斷	左右		二合	
新	新	左右		二合	
料	料	左右		二合	725
斡	斡	斜角	左上右下	二合	
斟	斟	左右		二合	
斜	斜	左右		二合	

軒	軒	左右		二合	727
輜	輜	左右		二合	
輕	輕	左右		二合	728
輯	輯	左右		二合	
輿	輿	半包圍	下包上	二合	
輒	輒	左右		二合	729
軸	軸	左右		二合	731
輪	輪	左右		二合	
轂	轂	上下		二合	
輻	輻	左右		二合	732
轅	轅	左右		二合	
輔	輔	左右		二合	733
載	載	斜角	右上左下	二合	734
軍	軍	半包圍	上包下	二合	
範	範	斜角	右上左下	二合	
轄	轄	左右		二合	
轉	轉	左右		二合	
輸	輸	左右		二合	
輩	輩	上下		二合	735
軋	軋	左右		二合	
軌	軌	左右		二合	
軔	軔	左右		二合	
輟	輟	左右		二合	
軻	軻	左右		二合	736
輦	輦	上下		二合	737
斬	斬	左右		二合	
轟	轟	三角	上一下二	三合	
官	官	半包圍	上包下	二合	
陵	陵	左右		二合	738
陰	陰	左右		二合	

陽	陽	左右		二合	
陸	陸	左右		二合	
阿	阿	左右		二合	
阪	阪	左右		二合	
隅	隅	左右		二合	
險	險	左右		二合	739
限	限	左右		二合	
阻	阻	左右		二合	
陋	陋	左右		二合	
陷	陷	左右		二合	
隊	隊	左右		二合	
降	降	左右		二合	
隕	隕	左右		二合	740
墮	墮	左右		二合	
防	防	左右		二合	
址	址	左右		二合	重文/741
附	附	左右		二合	
隔	隔	左右		二合	
障	障	左右		二合	
隱	隱	左右		二合	
隴	隴	左右		二合	742
陝	陝	左右		二合	
阮	阮	左右		二合	
陳	陳	三角	左一右二	三合	
陶	陶	左右		二合	
除	除	左右		二合	743
階	階	左右		二合	
陛	陛	左右		二合	
際	際	左右		二合	
隙	隙	左右		二合	

篆	字	結構		分合	備註
𨸏	陪	左右		二合	
𨸏	陴	左右		二合	
𨸏	隍	左右		二合	
𨸏	陲	左右		二合	
𨸏	院	左右		二合	
𨸏	隘	左右		二合	重文/744
𤏻	燧	三角	左一右二	三合	重文
綴	綴	左右		二合	745
五	五	穿插		二合	
六	六	半包圍	上包下	二合	
逵	逵	左右		二合	重文
蹂	蹂	左右		二合	重文/746
禽	禽	多層	上中下	三合	
禹	禹	穿插		二合	
獸	獸	左右		二合	
乾	乾	斜角	左上右下	二合	747
亂	亂	左右		二合	
尤	尤	斜角	左上右下	二合	
成	成	半包圍	上包下	二合	748
辜	辜	上下		二合	
辭	辭	左右		二合	749
辯	辯	穿插		二合	
孕	孕	上下		二合	
字	字	半包圍	上包下	二合	750
孿	孿	上下		二合	
孺	孺	左右		二合	
季	季	上下		二合	
孟	孟	上下		二合	
孽	孽	上下		二合	
孳	孳	上下		二合	

篆字	楷字	結構		合類	備註
	孤	左右		二合	
	存	左右		二合	
	疑	多層	多合	四合	
	孱	斜角	左上右下	二合	751
	育	上下		二合	
	毓	左右		二合	重文
	疏	左右		二合	
	羞	上下		二合	752
	辱	上下		二合	
	未	穿插		二合	753
	曳	穿插		二合	
	與	斜角	左上右下	二合	754
	酒	左右		二合	
	醞	左右		二合	
	釀	左右		二合	
	醇	左右		二合	755
	酤	左右		二合	
	配	左右		二合	
	酌	左右		二合	
	酬	左右		二合	重文/756
	醋	左右		二合	
	酣	左右		二合	
	醉	左右		二合	757
	醺	左右		二合	
	醫	上下		二合	
	酸	左右		二合	758
	酋	上下		二合	759
	尊	上下		二合	重文

〈大徐新附字結構分析表〉

篆	楷	組合大類	組合小類	組合數	備註
禰	禰	左右		二合	
祧	祧	左右		二合	
祆	祆	左右		二合	
祚	祚	左右		二合	
珈	珈	左右		二合	
璩	璩	左右		二合	
琖	琖	左右		二合	
琛	琛	左右		二合	
璫	璫	左右		二合	
琲	琲	左右		二合	
珂	珂	左右		二合	
玘	玘	左右		二合	
珝	珝	左右		二合	
璀	璀	左右		二合	
燦	燦	左右		二合	
琡	琡	左右		二合	
瑄	瑄	左右		二合	
琪	琪	左右		二合	
芙	芙	上下		二合	
蓉	蓉	上下		二合	
蕿	蕿	上下		二合	
荀	荀	上下		二合	
苲	苲	上下		二合	
蓀	蓀	上下		二合	
蔬	蔬	上下		二合	
芊	芊	上下		二合	
茗	茗	上下		二合	

蘮	薌	上下		二合	
藏	藏	上下		二合	
藏	薻	上下		二合	
蘸	蘸	上下		二合	
犍	犍	左右		二合	
犝	犝	左右		二合	
哦	哦	左右		二合	
嗃	嗃	左右		二合	
售	售	斜角	左上右下	二合	
噡	噞	左右		二合	
喉	喉	左右		二合	
喫	喫	左右		二合	
喚	喚	左右		二合	
咍	咍	左右		二合	
嘲	嘲	左右		二合	
呀	呀	左右		二合	
此	些	上下		二合	
邂	邂	左右		二合	
逅	逅	左右		二合	
遑	遑	左右		二合	
逼	逼	左右		二合	
邈	邈	左右		二合	
退	退	左右		二合	
迄	迄	左右		二合	
进	进	左右		二合	
透	透	左右		二合	
邐	邐	左右		二合	
迢	迢	左右		二合	
逍	逍	左右		二合	
遙	遙	左右		二合	

齡	齡	左右		二合	
躔	躔	左右		二合	
蹭	蹭	左右		二合	
蹬	蹬	左右		二合	
蹉	蹉	左右		二合	
跎	跎	左右		二合	
蹙	蹙	斜角	右上左下	二合	
躋	躋	左右		二合	
詢	詢	左右		二合	
讚	讚	左右		二合	
譜	譜	左右		二合	
詎	詎	左右		二合	
諼	諼	左右		二合	
謎	謎	左右		二合	
誌	誌	左右		二合	
訣	訣	左右		二合	
韻	韻	左右		二合	
鞘	鞘	左右		二合	
鞬	鞬	左右		二合	
韡	韡	左右		二合	
靮	靮	左右		二合	
鬧	鬧	半包圍	上包下	二合	
瞼	瞼	左右		二合	
眨	眨	左右		二合	
睚	睚	左右		二合	
眎	眎	左右		二合	
眸	眸	左右		二合	
睡	睡	左右		二合	
翻	翻	左右		二合	
翎	翎	左右		二合	

犴	犴	上下		二合	
鷉	鷉	左右		二合	
鶘	鶘	左右		二合	
鴨	鴨	左右		二合	
鵠	鵠	左右		二合	
麼	麼	上下		二合	
旒	旒	左右		二合	
臂	臂	半包圍	上包下	二合	
胲	胲	左右		二合	
腔	腔	左右		二合	
胸	胸	左右		二合	
朒	朒	左右		二合	
刎	刎	左右		二合	
剜	剜	左右		二合	
劇	劇	左右		二合	
刹	刹	左右		三合	
簃	簃	上下		二合	
筠	筠	上下		二合	
笏	笏	上下		二合	
篦	篦	上下		二合	
篙	篙	上下		二合	
齟	齟	左右		二合	
齦	齦	左右		二合	
盉	盉	上下		二合	
餕	餕	左右		二合	
饌	饌	左右		二合	
罐	罐	左右		二合	
矮	矮	左右		二合	
婓	婓	上下		二合	
靭	靭	左右		二合	

	栀	左右		二合	
	榭	左右		二合	
	槊	上下		二合	
	椹	左右		二合	
	楬	左右		二合	
	櫃	左右		二合	
	櫂	左右		二合	
	槔	左右		二合	
	椿	左右		二合	
	櫻	左右		二合	
	棟	左右		二合	
	梵	上下		二合	
	覘	左右		二合	
	賏	左右		二合	
	賭	左右		二合	
	貼	左右		二合	
	貽	左右		二合	
	賺	左右		二合	
	賽	半包圍	上包下	二合	
	賻	左右		二合	
	贍	左右		二合	
	瞳	左右		二合	
	曨	左右		二合	
	昕	左右		二合	
	昉	左右		二合	
	晙	左右		二合	
	晟	上下		二合	
	昶	左右		二合	
	暈	上下		二合	
	晬	左右		二合	

映	映	左右		二合	
曙	曙	左右		二合	
昳	昳	左右		二合	
曇	曇	上下		二合	
曆	曆	上下		二合	
昂	昂	上下		二合	
昇	昇	上下		二合	
朦	朦	左右		二合	
朧	朧	左右		二合	
穩	穩	左右		二合	
稑	稑	左右		二合	
馥	馥	左右		二合	
粮	粮	左右		二合	
粕	粕	左右		二合	
粔	粔	左右		二合	
妝	妝	左右		二合	
糉	糉	左右		二合	
糖	糖	左右		二合	
賓	賓	半包圍	上包下	二合	
寰	寰	半包圍	上包下	二合	
宋	宋	半包圍	上包下	二合	
罭	罭	半包圍	上包下	二合	
罳	罳	半包圍	上包下	二合	
罹	罹	半包圍	上包下	二合	
幢	幢	左右		二合	
幟	幟	左右		二合	
帚	帚	上下		二合	
幅	幅	左右		二合	
幌	幌	左右		二合	
帒	帒	上下		二合	

	帊	左右		二合	
	幞	左右		二合	
	憷	左右		二合	
	侶	左右		二合	
	伥	左右		二合	
	倅	左右		二合	
	傔	左右		二合	
	偶	左右		二合	
	儻	左右		二合	
	仿	左右		二合	
	倒	左右		二合	
	儈	左右		二合	
	低	左右		二合	
	債	左右		二合	
	價	左右		二合	
	停	左右		二合	
	傲	左右		二合	
	伺	左右		二合	
	僧	左右		二合	
	佇	左右		二合	
	偵	左右		二合	
	祛	左右		二合	
	衫	左右		二合	
	襖	左右		二合	
	眊	左右		二合	
	矐	左右		二合	
	毨	左右		二合	
	毴	左右		二合	
	甄	左右		二合	
	毬	左右		二合	

篆	楷	結構	細分	合數	
氂	氂	上下		二合	
屨	屨	斜角	左上右下	二合	
舸	舸	左右		二合	
艇	艇	左右		二合	
艅	艅	左右		二合	
艎	艎	左右		二合	
覹	覹	左右		二合	
歔	歔	左右		二合	
預	預	左右		二合	
醫	醫	上下		二合	
彩	彩	左右		二合	
髻	髻	斜角	左上右下	二合	
髫	髫	斜角	左上右下	二合	
髻	髻	斜角	左上右下	二合	
鬈	鬈	斜角	左上右下	二合	
魖	魖	左右		二合	
魔	魔	上下		二合	
魘	魘	上下		二合	
嶙	嶙	左右		二合	
岣	岣	左右		二合	
岌	岌	上下		二合	
嶠	嶠	左右		二合	
嶄	嶄	上下		二合	
嶼	嶼	左右		二合	
嶺	嶺	上下		二合	
嵐	嵐	上下		二合	
嵩	嵩	上下		二合	
崑	崑	上下		二合	
崙	崙	上下		二合	
嵇	嵇	斜角	左上右下	二合	

廎	慶	斜角	左上右下	二合	
廊	廊	斜角	左上右下	二合	
廂	廂	斜角	左上右下	二合	
廄	賑	斜角	左上右下	二合	
廜	慶	斜角	左上右下	二合	
廖	廖	斜角	左上右下	二合	
礦	礦	左右		二合	
磋	碏	左右		二合	
磯	磯	左右		二合	
碌	碌	左右		二合	
砧	砧	左右		二合	
砌	砌	左右		二合	
躓	躓	左右		二合	
礎	礎	左右		二合	
磋	磋	左右		二合	
貓	貓	左右		二合	
駛	駛	左右		二合	
馘	馘	左右		二合	
驟	驟	左右		二合	
馱	馱	左右		二合	
驛	驛	左右		二合	
駿	駿	左右		二合	
狄	狄	左右		二合	
狸	狸	左右		二合	
狷	狷	左右		二合	
獎	獎	左右		二合	
爐	爐	左右		二合	
煽	煽	左右		二合	
烙	烙	左右		二合	
爍	爍	左右		二合	

篆	楷	結構		合體	
燦	燦	左右		二合	
煥	煥	左右		二合	
艶	艶	左右		二合	
椵	椵	左右		二合	
慵	慵	左右		二合	
俳	俳	左右		二合	
怩	怩	左右		二合	
惉	惉	上下		二合	
懲	懲	上下		二合	
懇	懇	上下		二合	
忖	忖	左右		二合	
怊	怊	左右		二合	
慟	慟	左右		二合	
惹	惹	上下		二合	
恰	恰	左右		二合	
悌	悌	左右		二合	
懌	懌	左右		二合	
瀼	瀼	左右		二合	
溥	溥	左右		二合	
汱	汱	左右		二合	
泯	泯	左右		二合	
瀿	瀿	左右		二合	
瀘	瀘	左右		二合	
瀟	瀟	左右		二合	
瀛	瀛	左右		二合	
滁	滁	左右		二合	
洺	洺	左右		二合	
潺	潺	左右		二合	
湲	湲	左右		二合	
濤	濤	左右		二合	

灒	潊	左右		二合	
灉	港	左右		二合	
灛	潴	左右		二合	
灦	灞	左右		二合	
猋	淼	三角	上一下二	三合	
灝	潔	左右		二合	
洓	浹	左右		二合	
溢	溢	左右		二合	
洴	洴	左右		二合	
涯	涯	左右		二合	
霞	霞	上下		二合	
霏	霏	上下		二合	
霙	霙	上下		二合	
霤	霤	上下		二合	
靄	靄	上下		二合	
鰈	鰈	左右		二合	
魢	魢	左右		二合	
鰩	鰩	左右		二合	
闉	闉	半包圍	上包下	二合	
闈	闈	半包圍	上包下	二合	
閔	閔	半包圍	上包下	二合	
閥	閥	半包圍	上包下	二合	
闋	闋	半包圍	上包下	二合	
聲	聲	上下		二合	
抓	抓	左右		二合	
攙	攙	左右		二合	
摺	摺	左右		二合	
掠	掠	左右		二合	
掐	掐	左右		二合	
捻	捻	左右		二合	

拗	拗	左右		二合	
摵	摵	左右		二合	
捌	捌	左右		二合	
攤	攤	左右		二合	
抛	抛	左右		二合	
撈	撈	左右		二合	
打	打	左右		二合	
嬙	嬙	左右		二合	
姐	姐	左右		二合	
嬌	嬌	左右		二合	
嬋	嬋	左右		二合	
娟	娟	左右		二合	
嫠	嫠	斜角	左上右下	二合	
姤	姤	左右		二合	
琵	琵	上下		二合	
琶	琶	上下		二合	
瓷	瓷	斜角	左上右下	二合	
瓶	瓶	左右		二合	
紺	紺	左右		二合	
緋	緋	左右		二合	
緬	緬	左右		二合	
徹	徹	左右		二合	
練	練	左右		二合	
緯	緯	左右		二合	
繾	繾	左右		二合	
綣	綣	左右		二合	
蜒	蜒	上下		二合	
蟪	蟪	左右		二合	
蟻	蟻	左右		二合	
虬	虬	左右		二合	

小篆	楷書	結構		合體	
	蜢	左右		二合	
	蟋	左右		二合	
	螳	左右		二合	
	颼	左右		二合	
	颰	左右		二合	
	颱	左右		二合	
	鼇	上下		二合	
	塗	上下		二合	
	塤	左右		二合	
	埏	左右		二合	
	場	左右		二合	
	境	左右		二合	
	塾	斜角	左上右下	二合	
	墾	上下		二合	
	塘	左右		二合	
	坳	左右		二合	
	壋	左右		二合	
	墜	上下		二合	
	塔	左右		二合	
	坊	左右		二合	
	劬	左右		二合	
	勢	上下		二合	
	勘	左右		二合	
	辦	穿插		二合	
	鍾	左右		二合	
	銘	左右		二合	
	鎖	左右		二合	
	鈿	左右		二合	
	釧	左右		二合	
	釵	左右		二合	

鈚	釟	左右		二合	
轙	輟	左右		二合	
轔	轔	左右		二合	
轍	轍	左右		二合	
阢	阢	左右		二合	
阰	阡	左右		二合	
酪	酪	左右		二合	
醐	醐	左右		二合	
酪	酪	左右		二合	
酌	酌	左右		二合	
醒	醒	左右		二合	
醍	醍	左右		二合	

以上花了較多的篇幅，將三千一百一十五個常用字，與大徐新附三百九十九字分別以表列出，並逐字做了組字結構之分析，共可得出八大類，分別說明如下：

（一）上下型

即指在組字時，組字部件之間的相對位置為上下關係，全部為二合的組合數，這類字在小篆中所占的份量相當大。

（二）左右型

即指在組字時，組字部件之間的相對位置為左右關係，全部為二合的組合數，這類字在小篆中所占的份量最重。

（三）斜角型

絕大多數包含了以往學者所稱之左上包右下型、左下包右上型、右上包左下型的字，以及一部份尚無法構成以上三類的對角結構，筆者將它們重新分類為左上右下型與右上左下型二類，以免去難以歸類之困擾。

（四）全包型

顧名思義，即指一個部件為另一個部件所包住，絕大部分是口部字，少部分為它部字，這類字所占份量雖不多，卻為中國文字中不可或缺之一類，狹義的全包型字即指口部字。

（五）三角型

此名稱可與斜角相對應，依三角形之不同方向旋轉，即得出四種不同結構的三角形，即上一下二型（正三角形，俗稱品形）、左一右二型（向左轉九十度）、上二下一型（倒三角形）和左二右一型（向右轉九十度），從外形上即可分辨。

（六）穿插型

凡部件之位置不是相對分離，而是有所嵌入、伸入，或插入對方部件之中者，一律歸類為穿插型，因為有許多字很難說究竟是誰嵌入誰，因此不再分出細類。

（七）半包型

此處所指為上包下型、下包上型、左包右與右包左型四種情形，事實上也是包圍與被包圍的部件之間，做九十度的旋轉所形成的，此處所指以三面包圍者而言，與全包型相對應。

（八）多層型

這類結構在楷書與書法中相當普遍，這是因為楷書和書法並未顧慮字形的形成原因，而僅以相對分離的概念來理解，小篆的組字結構則非如此，而是必須顧慮到六書結構的，因此這類字所占比重不大。又可分為三部分：一部分是純粹的上中下型結構；另一部分是中間部件又包圍住下面部件的中包下型結構；第三部分則以四合結構以上的文字為主，統稱為多合型結構。

將文字組字結構分類雖非筆者首創，但目前之分類多限於甲骨文、隸書與楷書，而隸書與楷書的筆畫皆已線條化、平直化與符號化，早已無法看出本形，因此在分析上見仁見智，也有較大的出入。對於小篆做分析者極少，但是分析的成果卻有助於讓我們對小篆的組字結構有一脈絡可尋，也可藉此來與古文字或隸書、楷書做印證，極有價值。

本論文將《說文》小篆字形與組字結構的概念相結合，希望在一定範圍內從另一種角度來研究《說文》，不僅能對研究《說文》本身有幫助，也能對書法字形的變化有幫助，這是筆者一直關注的焦點。此外，也可藉此來審視小篆的組字結構和六書之間，是否具有關聯，或許又可開出另一種新的研究途徑亦未可知。以下將小篆的組字結構和六書中的象形、指事、會意、形聲相配合，俾便一窺組字結構與六書結構之聯繫關係：

〈組字結構與六書結構對應表〉

結構大類	結構小類	象形	指事	會意	形聲
上下型		√	√	√	√
左右型			√	√	√
斜角型	左上右下型	√	√	√	√
	右上左下型		√	√	√
全包型		√	√	√	√
三角型	上一下二型			√	
	上二下一型			√	√
	左一右二型			√	√
	左二右一型			√	
穿插型		√	√		
半包型	上包下型	√		√	√
	下包上型	√		√	
	左包右型	√		√	
	右包左型				√
多層型	上中下型			√	√
	中包下型			√	√
	多合型			√	√

　　〈組字結構與六書結構對應表〉（以下簡稱〈結構對應表〉）為筆者根據《說文》小篆組字結構與六書之相互關係所設計，左欄為《說文》小篆組字之八大類十七小類結構，將此十七小類結構與象形、指事、會意、形聲四者相比較，可發現象形之組字結構有七小類，指事六小類，會意十六小類與形聲十四小類。在此我們可以發現幾個現象：

1、象形、指事、會意、形聲組字結構之種類數，大致與《說文》中由此四書造出之文字數量符合：

　　《說文》九千三百五十三字中，象形與指事字不過數百字，會意稍多，但仍不及形聲，形聲字近乎百分之八十至九十，由許慎的《說文·序》中可以知道，「倉頡之初作書，蓋依類象形，故謂之文，其後形聲相益，即謂之字。」〔註32〕

〔註32〕〔東漢〕許慎撰、〔清〕段玉裁注：《說文解字》，頁761下右。

也就是說中國文字是先由象形與指事造字法的「文」開始，其後因事物日漸增多，原有文字不夠使用，於是又合兩個以上的文以合成新字，遂產生由會意與形聲造字法所產生的「字」。而「文」由於只有獨體，或是附加不成文的圖畫或符號，因此合成文字的部件數量受到限制，故無法製造出大量的文字，所以象形與指事在小篆中的組字結構方式，僅能占到七小類與六小類；而又受到象形所造爲具體物象，指事所造爲抽象物象的影響，人們的心理總是較能接受具體的物象，較難掌握抽象物象的，故象形的字數略多於指事，因此象形的組字方式多於指事，這也是合理而可令人接受的。

　　至於會意與形聲造字法，由於可合兩個以上的「文」以造字，因此限制放寬了許多，兩者在小篆中的組字方式便能提升到十四乃至十六小類，大大提升了中國文字的組字功能；然而依照前人研究之成果可知，象形、指事、會意屬於無聲字，形聲屬於有聲字，是故象形、指事、會意三種造字法早於形聲，而《說文》中的形聲字數量亦的確遠遠超越象形、指事與會意，按照道理來說，形聲字的組字方式應該更複雜於前三者，何以在此只和會意字的種類差不多呢？這可以分別由會意字與形聲字兩個方面來討論。

　　我們知道會意字的組成方式有兩種：第一種是集合兩個或兩個以上的文以組成一個新的會意字，而這幾個組字部件的相對位置是固定不變的，即「整體『畫面』性的意象組合式」。〔註33〕舉例來說，如「戒」字，《說文》曰：「戒，警也。从廾戈。持戈以戒不虞。」〔註34〕此字甲骨文作戒，金文作䜌（＝爲飾筆），戰國古文有作戒、䜌、戒、弄、弄 等，〔註35〕而小篆作戒，字形皆戈在上而廾在下，才能會出雙手持戈警戒之意，其相對位置不能改變；又如「集」字，《說文》曰：「䧹，群鳥在木上也。从雥木。集，䧹或省。」〔註36〕此字甲骨文作集，金文作集，戰國古文作䍀、集、集、集等形，〔註37〕而小篆作

〔註33〕參見王作新撰：〈《說文解字》複體字的組合與系統思維〉，《北方論叢》第五期，頁103。

〔註34〕〔東漢〕許慎撰、〔清〕段玉裁注：《說文解字》，頁105上右。

〔註35〕參見何琳儀撰：《戰國古文字典》（北京：中華書局，1998年9月第一版一刷），頁31～32。

〔註36〕〔東漢〕許慎撰、〔清〕段玉裁注：《說文解字》，頁149下右。

〔註37〕參見何琳儀撰：《戰國古文字典》，頁1396～1397。

集或叒，無論是一隻鳥或三隻鳥在樹上，字形皆隹或雥在上而木在下，其相對位置不能改變。另一種是集合兩個或兩個以上的文以組成一個新的會意字，而這幾個組字部件的相對位置可以變動，即「概念判斷性的語言組合式」。〔註38〕舉例來說，如「祭」字，《說文》曰：「祭，祭祀也。从示㠯手持肉。」〔註39〕此字甲骨文作戌、叔，金文與戰國古文作祵、祥、嗝、祥等形，〔註40〕其組字結構有左二右一型、左中右三合型、左一右二型等多種形態，小篆作祭，其組字部件相對位置可以變動，但仍可會意出「从示㠯手持肉」之意；由此可見，中國文字的組成，其組字部件的相對位置，確實有一部分是由形體位置的不定，至小篆而趨於穩定的。

　　會意字由於不兼顧到聲符的問題，因此有一部分的會意字只要在字形裡，其組字之部件不變，無論其相對位置如何改變，都可以由組字部件的相互關係，而推尋出該字的字義，但字義並不一定相同，如「杲」和「杳」、「杲」和「杳」等。僅有另一部分的會意字，其相對位置不能改變，否則就會變成另一個字；或是其相對位置一改變，就無法正確認出該字；或是部件有所減省，也可能造成會不出字義的情形。因此，在不兼顧聲符的情形下，無聲字的會意字的組成，是比有聲字的形聲字要來得有彈性的，故會意字的組字結構種類繁多，也就自然不足爲怪了。

　　就形聲字來說，在六書中是最晚出現的造字方式，它解決了中國文字無法大量造字的困擾，可以說是六書中最爲先進的造字法，照理來說，形聲字由形符與聲符兩部分組成，應該會有更多的彈性來組織文字，但是由上表中可知事實並非如此，其組字結構類型反而和會意字是旗鼓相當而已。就中國文字來說，爲了兼顧文字的容易辨認與書寫便利的兩個矛盾特點，不斷的進行繁化與簡化，因此中國文字在一定程度上保持著一定的繁簡，也就因爲有這兩種因素在互相制約著，所以形聲字儘管有許多的組字方式，但也無法無限的膨脹下去，只能在一定的範圍內變化，所幸這幾類的變化，便已足夠應付千變萬化的中國文字了。同時，形

〔註38〕參見王作新撰：〈《說文解字》複體字的組合與系統思維〉，《北方論叢》第五期，頁 103。

〔註39〕〔東漢〕許慎撰、〔清〕段玉裁注：《說文解字》，頁 3 下左。

〔註40〕參見何琳儀撰：《戰國古文字典》，頁 939。

聲字的一大特點，就是可以經由字形而知道字的讀音，故形符與聲符的位置也不能過於複雜，否則就失去了形聲字見形知義與見形知音的特色了。所以在所分析的十七小類小篆組字結構類型裡，形聲字爲十四小類，會意字爲十六小類，皆已經非常接近全部類型的十七類，可見會意與形聲兩種造字法，在中國文字的創造方式上已經是十分成熟的了。

由以上的論述可以看出，若是能將結構的分析解析得更爲詳細，就更能清楚明白組字結構與六書之間的關係，故只要我們能夠尋求出一個最適當的分類方法，想必能對中國文字內部的造字脈絡與先民的造字心理，推測出其中的神秘性，對於解開中國文字的起源，想必具有一定的價值；反過來說，若是不經由小類而僅由大類來解析，將無法準確的看出組字結構與造字法間的關係，則不但這樣的分析是事倍功半，也會使得原本具有的研究價值無法凸顯。

2、六書與結構之間的關係

由於本論文對於《說文》小篆的組字結構，採取的是一種初探的態度，因此在許多組字結構的分類上或許不免粗糙，然而基於對文字學、書法學、國語文教學等領域的興趣，因而促成撰寫本論文的動機，而礙於篇幅與寫作時間等因素，無法對《說文》小篆做全面的分析。《說文》中共有正文九千三百五十三字，若再加上重文，則字數將到達一萬字以上，最理想的情況是，針對《說文》正文的所有文字全面加以結構分析，將其分類並做橫向的比較，再與甲骨文、金文、戰國文字、隸書與楷書等歷史上的各種書體做縱向的比較，則能得出《說文》小篆組字結構分析的全面結論。然而正如上述，這項龐大的工程無法在此論文中完成，僅能先根據教育部所頒行之四千八百零八個常用字，而見於《說文》者，再加上大徐的新附字，以此三千五百一十四字做第一階段的分析，以期能在不完整中盡量達到完全的分析。雖然這些字數僅有原《說文》字數之三分之一，然而這是限於歷代對組字結構分析之著作資料的不足，結構分析的根據與來源的缺乏，以及寫作時間等問題的影響；雖然如此，本論文是期望能夠開啟在以楷書部件分析字形的趨勢下，也能夠對於中國文字歷來的各種書體結構，有一番基本的了解，從不同的角度來了解中國文字的組成與演變，相信是一項有趣的任務。

正如前文所說，由於本論文是初探《說文》小篆的組字結構，因此在字

例略顯不足，以及分類或許粗糙的情形下，在結構的分類與六書中象形、指事、會意與形聲造字法的對應上，似乎不能很完美的配合，僅能粗具規模；但是在這數千個字例中已經可以約略發現，結構分類與六書的對應，也是存在著某種聯繫的，相信若能將《說文》小篆的字例做全面性的分析，並加以適當的分類，必定可以尋找出更符合中國文字的演變規律，而這也是筆者將來所要努力的方向。

在此需要提出一點，現在大家都知道六書條例的出現，是在中國文字已經成熟的甲骨文之後的很長一段時間，在東漢時代才被鄭眾、班固和許慎等大家具體的條列出來的，儘管他們對這六書所下的名稱與次序不完全相同，但是，先有文字後有六書法則，卻是一個不容再爭辯的事實。這個現象也同樣適合運用在本論文所討論的對象上，筆者相信，在中國文字的組字結構組成中有其內在規律的存在，只是現在還沒有完全被發現，因為古人造字就如同六書的理論一樣，並不是先有六書，然後再依六書的方法來造字。例如象形造字法，是古人見到一種具體形象的東西，按照它的樣子將它創造出來，以便記錄它的音與義，是屬於直觀式的造字法；又或是聯想到一件事情，無法用具體的形象將其表達出來，而用抽象的符號來呈現，便是屬於直覺式的造字法。前者即是象形，後者即是指事。先民們可能是在類似這樣的環境下，創造出這許多的文字，後人再依據這些文字，又重新將它們分類，形成我們後人所說的六書，組字結構的分類也應當是如此。

由此可知，古人在造字時也未必是先有位置經營的概念，然後才根據這種概念來組織文字，由甲骨文、金文乃至於戰國文字中，我們早已知道最初的中國文字在一個字之中，無論是其內部各部件的相對位置、部件的增省，或是每個文字所占的空間等等，都沒有一定的準則，再加上因為地域的緣故，有飾筆、美術字（如鳥蟲書）等不同形體出現，都表現出早期的中國文字是沒有強烈的位置經營概念的，然而發展到了小篆之後，由於視覺上的心理因素，以及小篆整體文字呈現長形的總趨勢，才逐漸有了較為整體的幾種位置經營，而為後人統計出來。

由此推論，既然六書與組字結構二者都不是古人在創造文字之初，就已經先決定的規律，而後人卻又可從此二種規律中去歸納中國文字的特性，便可以

知道此二條規律在一定程度上，可以統攝中國文字；那麼六書與文字組字結構之間，是否也存在著某種規律呢？由上表針對每一個小篆的逐一分析之後，相信應該有其規律可尋，而這還有待於更進一步、更全面的探究。

以下各節再針對上表的各種分類與六書之間的關係，在每種分類下各舉數例，於每字之下亦做簡略之說明，以顯見各種類型的特性。需要特別聲明的是，每一種類型所舉字例的多寡，與它們在所有字例中出現的比例，未必有某種程度的關係。也就是說，在某種六書之下的某種組字結構類型，其字例可能很多，但多半集中於某些部首，在這種情況之下，筆者所採取的態度，是盡量選取不同部首的字例，以見其在不同情況下的組字情形，未必表示其字例較少；反過來說，若字例極多，除了選取不同部首中的字例之外，也會考慮選取較為典型或特殊的字例，以期在有限的篇幅與字例中，能盡量達到說明的效果。亦即字例選取的多寡，與它們在所有字例中所占的比例，未必具有正比的關係。

第四節　象形組字結構釋例

本節起針對〈常用合體文字小篆結構分析表〉、〈大徐新附字結構分析表〉以及〈結構對應表〉為依據，分別析出象形、指事、會意與形聲四節，針對六書與各種組字結構的關係，分別舉例，以期由字例中更清楚的認識《說文》小篆合體文字結體的原則。由於本論文針對的對象是合體文字，因此排除了獨體象形，而變體與省體象形又由獨體象形演變而來，故本節所列字例，乃指合體象形而言。此處所謂的合體象形之「合體」，與會意、形聲之「合體」又不相同。合體象形乃「以一個文作為主體，附加不成文字的圖形，二者相合而成的文字，稱為合體象形。」〔註41〕即由一個獨立的文，附加不成文之圖畫而成；而會意的定義為「凡由二個以上文字組合而成的新文字，謂之會意。」〔註42〕形聲的定義為「以一個表達各類事物的文字作為形符，再取一個可以說明此義的文字作為聲符，這形符與聲符相結合而成的新文字，謂之形聲字。」〔註43〕皆合二

〔註41〕許師錟輝撰：《文字學簡編——基礎篇》（臺北：萬卷樓圖書有限公司，1999 年 3 月初版），頁 166。

〔註42〕許師錟輝撰：《文字學簡編——基礎篇》，頁 174。

〔註43〕許師錟輝撰：《文字學簡編——基礎篇》，頁 183。

個以上的文，或再附加不成文的圖形或符號而成，〔註44〕二者並不相同，在此
先作說明。以下爲象形之五大類組字結構類型：

（一）上下型

走　小篆作㣥。《說文》曰：「趨也。从夭止。夭者屈也。凡走之屬皆从走。」
（頁64上右）〔註45〕

許師錟輝曰：「金文作『㣥』，从止，上象兩臂擺動之形，上體訛變爲
『夭』，《說文》云从夭止會意，此就篆文立說，未允。」〔註46〕故字
爲合體象形，字形自金文至戰國文字皆作上下二合型結構，〔註47〕小
篆亦承之爲上下二合型結構。

足　小篆作𤴓。《說文》曰：「人之足也，在體下。从口止。凡足之屬皆从
足。」（頁81下右）

許師錟輝曰：「从止，上象腓腸之形。」〔註48〕許愼釋形之誤，故字爲
合體象形，上下二合型結構。

胃　小篆作𗘡。《說文》曰：「穀府也。从肉，⊠象形。」（頁170下左）

當作「从肉，⊠象形。」〔註49〕故字爲合體象形，上下二合型結構。

（二）斜角型

1. 左上右下型

屋　小篆作𡲶。《說文》曰：「尻也。从尸。尸，所主也。一曰尸象屋形。
从至。至，所止也。屋室皆曰至。」（頁404下左）

李國英曰：「『从尸，尸，所主也』之說非是，當以『一曰：尸象屋形』

〔註44〕形聲另有形符不成文一類，雖形符不成文，但仍具有聲符，故亦列入形聲。

〔註45〕每個字例後所附之頁數，即爲該字在《說文》中之頁數，以便查詢。

〔註46〕許師錟輝撰：《文字學簡編——基礎篇》，頁167～168。

〔註47〕以下所提及之甲骨文、西周、春秋乃至戰國時代之金文，多參考李孝定編：《甲骨
文字集釋》（臺北：中央研究院歷史語言研究所，1965年6月）、周法高編：《金文
詁林》（香港：香港中文大學，1975年）、何琳儀編：《戰國古文字典》等，茲不再
於註解中一一註明；又因礙於諸多古文字字形於電腦與印刷中不易呈現，如非必
要則不列舉出來，僅列出其組字方式，以了解自甲骨文、西周、春秋、戰國文字
乃至小篆之組字結構演變。

〔註48〕許師錟輝撰：《文字學簡編——基礎篇》，頁167。

〔註49〕李國英撰：《說文類釋》（臺北：書銘出版事業股份有限公司，1975年7月），頁115。

為正說，屋乃从至之合體象形，于例當列入至部。」〔註50〕故為合體象形，左上右下二合型結構。

石　小篆作𥑮。《說文》曰：「山石也。在厂之下，口象形。凡石之屬皆从石。」（頁453上左）

李國英曰：「『在厂之下』句，當作从厂。」〔註51〕陳飛龍亦曰：「合成文之『厂』與不成文之『口』而成一實體之形。」〔註52〕故為合體象形，左上右下二合型結構。

（三）全包型

甘　小篆作𠙸。《說文》曰：「美也。从口含一。一，道也。凡甘之屬皆从甘。」（頁204上右）

李國英曰：「从口含一，一者所含之物也，是乃从口之合體象形，而當以味美為本義。『一，道也』之說非是也。」〔註53〕故字為合體象形，〔註54〕字形上自甲骨文、金文起即為全包圍二合型結構，但戰國文字除全包圍二合型結構外，尚有省去象徵口中之物之短橫，而為獨體者，小篆則為全包圍二合型結構。

面　小篆作𠚼。《說文》曰：「顏前也。从𦣻象人面形。凡面之屬皆从面。」（頁427上右）

此字為合體象形，全包圍二合型結構。

（四）穿插型

屯　小篆作𡴈。《說文》曰：「難也。屯，象艸木之初生屯然而難。从屮貫

〔註50〕李國英撰：《說文類釋》，頁124～125。

〔註51〕李國英撰：《說文類釋》，頁126。

〔註52〕陳飛龍撰：《說文無聲字考》（臺北：文史哲出版社，1991年11月第五版），頁80。

〔註53〕李國英撰：《說文類釋》，頁118。

〔註54〕向夏引徐鍇《說文繫傳》認為此字當為指事。參見向夏編：《說文解字部首講疏》（臺北：書林出版有限公司，1999年9月第一版二刷），頁148～149。徐復、宋文民引徐灝箋亦曰：「从口含一，指事。」徐復、宋文民合撰：《說文五百四十部首正解》（南京：江蘇古籍出版社，2003年1月第一版一刷），頁120。蔡信發則認為：「該字雖由『口』和『一』合成，然而不可將它當作是合體象形。因甘的發聲屬見紐，口的發聲屬溪紐，都是牙聲，二字同類雙聲，所以甘應是從口得聲的形聲字，是屬形符不成文的形聲字。」認為此字當為形聲字形符不成文。蔡信發撰：《辭典部首淺說》（汐止：漢光文化事業股份有限公司，1997年9月四版），頁100～101。

一屈曲之也。一，地也。《易》曰：『屯，剛柔始交而難生。』」（頁 22
上左）

李國英曰：「从中而以象地之一筆橫其上以示義，是乃从中之合體象
形。引《易》以說字，不可恃也。」〔註55〕其字以中穿插過一以示義，
故字爲合體象形，字形上甲骨文構字不明，〔註56〕西周金文至戰國文
字則有獨體、穿插二合型等結構，而大多數爲筆勢上之變化，於結構
並無大妨礙，小篆則爲穿插二合型結構。

叉　小篆作叉。《說文》曰：「手措相錯也。从又一，象叉之形。」〔註57〕
（頁 116 上右）

李國英曰：「字从又象叉物之形，段氏補『一』字而以之上屬，非是也。」
〔註58〕故字當爲合體象形，穿插二合型結構。

巫　小篆作巫。《說文》曰：「巫祝也，女能事無形，已舞降神者也，象人
兩褎舞形，與工同意，古者巫咸初作巫。凡巫之屬皆从巫。」（頁 203
下右）

李國英曰：「巫乃从工之合體象形，从工取其引申巧妙之義，而左右二
體以象人兩褎舞形。」〔註59〕故爲合體象形，穿插二合型結構。

（五）半包型

1. 上包下型

周　小篆作周。《說文》曰：「密也。从用口。」（頁 59 上左）

此字「于卜辭作田、作田，金文或作田、作周，皆不从口，亦不从
用，實乃从田之合體象形，而爲疇之初文。周之从田，猶秦之从禾。
惟其有方名之義，而卜辭金文方名姓氏其繁文多有从口之例，是以周
於金文亦或从口作周、作周、作周。」〔註60〕故字爲合體象形，字形
上甲骨文爲獨體，金文有上下二合型結構者，至戰國則有上下二合型、

〔註55〕李國英撰：《說文類釋》，頁 105〜106。

〔註56〕何琳儀以甲骨文作「叉」，認爲構字不明。參見何琳儀撰：《戰國古文字典》，頁 1326。

〔註57〕段玉裁曰：「謂手指與物相錯也，凡布指錯物閒而取之曰叉。」故「手措相錯也」
疑當作「手指相錯也」。〔東漢〕許慎撰、〔清〕段玉裁注：《說文解字》，頁 116 上
右。

〔註58〕李國英撰：《說文類釋》，頁 110〜111。

〔註59〕李國英撰：《說文類釋》，頁 117〜118。

〔註60〕李國英撰：《說文類釋》，頁 106。

上包下二合型等結構，小篆則爲上包下二合型結構。

向　小篆作𠈇。《說文》曰：「北出牖也。从宀从口。《詩》曰：『塞向墐戶。』」
（頁341下左）

李國英曰：「字从宀而以口象牖，『从口』之說非是也。」〔註61〕故爲
合體象形，上包下二合型結構。

閉　小篆作𨴢。《說文》曰：「闔門也。从門。才所㠯距門也。」（頁596上右）

段注曰：「才不成字，云所以距門，依許全書之例，當云才象所以距門
之形乃合。」〔註62〕故爲合體象形，上包下二合型結構。

2. 下包上型

血　小篆作𥁕。《說文》曰：「薦所祭牲血也。从皿，一象血形。凡血之屬
皆从血。」（頁215下左）

蔡信發曰：「『皿』是表示盛牲血的器具，具有獨立的形、音、義，是
據具體的形象造字，在六書中是屬獨體象形。『一』是象器中凝固的血
塊，和計數的『一』無關，並沒有獨立的形、音、義，只是一個不成
文的實象而已。二者相合，就產生一個新字，那就是「血」，也產生一
個新義，那就是「牲血」。職是，其結構當屬合體象形。」〔註63〕此字
爲合體象形，〔註64〕字形上甲骨文時即爲下包上二合型結構，西周與
春秋金文亦同，戰國文字則除下包上二合型外，尚有上下二合型者，
小篆則爲下包上二合型結構。

3. 左包右型

巨　小篆作𤰃。《說文》曰：「規巨也。从工象手持之。」（頁203上左）

此字「巨之與工，本一字之異構也。用巨之道，或平或偃，或覆或臥，
或環或合，必有持握，其用乃靈，製器之初，但作工形，其後爲求其
用之靈，乃加握柄而成𤰃形，以是字亦从工而益握柄之形作𤰃矣。然
則『从工象手持之』句，當作从工象形矣。」〔註65〕故字爲合體象形，
字形上在金文爲獨體，戰國文字則有穿插二合型、左包右二合型等結

〔註61〕李國英撰：《說文類釋》，頁123。

〔註62〕〔東漢〕許慎撰、〔清〕段玉裁注：《說文解字》，頁596上右。

〔註63〕蔡信發撰：《辭典部首淺說》，頁150～151。

〔註64〕向夏引徐灝《說文解字注箋》則曰：「从皿盛一，像血，一，當爲指事。」向夏編：
《說文解字部首講疏》，頁170～171。

〔註65〕李國英撰：《說文類釋》，頁116。

構，小篆則爲左包右二合型結構。

象形的結構種類在四者中僅多於指事，這是由於象形與指事同屬於「文」，它們的發生早於會意與形聲，而象形又是所有文字發生演變的根本，因而它的特色是類型不多，但卻是文字賴以組成的重要因素，所有的中國文字追根究底，都會回到象形的身上。

由以上的字例中不難發現，六書皆屬於合體象形，這種情形很容易說明，因爲所謂合體文字，必定是要由兩個以上的部件所組成，而這兩個以上的部件中，至少必須有一個成文。所以在字例中是絕對不可能出現獨體象形的，因此在象形的合體文字上，便由合體象形占了主導地位。而由於合體象形只能有一個「文」，搭配其它不成文的圖形，因此在組字上受到了較大的限制，所呈現出的類型即是以上的五大類。

第五節　指事組字結構釋例

本節所舉字例爲指事字的結構類型，與象形組字結構相同，由於對象是合體文字，故排除獨體指事，又因變體指事變化自獨體指事，故此處之字例乃指合體指事而言。〔註66〕以下爲指事五大類組字結構類型：

（一）上下型

天　小篆作兲。《說文》曰：「顚也。至高無上。从一大。」（頁 1 上左至下右）
　　李國英曰：「『从一大』，當作从大，一在其上。」〔註67〕故爲合體指事，字形自甲骨文以來，歷經西周、春秋、戰國文字乃至小篆，並皆爲上下二合型結構。

示　小篆作示。《說文》曰：「天𣎳象見吉凶，所㠯示人也。从二，日月星也，觀乎天文㠯察時變，示神事也。凡示之屬皆从示。」（頁 2 下右）
　　李國英曰：「天在上，故字从二，三𣎳之筆，非取於日月星之實象，乃

〔註66〕合體指事乃「以一個文爲主體，附加不成文的符號，二者相合而成的文字，謂之合體指事。」許師錟輝撰：《文字學簡編——基礎篇》，頁 172。

〔註67〕李國英撰：《說文類釋》，頁 158。

臆構之體，以象日月星所示之虛象也，故為从二之合體指事。」〔註68〕六書為合體指事，〔註69〕上下二合型結構。

牟　小篆作牟。《說文》曰：「牛鳴也。从牛，ㄙ象其聲气从口出。」（頁52上左）此字為合體指事，上下二合型結構。

（二）左右型

引　小篆作引。《說文》曰：「開弓也。从弓丨。」（頁646下左）

此字應為从弓，而以一虛象丨表示引弓之意，故字當為从弓之合體象形，字形上自甲骨文以來，歷經西周、春秋金文、戰國文字皆為左右二合型，但左右兩個部件乃相連在一起，小篆亦為左右二合型結構，但左右兩個部件並不相連。

（三）斜角型

1. 左上右下型

刃　小篆作刃。《說文》曰：「刀堅也。象刀有刃之形。凡刃之屬皆从刃。」（頁185上左）

李國英曰：「字从刀而益以一筆、識刀堅之所在，者臆構虛象之體也。」〔註70〕向夏引王筠《說文釋例》亦曰：「夫刀以刃為用，刃不能離刀而成體也。顧刃之為字，有柄有脊有刃矣，欲別作刃字，不能不從刀而以、點指其處，謂刃在是而已。」〔註71〕故為合體指事，刀與、結字時未發生變形現象，排列之相對位置為左上右下，故為左上右下二合型結構。

2. 右上左下型

寸　小篆作寸。《說文》曰：「十分也。人手卻一寸動脈謂之寸口。从又一。凡寸之屬皆从寸。」（頁122上右至上左）

許師錟輝曰：「从又，示其在手部，『一』示寸口之部位，此臆構之象，《說文》釋為从又一會意，未允。」〔註72〕向夏引徐鍇《說文繫傳》、

〔註68〕李國英撰：《說文類釋》，頁158～159。

〔註69〕蔡信發認為示字乃象運算的竹片縱橫排列的樣子，應為獨體象形。參見蔡信發撰：《辭典部首淺說》，頁115。

〔註70〕李國英撰：《說文類釋》，頁162。

〔註71〕向夏編：《說文解字部首講疏》，頁138。

〔註72〕許師錟輝撰：《文字學簡編——基礎篇》，頁172。

王筠《說文句讀》、朱駿聲《說文通訓定聲》、章太炎《文始》等亦皆定爲指事，〔註73〕故爲合體指事，字形上戰國文字有右包左二合型、上下二合型結構等，小篆之結字中，寸與一字形未變形，仍爲右上左下二合型結構。

（四）全包型

音　小篆作𣬶。《說文》曰：「聲生於心有節於外謂之音，宮商角徵羽，聲也，絲竹金石匏土革木，音也。从言含一。凡音之屬皆从音。」（頁102下左）

李國英曰：「字从言，一則臆構虛象之體。」〔註74〕陳飛龍引林義光《文源》亦曰：「『从言，一以示音在言中。』是以文之取意：合成文之『言』與不成文之『一』而成一虛象之形，故屬合體指事文。」〔註75〕故爲合體指事，全包圍二合型結構。

（五）穿插型

芈　小篆作羋。《說文》曰：「羊鳴也。从羊象气上出，與牟同意。」（頁147上右）

李國英曰：「字从羊而益以一曲之筆𠂆臆構之體象羊鳴气上出之虛象。」〔註76〕故爲合體指事，穿插二合型結構。

曰　小篆作𠁡。《說文》曰：「𧥫也。从口，乚象口气出也。」（頁204下右）

李國英曰：「字从口而益以一曲之筆乚象气出口之虛象，乚者臆構之體也。」〔註77〕故爲合體指事，穿插二合型結構。

本　小篆作𣎳。《說文》曰：「木下曰本，從木從丅。」（頁251上右）

李國英曰：「但以一筆臆構之體一識之而已，字非从丅。」〔註78〕故爲合體指事，穿插二合型結構。

指事字的結構類型在四者當中所占類型最少，不少學者認爲，指事字也是

〔註73〕參見向夏編：《說文解字部首講疏》，頁96～97。

〔註74〕李國英撰：《說文類釋》，頁160。

〔註75〕陳飛龍撰：《說文無聲字考》，頁104。

〔註76〕李國英撰：《說文類釋》，頁161～162。

〔註77〕李國英撰：《說文類釋》，頁162～163。

〔註78〕李國英撰：《說文類釋》，頁164。

在象形字的基礎上發展起來的，可是事實上指事字在整個中國文字中所占的份量並不重，這一點由《說文》中的比例即可看出。為什麼在象形字的基礎上發展起來的指事字，數量竟會如此之少，且結構類型亦少於象形字呢？這可能受到人們的思想認知的緣故。象形造字法是屬於直觀式的，能夠針對清楚看見的物體，直接根據其外形而造字，因此是屬於具體的形象；指事造字法則相反，它所根據的是直覺式的，是由人們的意象而形諸於文字的，因此是屬於抽象的意象，人們原本就對於抽象的意象較難掌握，因此，用指事造字法無法創造出大量的文字，故其結構類型亦隨之減少，這一點是符合事實推論的。

第六節　會意組字結構釋例

本節所舉為會意字的結構類型，共計有八大類的組字結構類型：

（一）上下型

士　小篆作士。《說文》曰：「事也。數始於一終於十，从一十。孔子曰：『推十合一為士。』凡士之屬皆从士。」（頁 20 上左至下右）

李國英曰：「凡事必有本末終始，故字从數之始終一十以構形。」〔註79〕

陳光政曰：「一為起數，十為成數，从一十會意者，言士任事有始終也。」〔註80〕故為異文會意，字形上西周金文之構字不明，〔註81〕春秋金文與戰國文字皆作上下二合型結構，但筆畫長短不定，時與土字相混，小篆亦為上下二合型結構。

苗　小篆作苗。《說文》曰：「艸生於田者。从艸田。」（頁 40 下右）

此字為異文會意，上下二合型結構。

古　小篆作古。《說文》曰：「故也。从十口。識前言者也。凡古之屬皆从古。」（頁 89 上左）

陳光政曰：「从十口會意者，猶言十代相傳之言，一代（一世）以三十年計，十代則為三百年，故三百年以上始得謂之古。」〔註82〕此字為

〔註79〕李國英撰：《說文類釋》，頁 177。

〔註80〕陳光政撰：《會意研究》（高雄：復文圖書出版社，1999 年 3 月初版四刷），頁 72。

〔註81〕何琳儀以甲骨文作「士」，認為構字不明。參見何琳儀撰：《戰國古文字典》，頁 103。

〔註82〕陳光政撰：《會意研究》，頁 80。

異文會意，上下二合型結構。

（二）左右型

祝　小篆作祝。《說文》曰：「祭主贊詞者。从示从儿口。一曰从兌省。《易》
曰：『兌爲口爲巫』。」（頁 6 下右至下左）

李國英曰：「字『从儿口』，不足以示主贊詞者之義，祝乃从示从兄會
意，示者神事也，从兄以示發號施令之義。」〔註 83〕陳光政亦曰：「示
者，神事也；儿者，古文奇字人也；口者，所以言語也。从示从儿口
會意者，謂人與神交言，是指祭主贊詞之事也。」〔註 84〕故爲異文會
意，左右二合型結構。

玨　小篆作玨。《說文》曰：「二玉相合爲一玨。凡玨之屬皆从玨。」（頁
19 下左）

此字爲同文會意，左右二合型結構。

吹　小篆作吹。《說文》曰：「噓也。从口欠。」（頁 56 下左）

此字爲異文會意，左右二合型結構。

（三）斜角型

1. 左上右下型

名　小篆作名。《說文》曰：「自命也。从口夕。夕者冥也，冥不相見，故
以口自名。」（頁 57 上左）

陳光政曰：「古人族居各地，夜暮之後，各自設防，若有晚歸者，須在
設防之外，高呼自己之姓名，故名从口夕會意。」〔註 85〕此字爲異文
會意，左上右下二合型結構。

及　小篆作及。《說文》曰：「逮也。从又人。」（頁 116 下左）

此字爲異文會意，字形上甲骨文爲左右二合型，西周金文有穿插二合
型，春秋金文有上下二合型，戰國文字亦皆上下二合型，但筆勢與方
向略有不同，小篆則又趨於穩定，組字時人字變形，形成左上右下之
二合型結構。

左　小篆作左。《說文》曰：「ナ手相左也。从ナ工。凡左之屬皆从左。」（頁
202 下右至下左）

〔註 83〕李國英撰：《說文類釋》，頁 174。

〔註 84〕陳光政撰：《會意研究》，頁 235。

〔註 85〕陳光政撰：《會意研究》，頁 74～75。

陳光政曰：「左，今之左手；工，工匠欲善其事之器，今之矩也。從
ナ工會意者，人手須藉工具之助，始能善其事。」〔註86〕故此字為異
文會意，左上右下二合型結構。

2. 右上左下型

命　小篆作命。《說文》曰：「使也。從口令。」（頁57下右）

此字為從口令之異文會意，字形上甲骨文為左右二合型，春秋金文為
右上左下二合型，戰國文字則有右上左下二合型、左上右下二合型等，
小篆於結字時令字之下半部變形偏右，故為右上左下二合型結構。

昏　小篆作昏。《說文》曰：「日冥也。從日氐省，氐者下也。一曰民聲。」
（頁308上右至上左）

段注於「一曰民聲」下曰：「此四字淺人所增，非許本書，宜刪。」
〔註87〕故為異文會意，右上左下二合型結構。

企　小篆作企。《說文》曰：「舉踵也。從人止。」（頁369下右）

陳光政曰：「止者，足也，此作踵之義也。從人止會意者，示人舉踵而
望也。」〔註88〕故此字為異文會意，右上左下二合型結構。

（四）全包型

因　小篆作因。《說文》曰：「就也。從口大。」（頁280下左）

此字為異文會意，字形上自甲骨文起即為全包圍二合型結構，金文、
戰國文字與小篆皆承之。

（五）三角型

1. 上一下二型

品　小篆作品。《說文》曰：「眾庶也。從三口。凡品之屬皆從品。」（頁85
下左）此字為同文會意，上一下二三合型結構。

磊　小篆作磊。《說文》曰：「眾石皃。從三石。」（頁457下右至下左）
此字為同文會意，上一下二三合型結構。

姦　小篆作姦。《說文》曰：「厶也。從三女。」（頁632上左）

陳光政曰：「從三女會意者，猶小人結黨，臭味相投合，專營害人利己

〔註86〕陳光政撰：《會意研究》，頁99～100。

〔註87〕〔東漢〕許慎撰、〔清〕段玉裁注：《說文解字》，頁244上左。

〔註88〕陳光政撰：《會意研究》，頁115。

之事，故許訓曰：『私也』。」〔註89〕故此字為同文會意，上一下二三合型結構。

2. 上二下一型

祭　小篆作祭。《說文》曰：「祭祀也。从示己手持肉。」（頁3下左）

此字為从示、手、肉三合之異文會意，甲骨文即有兩種以上的字形，如左右二合型、左二右一三合型等，西周與春秋金文則有左中右三合型者，戰國文字亦有左一右二三合型、右上左下三合型、上二下一三合型等多種字形，小篆則肉在左上，手在右上，示居下部，故字為上二下一三合型結構。

盥　小篆作盥。《說文》曰：「澡手也。从臼水臨皿也。《春秋傳》曰：『奉匜沃盥。』」（頁215上右至上左）

李國英曰：「字列皿部，『从臼水臨皿也』句，當作从皿水从臼。」〔註90〕故為異文會意，上二下一三合型結構。

3. 左一右二型

鼓　小篆作鼓。《說文》曰：「郭也。春分之音，萬物郭皮甲而出，故曰鼓。从壴从中又，中象垂飾，又象其手擊之也。《周禮》六鼓，靁鼓八面，靈鼓六面，路鼓四面，鼖鼓皋鼓晉鼓皆兩面。凡鼓之屬皆从鼓。」（頁208上右）

字為會意附加圖形，〔註91〕字形上甲骨文為左右二合型，西周、春秋金文及戰國文字亦皆相同，小篆為左一右二三合型結構。

4. 左二右一型：

辟　小篆作辟。《說文》曰：「法也。从卩辛，節制其辠也，从口，用法者也。凡辟之屬皆从辟。」（頁437上右）

此字為異文會意，字形上甲骨文為左右二合型，金文有左二右一三合型者，戰國文字則有左中右三合型、左右二合型等形體，小篆則作左二右一之三合型結構。

封　小篆作封。《說文》曰：「爵諸侯之土也。从之土从寸。寸，守其制度

〔註89〕陳光政撰：《會意研究》，頁211。

〔註90〕李國英撰：《說文類釋》，頁226。

〔註91〕蔡信發認為此字當作「从又壴聲，中象鼓槌之有飾」，故為形聲字。參見蔡信發撰：《辭典部首淺說》，頁229～230。

也。公侯百里，伯七十里，子男五十里。」（頁 694 上左至下右）

此字爲異文會意，左二右一三合型結構。

（六）穿插型

王　小篆作王。《說文》曰：「天下所歸往也。董仲舒曰：『古之造文者三畫
而連其中謂之王，三者天地人也，而參通之者王也。』孔子曰：『一貫
三爲王。』凡王之屬皆从王。」（頁 9 下右）

李國英曰：「字从二从土會意，以示受上天之命爲下土之主也。」〔註92〕

故爲異文會意，字形上甲骨文爲獨體，但自西周經春秋金文而至戰國
文字則皆已線條化，至小篆時則土字結字時深入二字，故爲穿插二合
型結構。

班　小篆作班。《說文》曰：「分瑞玉。从珏刀。」（頁 19 下左）

此字爲異文會意，穿插二合型結構。

兵　小篆作兵。《說文》曰：「械也。从廾持斤，并力之皃。」（頁 105 上右）

此字爲異文會意，穿插二合型結構。

（七）半包型

1. 上包下型

閏　小篆作閏。《說文》曰：「餘分之月，五歲再閏也，告朔之禮，天子居
宗廟，閏月居門中。从王在門中。《周禮》，閏月王居門中，終月。」
（頁 9 下右至下左）

此字爲異文會意，字形上戰國文字皆作上包下二合型結構，小篆亦承
之爲門包王之上包下二合型結構。

分　小篆作分。《說文》曰：「別也。从八刀，刀己分別物也。」（頁 49 上
左）此字爲異文會意，上包下二合型結構。

安　小篆作安。《說文》曰：「靜也。从女在宀中。」（頁 343 上右）

此字爲異文會意，上包下二合型結構。

2. 下包上型

興　小篆作興。《說文》曰：「起也。从舁同。同，同力也。」（頁 106 上
右）

陳光政曰：「《說文》同下云：『合會也』，無『同力』之義；舁，共舉

〔註92〕李國英撰：《說文類釋》，頁 175。

也。從舁同會意者，即是同心協力也，此始有『同力』之意。」〔註93〕
故此字爲異文會意，字形上甲骨文有穿插三合型、穿插四合型等結構，
金文爲穿插四合型，戰國有穿插二合型、下包上二合型等結構，小篆
則爲下包上二合型結構。

3. 左包右型

區　小篆作區。《說文》曰：「碕區，臧隱也。從品在匸中。品，眾也。」
　　（頁 641 上右至上左）

　　李國英曰：「字列匸部，『從品在匸中』句，當作從匸品，品在匸中。」
　　〔註 94〕故爲異文會意，字形上甲骨文爲右上左下二合型結構，戰國文
　　字有穿插二合型、左包右二合型等結構，同時匸中之品有作上一下二
　　型結構者，亦有上下相反作上二下一型結構者，更有只省爲一個口者，
　　小篆在結構上爲品被匸由左而右包圍住，故爲左包右二合型結構。

（八）多層型

1. 上中下型

婁　小篆作婁。《說文》曰：「空也。從毋從中女，婁空之意也。一曰婁務，
　　愚也。」（頁 630 上左）

　　此字爲異文會意，多層型中之上中下三合型結構。

2. 中包下型

春　小篆作春。《說文》曰：「擣粟也。從廾持杵以臨臼，杵省。古者雝父
　　初作春。」（頁 337 上左至下右）

　　李國英曰：「杵乃午之後起形聲字，春字從午而不從杵作，是以『從
　　廾持杵己臨臼，杵省』之說，當作從廾持午己臨臼。」〔註 95〕故爲異
　　文會意，甲骨文爲穿插三合型，金文亦同，戰國文字則有中包下三合
　　型及下包上二合型等形體，小篆則組字時中間部分的廾字向下包住
　　臼，故爲中包下三合型結構。

老　小篆作老。《說文》曰：「考也。七十曰老。從人毛匕。言須髮變白也。
　　凡老之屬皆從老。」（頁 402 上右至上左）

　　段玉裁曰：「按此篆蓋本從毛匕，長毛之末筆，非中有人字也，《韻會》

〔註93〕陳光政撰：《會意研究》，頁 84。

〔註94〕李國英撰：《說文類釋》，頁 289。

〔註95〕李國英撰：《說文類釋》，頁 248。

無人字。」〔註96〕但向夏則曰:「老字之左撇如不定爲人字的一部份,則不成字。又老字所从之人,以𧗓字(企字从人止)證之,當爲人字之左撇。」〔註97〕此字爲異文會意,組字部件中間的人字向下延伸,包圍住下面的匕字,故爲上中下結構之中包下三合型結構。

3. 多合型

暴　小篆作𣋙。《說文》曰:「晞也。从日出廾米。」(頁310上左)
此字爲異文會意,組字部件由四部分組成,屬於四個部件組合的多合型結構。

寒　小篆作𡪞。《說文》曰:「凍也。从人在宀下,从茻上下爲覆,下有仌也。」(頁345上左)
宀部字多屬上包下型結構,但此字組字時有茻字阻隔於下,宀字無法向下包圍住其下之部件,且組字部件有四個,故爲多合型。

眞　小篆作𧴩。《說文》曰:「僊人變形而登天也。从匕目乚,丨,所以承載之。」(頁388下右至下左)
文字由四個部件組合而成,有上下排列與右上左下包圍等複雜組字情形,結構多層,故爲多合型。

　　會意與形聲兩種造字法在六書中,是屬於另一個層面的,因爲象形與指事是「文」,會意與形聲是「字」,文只能有一個成文的字,字卻能夠有兩個以上的「文」構成,再搭配其它不成文的圖形或符號,其結構的類型自然要比象形與指事大得多,能夠造出的文字數量當然也就無法與前兩者同日而語,其數量可以倍數來成長。

　　由於可用以組成文字的部件數增多了,結構的類型自然增加了,不過我們還是可以發現,會意字的部件組合並非毫無限制的不斷擴張,前文已經提過,會意字的組成方式可以概分爲兩大類。一類是「概念判斷性的語言組合式」,即在一個字中,無論其組字部件的相對位置如何改變,只要它們在某個方形的框架中組成,它們就成爲一個會意字,是使會意字增加的因素之一;另一類是「整體『畫面』性的意象組合式」,它是指在整個會意字的組成畫面上,其相對位置不可改變,否則便會不出該字的字義,由於有這種因素存在,使得某些會意字的組成,

〔註96〕〔東漢〕許慎撰、〔清〕段玉裁注:《說文解字》,頁402上左。

〔註97〕向夏編:《說文解字部首講疏》,頁286。

不會毫無限制的不斷擴張，這就使得會意字的結構類型略微受到了控制。由於這兩種因素的作用，故會意字的組字結構雖然在種類上大大的超過了象形與指事，但卻仍有它所達不到的組字方式，這樣就不會使得組字方式過於複雜了。

第七節　形聲組字結構釋例

本節所舉為形聲字的結構類型，亦有八大類的組字結構類型：

（一）上下型

吾　小篆作𠮷。《說文》曰：「我自偁也。从口五聲。」（頁 57 上左至下右）

李國英曰：「自偁之吾从五為聲，無所取義，攷五於卜辭彝銘有方名之義，从口作吾者，方名與姓氏之專字也，是乃从《說文》訓回之口，从五為聲之形聲字，非从人所以言食之口字也。」〔註98〕故字當為从口五聲之一形一聲之形聲字，字形上戰國文字多上下二合型，亦有从兩個五字而為上二下一三合型者，小篆則亦為上下二合型結構。

哥　小篆作哥。《說文》曰：「聲也。从二可。古文㕯為歌字。」（頁 206 上右）

許師錟輝曰：「哥、古俄切，古聲屬見母，古韻在段式第十七部；可、肯我切，古聲屬溪母，古韻在第十七部。二字古疊韻聲近，哥當从二可，可亦聲。」〔註99〕故字為形聲字中之亦聲，上下二合型結構。

喬　小篆作喬。《說文》曰：「高而曲也。从夭从高省。」（頁 499 上右）

李國英曰：「古聲喬屬群紐，高屬見紐，同為牙音，古韻同屬宵攝，二字音同，喬當从夭高省聲。」〔註100〕故為形聲字中之省聲，上下二合型結構。

（二）左右型

禮　小篆作禮。《說文》曰：「履也。所㠯事神致福也。从示从豊，豊亦聲。」（頁 2 下左）

許師錟輝曰：「禮當从示豊聲。」〔註101〕故為形聲字中之一形一聲，左右二合型結構。

〔註98〕李國英撰：《說文類釋》，頁 340。

〔註99〕許師錟輝撰：《文字學簡編——基礎篇》，頁 190。

〔註100〕李國英撰：《說文類釋》，頁 360。

〔註101〕許師錟輝撰：《文字學簡編——基礎篇》，頁 187。

征　字形作𨒌。《說文》曰：「正行也。从辵正聲。征，延或从彳。」（頁 71 上右）

此字為重文，為从彳正聲之一形一聲之形聲字，字形上戰國文字即皆為左右二合型，小篆亦承之為左右二合型結構。

赫　小篆作𤆡。《說文》曰：「大赤皃。从二赤。」（頁 496 下右至下左）

許師錟輝曰：「赫、呼格切，聲屬曉母，古韻在段氏第五部；赤、昌隻切，聲屬穿母，古韻在第五部。二字古疊韻，赫當从二赤，赤亦聲。」〔註102〕故為形聲字中之亦聲，左右二合型結構。

（三）斜角型

1. 左上右下型

謄　小篆作謄。《說文》曰：「迻書也。从言朕聲。」（頁 96 上右至上左）

此字為形聲字中之一形一聲，組字時朕字之右邊部件向上縮，使言字進入其右下方，形成左上右下二合型結構。

將　小篆作將。《說文》曰：「帥也。从寸醬省聲。」（頁 122 上左至下右）

此字為形聲字中之省聲，左上右下二合型結構。

賴　小篆作賴。《說文》曰：「贏也。从貝剌聲。」（頁 283 下右至下左）

此字為形聲字中之一形一聲，左上右下二合型結構。

2. 右上左下型

氛　小篆作氛。《說文》曰：「祥气也。从气分聲。」（頁 20 上右至上左）

此字為形聲字中之一形一聲，右上左下二合型結構。

哉　小篆作𢦏。《說文》曰：「言之閒也。从口𢦏聲。」（頁 58 上右至上左）

此字為形聲字中之一形一聲，右上左下二合型結構。

考　小篆作𛂕。《說文》曰：「老也。从老省丂聲。」（頁 402 下左）

許慎於《說文·序》中明言：「五曰轉注。轉注者，建類一首，同意相受，考老是也。」〔註103〕可知考字於造字為从老省丂聲之形聲字中之省形，於用字則與老字為轉注，此字在金文中即為右上左下二合型結構，戰國文字則有右上左下型與左上右下型兩種結構，顯示其方向未定，小篆組字時老字省去下半部之匕，加上丂之聲符以組成考字，故字為右上左下二合型結構。

〔註102〕許師錟輝撰：《文字學簡編——基礎篇》，頁 190。

〔註103〕〔東漢〕許慎撰、〔清〕段玉裁注：《說文解字》，頁 763 上左。

（四）全包型

圈　小篆作圈。《說文》曰：「養畜之閑也。从口卷聲。」（頁 280 上左）
此字爲形聲字中之一形一聲，全包圍二合型結構。

（五）三角型

1. 上二下一型

碧　小篆作碧。《說文》曰：「石之青美者。从王石白聲。」（頁 17 下右）
此字从玉石表示其種類，从白表示其色澤之白，而又以白爲聲兼義，
故爲形聲字中之多形一聲，組字時玉與白分別居於字之左上與右上，
而以白居下，故爲上二下一三合型結構。

整　小篆作整。《說文》曰：「齊也。从攴从束正，正亦聲。」（頁 124 上右）
此字爲形聲字中之多形一聲，組字時束字與攴字在上，正字在下，形
成上二下一三合型結構。

2. 左一右二型

稽　小篆作稽。《說文》曰：「留止也。从禾从尤，旨聲。凡稽之屬皆从稽。」
（頁 278 上右）
此字爲形聲字中之多形一聲，〔註104〕左一右二三合型結構。

飾　小篆作飾。《說文》曰：「𢃜也。从巾从人从食聲。讀若式。一曰襐飾。」
（頁 363 下左）
此字爲形聲字中之多形一聲，組字時食字在左，人字與巾字在右，故
爲左一右二三合型結構。

絕　小篆作絕。《說文》曰：「斷絲也。从刀糸，卩聲。」（頁 652 上右至上
左）此字爲形聲字中之多形一聲，左一右二三合型結構。

3. 左二右一型

嗣　小篆作嗣。《說文》曰：「諸侯嗣國也。从冊口司聲。」（頁 86 下右）
此字爲从冊口司聲之多形一聲之形聲字，字形上商代金文有作左二右
二四合型者，西周金文則作左二右一三合型，戰國文字則有上下二合
型、右上左下三合型、左二右一三合型等結構，字形多變，小篆則爲
左二右一三合型結構。

聽　小篆作聽。《說文》曰：「聆也。从耳悳，壬聲。」（頁 598 上右）

〔註104〕向夏認爲稽字乃因訛變之故而爲二形一聲，結構有誤。參見向夏編：《說文解字部
首講疏》，頁 215。

此字爲形聲字中之多形一聲，左二右一三合型結構。

（六）穿插型

牽　小篆作🔲。《說文》曰：「引而前也。从牛。∩象引牛之縻也。玄聲。」
（頁 52 下右）

此字从牛玄聲，而象引牛之形之∩爲一實象，故於六書爲形聲附加圖
形，字形上戰國文字爲上下二合型，至小篆則又發展出象引牛之縻之
「∩」，組字時∩與玄爲穿插，故於結構爲穿插三合型結構。

術　小篆作🔲。《說文》曰：「邑中道也。从行术聲。」（頁 78 下右）

此字爲形聲字中之一形一聲，穿插二合型結構。

也　小篆作🔲。《說文》曰：「女侌也。从乁象形，乁亦聲。」（頁 633 下
左至 634 上右）

許師錟輝曰：「从乁聲，形符象女性陰部之形，不成文之圖形。」〔註105〕
故爲形聲字中之形符不成文，穿插二合型結構。

（七）半包型

1. 上包下型

齋　小篆作🔲。《說文》曰：「戒絜也。从示𣅀省聲。」（頁 3 下左）

此字在組字上齊與示兩字共用部件「二」，許愼將它視爲齊之省，又因
齊爲聲符，故於六書則爲形聲字中之省聲，此字字形雖多變，但自戰
國文字起即爲上下二合型結構，小篆組字時示被齊由上而下包圍，故
爲上包下二合型結構。

犖　小篆作🔲。《說文》曰：「駁牛也。从牛牢省聲。」（頁 51 下左）

此字爲形聲字中之省聲，上包下二合型結構。

問　小篆作🔲。《說文》曰：「訊也。从口門聲。」（頁 57 下右）

此字爲形聲字中之一形一聲，上包下二合型結構。

2. 右包左型

句　小篆作🔲。《說文》曰：「曲也。从口丩聲。凡句之屬皆从句。」（頁
88 下右至下左）

此字爲从口丩聲之一形一聲之形聲字，此字歷來字形上亦多變，金
文爲右上左下二合型，戰國文字則有右上左下二合型、左上右下二

〔註105〕許師錟輝撰：《文字學簡編──基礎篇》，頁 191。

合型，亦有少數爲右包左二合型結構，然終因違反中國文字之筆順
而未流傳下來，小篆則組字時ㄐ將口包於左部，故爲右包左二合型
結構。

（八）多層型

1. 上中下型

曾　小篆作曾。《說文》曰：「曾之舒也。从八从曰，囧聲。」（頁 49 下右）
此字爲形聲字中之多形一聲，上中下三合型結構。

禽　小篆作禽。《說文》曰：「走獸總名。从厹象形，今聲。禽离兕頭相侣。」
（頁 746 上右）
此字所从之厹與今爲文字，凶爲象頭形之圖畫，於六書爲形聲字中之
形聲附加圖形，字形上則金文爲上下二合型，戰國文字則發展成爲上
中下三合型，小篆亦同。

2. 中包下型：

旁　小篆作旁。《說文》曰：「溥也。从二，闕，方聲。」（頁 2 上右）
此字許慎所指之闕，乃指不明「ㄇ」之造字之旨，段玉裁注引李陽冰
語曰：「ㄇ象旁達之形也」，〔註106〕則此旁達之形爲一虛象，於六書爲
形聲附加符號，字形上甲骨文爲上下二合結構，西周金文起可能因逐
漸加上各種部件，而使得結構逐漸複雜，演化出中包下三合型結構，
小篆則亦爲多層型結構中之中包下三合型結構。

奉　小篆作奉。《說文》曰：「承也。从手廾，丰聲。」（頁 104 上左）
此字爲形聲字中之多形一聲，組字時中間部件廾字向下延伸，包圍住
下方部件丰字，故爲中包下三合型結構。

泰　小篆作泰。《說文》曰：「滑也。从廾水，大聲。」（頁 570 上左）
此字爲形聲字中之多形一聲，組字時中間部件廾字向下延伸，包圍住
下面部件水字，故爲中包下三合型結構。

3. 多合型：

尋　小篆作尋。《說文》曰：「繹理也。从工口从又寸，工口亂也，又寸
分理之也，彡聲。此與彄同意，度人之兩臂爲尋八尺也。」（頁 122
下右）
許師錟輝曰：「尋，本義爲理出頭緒，从又寸工口、彡聲，此四形一聲。

〔註106〕〔東漢〕許慎撰、〔清〕段玉裁注：《說文解字》，頁 2 上右。

从工口，示治理之義；从又寸，示分類整理之義。」〔註107〕故爲形聲
字中之多形一聲，屬多合型結構。

竊 小篆作𥨡。《說文》曰：「盜自中出曰竊。从穴米，离廿皆聲也。廿，
　　古文疾。离，偰字也。」（頁 336 下左至 337 上右）
　　此字由四個部件所組成，穴字包住廿字，下部又由米、离二字承之，
　　組字方式較爲複雜，故屬多合型。

競 小篆作競。《說文》曰：「競也。从二兄。二兄，競意。从丰聲。讀若
　　矜。一曰競，敬也。」（頁 410 上左）
　　此字爲从二兄二丰之形聲字，字形上金文構字情況不明，〔註108〕戰國
　　文字則已爲上二下二四合型結構，小篆組字時从二兄在下，从二丰在
　　上，故爲多合型。

　　形聲字在六書造字法中是最晚出現的，但對於中國文字的擴大卻是影響最
久遠的，由於它的出現，由形聲造字法所創造出的文字數量，其比例遠遠超過
了象形、指事與會意，這一點無論是從哪一個朝代的字書裡做統計，得出的結
果都會是相同的。既然如此，爲什麼形聲字的組字結構種類依舊和會意字不相
上下呢？這個道理也並不很難理解。從結構的角度看，造成這種情形的因素之
一，是因爲形聲字的形符與聲符的組合特性的緣故。

　　形聲字顧名思義分爲形符與聲符兩部分，形符表示的是文字的類別義，由
該字的形符可以一眼看出該字屬於何種類屬的文字，因此，即使不認得該字，
也至少能夠知道該字屬於何種類。而聲符又分爲兩種情形，一種是聲兼義，一
種是聲不兼義。聲兼義者，即由聲符中可以得知該字的字義屬於何類，又可知
該字的讀音，這就是王聖美右文說所含的內涵；聲不兼義者，即指由聲符上僅
能得出該字的字音，卻無法得出該字的字義，後世大多數的形聲字屬於此類。
故形聲字若屬聲兼義者，必須讓人能一眼看出何者是聲符，並能藉以得知該字
的意義與音讀；若屬於聲不兼義者，至少也必須能讓人一眼看出何者是聲符。
則在這種情形之下，形聲字雖然可以由眾多的形符，搭配眾多的聲符以成爲新
的文字，但卻必須顧慮到認字與閱讀時的方便，也就是說，人們必須很輕易的

〔註107〕許師錟輝撰：《文字學簡編──基礎篇》，頁 187。
〔註108〕何琳儀以甲骨文作「競」，認爲構字不明。參見何琳儀撰：《戰國古文字典》，頁
　　　　137。

就看出形符與聲符的位置，很快的得出該字的意義和讀音，因此形符與聲符的組成位置也不能夠太過複雜，否則便會影響書寫與閱讀了，故形聲字的結構類型也不是全面的，其限制的因素之一應該就在於此。

　　本章首先討論中國文字的方塊形特色，唯有在方形的範圍內，才能提到組字結構的各種相對位置；而不同的組字部件組成的組字結構，也會對文字外形的幾何圖形有所影響，因此有必要先作探討。其次則分析學者對小篆形體結構分析的著作，並旁及甲骨文與楷書，以作爲本論文分析的參考。筆者根據教育部公布之常用字而見於《說文》者，加上大徐所附新附字，去除獨體文之後，共得三千五百一十四字，列成〈常用合體字小篆結構分析表〉與〈大徐新附字結構分析表〉，逐一分析其組字結構與組合數，並以〈組字結構與六書結構對應表〉對應組字結構與六書的關係，力求對小篆形體分析的了解。最後，以象形、指事、會意與形聲四種造字法爲綱，說明各組字結構的字例。故整體說來，本章是以小篆的分析與歸納，以及與六書的對應爲方向，是屬於小篆之間的橫向聯繫。

第三章 《說文》小篆與今古文字書體之比較

第一節 與古文字之比較

在上一章中，筆者根據教育部公布之常用字而見於《說文》者，再加上大徐所附新附字，結果得出三千五百一十四個文字，並對此三千五百一十四個文字的字形，分別從組字結構與組合數等方面來表列分析，並將最後分析的結果，與六書中的象形、指事、會意與形聲四種造字法聯繫起來，以觀察它們之間的關係。小篆之間的比較，是屬於同時代，至少是在使用小篆的時代中的橫向比較，所呈現的是小篆之間組字的內在規律。

本章欲由甲骨文開始，歷經兩周金文與戰國文字等早於小篆的古文字，以及隸書、楷書等晚於小篆的今文字兩方面，分別來探究各個書體、各個時代中，中國文字內在的組字規律，及其變化與演變，並與小篆相比較，以窺中國文字在數千年中組字方式的遞嬗軌跡。姚孝遂說：

> 甲骨文的形體結構，與後世的文字形體結構保持著密切的聯係，這一點任何人也不能否認。將甲骨文與《說文》進行比較是完全必要的。〔註1〕

〔註 1〕 姚孝遂撰：〈甲骨文形體結構分析〉，《古文字研究》第二十輯（北京：中華書局，

不僅是甲骨文如此，其餘書體間也都存在著密切的聯繫，能夠經由與《說文》的比對，自然更能抓住中國文字的演變特點。由甲骨文、金文、戰國文字，經過小篆，以至於隸書和楷書，觀察它們在組字中的情形，是屬於不同時代、不同書體之間的縱向比較，呈現的是這些書體之間外在的演變。

在比較之前，先了解古文字在字形演變上的一個總趨勢，李孝定曾分析了早期中國文字形體演變的幾種規律，其中亦談到了古文字在演變過程中的特質，主要提到了偏旁位置、筆畫的多寡不定，正寫反寫、直書橫書無別，以及事類相近的偏旁可以通用等，〔註2〕也就是說，中國文字在早期演變的總規律，最大的特色在於各種要素的不定性，有別於小篆的相對穩定性。以下依時代先後，簡述各種古文字之特色。

一、甲骨文的特色

甲骨文是我國目前所知道的最早的、且已趨於成熟的中國文字，雖然它是目前所知最早的中國文字，然而它的發現卻是十分的晚近。最早是由古文字學家王懿榮所發現，後來經過劉鶚、羅振玉等人的繼續研究，它的真面目才逐漸為人所知，然而時至今日，它卻已成為一門顯學，與簡牘、內閣大庫檔案以及敦煌學，並列為近世中國學術史上的四大發現，〔註3〕可見它在中國學術史上之地位。近幾十年來，經由諸多學者的努力，在釋讀、摹拓、文字的起源以及與世界其它古文字的比較等各方面，都已經取得了豐碩的成果，不僅幫助我們糾正了不少文獻的錯誤，更為中國文字的起源提供了線索，實在是我國最重要的書體之一。

前人將文字劃分為古文字與今文字的界線主要為小篆，不僅因為小篆是中國文字中具有象形意味的最後一種書體，在此之前的書體是圖畫意味濃厚的，在此之後的書體則是線條化、規範化、平直化、符號化的，其中一項重要的因素，即是古文字的不固定性。所謂的不固定性指的就是書寫方向不定、文字方向不定、部件相對位置不定等等特性，而這種特性在甲骨文中尤其明顯。對於這種不固定

2000 年 3 月第一版第一刷），頁 284。

〔註 2〕 參見李孝定撰：《漢字史話》，頁 54～58。

〔註 3〕 參見鄭阿財撰：〈潘重規先生與二十世紀敦煌學〉，「二十世紀中葉人文社會學術研討會」論文（臺北：東吳大學，2003 年 5 月），頁 1。

性的特點，前人的著作中已有不少提及，可以約略分析並加以整理。

　　馮翰文曾以六書爲論述的主軸，在字例的說解中提到甲骨文的特色，以下可以引文來說明：

> 可以很容易看得出的就是在同一象形文的各個不同形體間，筆畫有繁有簡，結構並不一致；所象的可以是實物的全體或局部，也可以是實物的這一面或那一面；至於左朝或右向，直放或橫置，通通都有自由。〔註4〕

在此指出了筆畫繁簡、結構、方向的不定性。再舉董琨對甲骨文所做的分析，他是提出甲骨文的部件位置、更換、筆畫繁簡、書寫方向等，皆無嚴格的限制，〔註5〕也就是說，這裡所提出甲骨文在部件的相對位置、相互替換、筆畫繁簡、書寫方向、所占位置大小等因素，具有明顯的不定性。其次再如陳菽玲所述：

> 甲骨文字體大小不一，「大或逾寸，小如粟米」，字的筆劃有繁有簡；偏旁部首的寫法和位置很不固定，異構字很多；字形或長或短，正反也多無定例，所以結體很自由活潑。〔註6〕

則認爲甲骨文在文字所占空間大小、筆畫繁簡、部件寫法、相對位置、一字多形、書寫方向等方面，都呈現不固定性。諸如此類的著作還有許多，不需一一列舉，在此可以對於諸家所分析甲骨文之特色，再統整於下：

一、文字部件內部的相對位置與增減比較自由；

二、筆畫繁簡不一；

三、書寫方向不定；

四、義類相近的部件可以互換；

五、所占空間不定；

六、一字多形的情況普遍。

〔註4〕馮翰文撰：〈早期中國文字形體上的變異〉，《漢字述異》（香港：香港官立鄉村師範專科學校同學會有限公司，2000年6月初版），頁6。

〔註5〕參見董琨撰：《中國漢字源流》（北京：商務印書館，1998年12月第一版一刷），頁34～37。

〔註6〕陳菽玲撰：《漢字形體演變之研究》（臺中：國立中興大學中國文學研究所碩士論文，1997年7月），頁10。

　　由此得知，甲骨文字是充滿著不定性的，由於它充滿著不定性，因此代表同一個意義的文字便會出現好幾種形體，這些形體有繁有簡，有些甚至只有細微的差異，有些文字少則有數個異體，多則至數十個異體，可見其變動程度之高。而造成這麼多不定性的原因，最主要的是因為此時期的文字仍具有很高的圖形意味，或者說是象形意味，只要所表現出來的文字，能夠具有溝通的效果，它所包含的不定性都是可以被包容的。由於當時的文字數量不多，而且在一定程度上能夠達到溝通的功能，於是便不會有想要將文字的形體固定下來的想法，這就造成了文字規範化的延遲，這些都是和小篆不同之處。也就是說，文字的高象形性造成了甲骨文在各方面的不定性，而這些不定性又造成了中國文字在規範化上的延遲。正如馮翰文所說：

> 要之，象形文本質上是不需要固定形體的，我們採用象形文的祖先，
> 不論契刻、書寫，都祇求能夠表現得出每種實物的輪廓和其他的特
> 點，但是筆畫多少、結構如何就毋須斤斤計較，這一習慣一經養成，
> 影響便十分長遠，貫徹到繼象形而起的各類文字。〔註7〕

他的說法很能夠證明這一點。

　　雖然在甲骨文字上具有這許多的不定性，在上文的引述中也指出，對於甲骨文的筆畫與結構也無須過於苛求，然而這並非表示後人可以不去理會這個問題。事實上對於甲骨文的六書與結構的探討，已有許多學者深入去研究，例如朱歧祥對於甲骨文的文例、部首、造字方法、位置經營、字形、音韻、詞性等各方面都有精闢的見解，而其中對於甲骨文字形的位置經營，對於本論文的寫作實在具有相當大的幫助。〔註8〕

　　他將姚孝遂主編的《殷墟甲骨刻辭類纂》中所收的三千五百五十六個甲骨文，剔除合文與異文的部分，最後得出三千五百三十六個字，再針對這些字的位置經營做全面性的分析，最後將它們分為五類，茲將其結論引述如下：

	字數	百分比
屬於獨體	1040 字	29.41%
屬於兩個結體	2116 字	59.84%

〔註7〕馮翰文撰：〈早期中國文字形體上的變異〉，《漢字述異》，頁6。

〔註8〕參見朱歧祥撰：《甲骨文字學》（臺北：里仁書局，2002年9月初版）。

	字數	百分比
屬於三個結體	333 字	9.42%
屬於四個結體	41 字	1.16%
屬於五個結體以上	6 字	0.17%

根據此表他所得出的結論是：

　　基本上，殷商甲骨文造字是以二體的組合爲主，佔全數的六成，獨

　　體的形式居次，約佔全數的三成。換言之，甲文中接近九成是以簡

　　單的獨體和二體的形式表達。〔註9〕

隨後他將這五類分別再做細部的討論，將它們分成獨體和複體兩類來看。在獨體上，他將這些文字分爲六類，即依獨體象形、變體象形、獨體指事、合體指事、合體象形等六書細目去做分類，並列出字數與百分比，〔註10〕雖然在此他並未指出形體結構和六書之間的關係，但實際上他已經使用這種交叉方式來探討甲骨文字了，事實也證明，這是一種科學的方法。至於在二體以上的分類方法，和獨體並不相同，採用的是依結構來做細目，通常將這些字歸納爲左右式、上下式、內外式、主副／斜角式、左一右二式、並列式、垂直式、上一下二式、上二下一式等，亦列出其字數與百分比，如此一來，對於獨體與複體的部件經營方式，便能夠透過列表而得到清楚的認識了。

　　以朱歧祥對甲骨文的位置經營分析，與筆者對《説文》小篆的形體結構分析做一比對後，可以發現在組字結構上，甲骨文的分類與小篆的分類是十分相近的，可見在甲骨文時，文字的組合已經有了一個大致的規律，而且和後來的書體相去不遠。然而在此有幾點需要注意的是，甲骨文「形構書寫正反不拘。左右式除個別特定的據形表意，二體組合的位置需要固定不變外，一般二體相向、背向亦大致不拘。左右式有自由轉換作上下式或內外式。」〔註11〕前文已經說過，甲骨文的特性之一就是異體字多，所謂的異體字就是指一個字有兩種以上不同的寫法，這些寫法當然可能包括筆畫的增減與結構的變異兩大類，根

〔註 9〕朱歧祥撰：《甲骨文字學》，頁 98～99。

〔註10〕朱歧祥定義的獨體包含合體象形與合體指事，筆者定義的獨體，僅指獨體象形與獨體指事，二者範圍不同。

〔註11〕朱歧祥撰：《甲骨文字學》，頁 104。

據朱歧祥的論述，甲骨文在形體上十分具有變動的特性，則相同文字的不同形體，便有可能影響到數據的統計，而這些文字也就成了在不同結構類型中游走的游離份子。所以說，雖然甲骨文和小篆在結構的分類上呈現了十分接近的結果，但甲骨文的分類結果是較爲游離的、變動的，而小篆則由於文字已接近於完全定型，所以其分類結果是較爲穩定的，這是在見到表面的數據結果之後，必須要留意到的深層意涵。

而在三體的結構方面，根據朱歧祥先生的觀察，形體結構已有呈現重心在下的趨向：

> 此外，上一下二式的字量遠多於上二下一式，見殷人對字形審美標準已經有以重心在下的傾向。甲文的三結體應已由倒三角形過渡到正三角形的寫法，且漸趨穩定。〔註 12〕

小篆的組字部件亦有上二下一型與上一下二型的布局，但是上一下二型通常出現在同文會意，而上二下一型則只有在少數的情況下才會出現，如「」(整)、「」(祭) 等字，故和甲骨文一樣，已多呈現重心在下的上一下二型的組字方式，且更有脈絡可尋。甲骨文再繼續向前演化就是金文，二者字形較爲接近，但已有朝小篆邁進的趨向。

二、金文的特色

一般的說法總是把甲骨文歸屬於商代文字，而把金文歸屬於西周以後的文字，這是一個很粗糙的分法。因爲我們都知道，一種文字的演變不會是突然出現，也不會因爲改朝換代就突然消失，或完全不爲人們所使用，尤其現在我們所知道中國最古老、也已經成熟的文字就是甲骨文，它也是經過長時間的演變，才逐漸由圖畫進化爲文字的；再說在青銅器上所鑄刻的文字中，有些文字甚至於比甲骨文來得更爲象形，更像原始文字，例如在銘文的最後通常會刻上的「族徽」就具有這種特色，一些以動物爲族徽的民族，表現出來的文字簡直和圖畫十分相近；甲骨文字不會因爲商代的滅亡而立刻斷絕，不再使用，金文的出現也應該是隨著各方面的需要才慢慢應運而生，因此它們之間一定存在著重疊之處，甲骨文與金文的銜接是如此，後來的戰國文字、小篆、隸書和楷書也都是

〔註 12〕朱歧祥撰：《甲骨文字學》，頁 114。

如此，況且甲骨文與金文同屬於古文字，它們在字形上是屬於同樣的系統，因此在許多特徵上便有相似或甚至相同之處，所以金文與小篆的比較，在部分情況下也可看作是甲骨文與小篆的比較，〔註13〕至於金文與甲骨文的不同，是文字演變的動力之一，經過戰國文字的洗禮之後，小篆便逐漸的應運而生了。

　　嚴格一點的畫分，金文可以依時代先後劃分爲西周、春秋和戰國等，對於金文的分期斷代，也已有許多學者做過研究，然而本論文並不著重於考釋文字，因此對於金文的時代則採取較大的範圍，將甲骨文以後，小篆未誕生之前的文字皆隸屬於金文的範圍。

　　金文的字形演變幾乎直接繼承甲骨文而來，然而和甲骨文不同的是，金文由於跨越的時間較長，且隨著地域的不同，風格呈現較爲多樣化，尤其是進入戰國時代之後，各地的文字都自成一系，同一個文字可以有不同的面貌，甚至差距頗大，有些文字還開始加上飾筆，或甚至成爲後世稱爲美術字的鳥蟲書等，都增加了後來釋讀的困難，也是與甲骨文最大的不同處。

　　由此可知，金文與甲骨文在承接關係上是有所變、有所不變。不變的是上述甲骨文的諸多特性，但是這些特性已經沒有像甲骨文那樣的明顯，也就是說，金文在某種程度上已經開始趨於穩定，而且開始朝著線條化與平直化的現象前進。線條化與平直化事實上是相關聯的，線條化指的是「粗筆變細，方形圓形的團塊爲線條所代替等現象。」〔註14〕而平直化則是指「曲折象形的線條被拉平，不相連的線條被連成一筆等現象。」〔註15〕金文在字形上的有所變與有所不變，開啓了戰國文字內部與外部不斷調整的大變動，促進了文字整合的動力。

三、戰國文字的特色

　　戰國時代不但是中國歷史上一個政治動盪不安的時代，也由於諸侯的異政，造成了文字的異形，因此，戰國文字的演變規律，由於受到時間與空間的

〔註13〕金文與小篆的比較，如洪燕梅撰：《秦金文研究》（臺北：國立政治大學中國文學研究所博士論文，1998 年 6 月），其第八章裡不僅對秦金文與小篆有所比較，對於隸書的影響亦有所探討。

〔註14〕裘錫圭撰：《文字學概要》（臺北：萬卷樓圖書有限公司，1994 年 3 月初版），頁62。

〔註15〕裘錫圭撰：《文字學概要》，頁 63。

交互影響，變動的程度表現得更爲劇烈。何琳儀將戰國文字的形體演變依簡化、繁化、異化與同化四種變化爲綱，以下再分出更多的細類，希望能將戰國文字的形體演變，逐一做一番說明，〔註16〕若將這些細類全部相加，將有多達數十種的演變方式，在形音義各方面都不斷發展，其複雜的情形可見一斑。其餘談論戰國文字的著作與論文所在多有，早已有詳盡的分析，不再贅述。

戰國文字的演變的確是加速了中國文字的進展，但也由於這樣的發展，使得戰國文字在短短的時間內，發展得太過快速，再加上各國爲了保持自己的獨特地位，一字多形的現象也十分普遍，反而造成了使用上的不便，於是雖然在戰國時代裡興起的文字種類最多，但也消逝得最快，最後終於在秦始皇的政治推動力下，統一了文字的形體，小篆也一躍而成爲官方的正式文字。總體來說，小篆的形體雖然不一定是文字最初的本形，但是由於它仍具備古文字的象形意味，使得文字的說解仍爲可能，也因爲它有固定與統一的字形，去除了一字多形的困擾，才使得這些分析與統計能夠更精確。

筆者根據上一章裡〈常用合體字小篆結構分析表〉與〈大徐新附字結構分析表〉的統計，合計共得三千五百一十四字。而這三千五百一十四字在筆者所分析之八大類之分布情形，可由下表得知：

〈結構分類統計表〉

結構大類	結構小類	字數小計	百分比	字數合計	百分比
上下型		731	20.8%	731	20.8%
左右型		2151	61.2%	2151	61.2%
斜角型	左上右下型	169	4.8%	220	6.3%
	右上左下型	51	1.5%		
全包型		18	0.5%	18	0.5%
三角型	上一下二型	10	0.3%	30	0.9%
	上二下一型	6	0.2%		
	左一右二型	9	0.3%		
	左二右一型	5	0.2%		
穿插型		107	3.1%	107	3.1%

〔註16〕參見何琳儀撰：《戰國文字通論》，頁184～236。

結構大類	結構小類	字數小計	百分比	字數合計	百分比
半包型	上包下型	209	6%	227	6.5%
	下包上型	6	0.2%		
	左包右型	10	0.3%		
	右包左型	2	0.06%		
多層型	上中下型	7	0.2%	29	0.8%
	中包下型	11	0.3%		
	多合型	11	0.3%		

　　由〈結構分類統計表〉（以下簡稱〈統計表〉）可知，小篆之組字方式以左右組合的型態最多，占了五分之三強，其次為上下型組合型態，約占五分之一，兩者合計共占五分之四強，可以說是小篆組字中最強而有力的方式。由此表可知，先民們對文字的組字方式可能掌握了單純與對稱兩個要素。

　　所謂「單純」指的就是不複雜，合體時容易組字，拆分時容易分開的意思。在八大類的組字方式中，上下型與左右型這兩種組合方式，可以說是大部分文字組字時之基本型態，也就是說，大多數之組字方式是在這兩種方式中變化而來的。舉例來說，斜角型組字方式可以看成是上下型或左右型組字方式在方位上之轉變，半包型組字方式也可看作是上下型或左右型組合方式的變型，穿插型更是在這種基礎上加以複雜化的。因此，若將所有之結構類型回溯到最基本的原型，則幾乎都可以回到上下型或左右型結構，這是組字方式中最基本、也是最單純的型態。

　　所謂「對稱」則是指組字之基本型態，其相對位置是兩兩對稱的。這不但是中國文字的特色之一，同時更是小篆的基本型態。從組字結構上來說，小篆的組字型態幾乎是兩兩相對的，例如上下型與左右型是相對的，左上右下型與右上左下型是相對的，上一下二型與上二下一型是相對的，左一右二型和左二右一型是相對的，有上包下結構就有下包上結構，有左包右結構就有右包左結構，在學理上是說得通的。

　　至於文字內部的對稱型態，以上下型結構來說，有在上的部件即有在下的部件；以左右型結構來說，有在左的部件即有在右的部件；以斜角型結構來說，其部件皆以三角的位置來排列，也是一種三角的對稱；以上包下型和下包上型結構來說，包圍的部件於形體上通常也是對稱的，如「∩」（宀）、「門」（門）

等。這一點有趣的現象，也造成了小篆的對稱特色。

　　若將〈統計表〉中各類型的數據與甲骨文相比，可以得出什麼樣的結果呢？依據朱歧祥對甲骨文的統計，上下型結構約有六百六十字，而全部的數字為三千五百三十六字，扣除獨體字一千零四十字後，尚餘二千四百九十六字，故上下型結構約占總字數的 26.5%；依此方式計算，左右型結構約有一千零四十字，占總字數的 41.7%；其內外式包括了筆者的全包型、半包型與穿插型三類，約有四百五十字，占總字數 18.1%；斜角型結構約有一百二十字，占總字數 4.8%；三角型結構約有一百八十字，占總字數 7.2%。〔註17〕下表是將朱歧祥與筆者對上述各類型所占之百分比對照表，可以清楚的了解甲骨文與小篆在組字結構中，各種類型所占比例之消長情形：

〈甲骨文與小篆結構對照表〉

結構類型	甲骨文	小篆
上下型	26.5%	20.8%
左右型	41.7%	61.2%
全包型		
半包型	18.1%	10%
穿插型		
斜角型	4.8%	6.3%
三角型	7.2%	0.9%

　　在此五大類型中，可以發現幾個現象。第一，左右型結構的文字無論是在甲骨文或是小篆皆是所占比例最高者，可見中國文字的組字方式，在很早的時代就以左右型結構的方式為主流，其次才是上下型結構、包圍型結構與其它；不僅如此，上下型與左右型結構之字，在甲骨文中占了將近七成，小篆則提升至八成，幾乎是壓倒性的數目，二者在數據上如此的接近，更證實了上文推斷中國文字組字時所具有的單純性與對稱性的可靠，因為無論是單純性或對稱性，上下型與左右型都是基本類型。

　　第二，就此五種類型來說，在甲骨文與小篆中，其所占比例多相去不遠。如上下型結構之文字，兩者約差 6%；左右型結構之文字，兩者約差 20%，差

〔註17〕參見朱歧祥撰：《甲骨文字學》，頁 103～116。

距最大，但皆為各類型中所占比例最高者；內外型（即筆者之全包型、半包型與穿插型）結構之文字，兩者約差 8%；斜角型結構之文字，兩者約差 1.5%；而三角型結構之文字，兩者約差 6%。從整體上看，由甲骨文至小篆，上下型、內外型與三角型結構所占百分比是逐漸減少，而左右型與斜角型則逐漸增多，尤其是左右型結構之文字，增加了將近 20%的比例，顯見中國文字的組字結構，自甲骨文以至於小篆，是有明顯脈絡的。

第三，假設此五種結構類型為中國文字組字最主要之五種類型，那麼，將此五者相加後，在甲骨文約占所有文字的 98%，而在小篆更是幾乎接近於 100%，可見在原本即已占主流的五種組字結構，到了小篆仍不斷的在強化它們的力量，乃至於其它的組字結構不斷的弱化，最後甚至可能消失於歷史舞台之中。

接下來，還可以由組字部件數來討論古文字的組字結構方式。根據朱歧祥的統計，甲骨文中以二合的方式組合成字者共有二千一百一十六字，約占合體文字的 84.8%；以三合方式組合成字者共有三百三十三字，約占合體文字的 13.4%；至於以四合方式組合成字者共有四十一字，僅占合體文字的 1.8%；以五合方式組合成字者則有六字，不到合體文字的 1%。而筆者所分析的小篆中，以二合方式組合成字者共三千四百三十字，約占合體文字的 97.6%；以三合方式組合成字者共七十二字，約占合體文字的 2.1%；以四合方式組合成字者共十字，約占合體文字的 0.3%；而以五合方式組合成字者共二字，只占合體文字的 0.06%。將這些數據以表列出，則如下表所示：

〈甲骨文與小篆組合數對照表〉

組合數	甲骨文	小篆
二合	84.8%	97.6%
三合	13.4%	2.1%
四合	1.8%	0.3%
五合	0.2%	0.06%

在此同樣可以看到一個很明顯的結果，即是自甲骨文以至於小篆，以二合方式組合成字者所占比例不斷的提高，增加了約 13%的數目，而以三合、四合與五合方式組字者，比例則明顯壓低許多，在甲骨文中約有 15%的比例，但到了小篆已經不到 3%了！從組合數的消長，仍舊可以推斷，先民們無論在造字

或用字時，皆是逐漸走向單純化的。因為文字是代表語言、記錄語言的，最主要的功能在於實用，其次才能談到美觀的問題，於是在這個基礎上，在早期的古文字裡，一些較為累贅、意義相近的部件，便逐漸的由一個部件所統一；而形體繁重重複的籀文，也逐漸受到簡化；在戰國時代盛極一時的鳥蟲書，也終於因為實用價值大於美觀價值的因素，不能長久的保留下來，於是造成了以二合方式為主要組字方式的趨勢，至於形體繁重的文字，自然是越來越少，逐漸為形體較為簡單的字形所取代了。

此外，朱歧祥曾以口部文字為例，探討甲骨文、金文與小篆在組字方式上的異同，他的結論是，從口之字在甲骨文中屬上下型結構者占 74.5%，左右型結構者占 9.1%，內外型結構占 14.5%，故以上下型結構的組字方式最為普遍。參照《金文編》所收之口部字，上下型結構者占 60.9%，左右型結構者占 21.7%，內外型結構者占 13%，而主副式者占 4.4%。他亦統計了《說文》中之口部字，認為上下型結構者占 25%，左右型結構者占 69.3%，內外型結構者占 5.7%。而根據筆者的分類，口部字有八十六字，其中上下型結構者有九字，占 10.5%，左右型結構者有六十二字，占 72%，斜角型結構者有五字，占 5.8%，半包型結構者有九字，占 10.5%，穿插型結構者有一字，占 1.2%。若以表呈現則如下：

〈甲骨文、金文與小篆口部字結構比例對照表〉

結構大類	甲骨文	金文	小篆（朱歧祥）	小篆（筆者）
上下型	74.5%	60.9%	25%	10.5%
左右型	9.1%	21.7%	69.3%	72%
內外型	14.5%	13%	5.7%	11.6%
主副型		4.4%		5.8%

他認為以組字方式來說，甲骨文與金文的差距較小，而與小篆的差距較大，這個差距主要表現在左右型結構所占比重的大量增加上。在甲骨文與金文裡，上下型結構所占的比重較高，但比例已在下降中，而左右型結構所占比例則逐漸增加；到了小篆則二者的份量不但反了過來，而且幾乎要呈現壓倒性，在這一點上，筆者與朱歧祥的統計結果成一致的現象，也就是以口部字來說，從金文到小篆在文字演進的這段時期內，是組字方式由以上下型結構為主，轉變為以左右型結構為主的重要時期。

　　再看心部的文字，似乎也有相類似的情形。甲骨文中屬上下型結構者占90.9%，左右型結構占9.1%；《金文編》中屬上下型結構者占86.1%，左右型結構者占8.3%，內外型結構者占5.6%；朱歧祥所統計的《說文》小篆中，屬上下型結構者占26.7%，左右型結構者占70.5%，內外型結構者占2.8%；而筆者的統計中，心部字有九十七字，屬上下型結構者有四十字，占41.2%，左右型結構者有五十一字，占52.6%，斜角型結構者有一字，占1%，半包型結構者有五字，占5.2%，以表呈現則如下：

〈甲骨文、金文與小篆心部字結構比例對照表〉

結構大類	甲骨文	金文	小篆（朱歧祥）	小篆（筆者）
上下型	90.9%	86.1%	26.7%	41.2%
左右型	9.1%	8.3%	70.5%	52.6%
斜角型				1%
內外型			2.8%	5.2%

　　心部字所得結果和口部字的情形十分類似，也就是說，在甲骨文與金文裡，上下型結構的字占了絕對多數，雖然也有減少的趨勢，但變化不大；到了小篆裡，與朱歧祥的統計比較，在他的統計中，左右型結構的比例占了絕大部分，但相較於筆者的統計，左右型結構僅比上下型結構在比例上略高一些，這可能是受到統計對象數量的多寡，以及拆分方法不同等因素所導致，但大體上說來，左右型結構仍舊是占多數的。

　　然而奇妙的是，在甲骨文裡，依據朱歧祥的統計，以左右型結構比例較大，但在口部字與心部字裡，卻皆以上下型比例較大，可見在其它的部首所統攝的文字裡，必定有左右型比例較大者，才能符合上文在數據上的推論，至於究竟是哪些部首，以及它們由甲骨文、金文至於小篆的結構變化又如何，則有待做更全面的分析與統計。

　　附帶一提的是，組字結構的拆分由於容易流於主觀，因此絕對需要依據，絕不能流於武斷，否則將容易導致錯誤的結論。《說文》小篆的拆分原則根據的是許慎依照六書的說解，而古文字的說解不但需要本形來決定，六書亦是重要的參考方法，六書雖然不適用於隸書與楷書，但對於古文字與小篆基本上多是適用的，因此要合理的使用六書來幫我們完成這些書體的組字結構拆分，既不能過於

武斷，也不能全部放棄。陳煒湛對於古文字與六書的關係，有一段話說得中肯：

> 事實證明，六書理論基本上對甲骨文還是適用的，對於分析和考釋甲骨文還是有用的。這是因為小篆畢竟是由商周文字演變而來的，承先啓後，有形體結構上的局部變化，并不牽涉到文字性質與發展階段的根本問題。

> 但甲骨文畢竟不同於小篆，畢竟比小篆早了一千多年。所以，如果將對小篆的分析原封不動地用之於甲骨文，就難免碰壁、失敗。如果根據對小篆的分析而到甲骨文中去找相應的字，就有可能找不到或找錯。從這個角度看，說六書理論不全適用於甲骨文，也是可以的。〔註18〕

也就是說，在追溯文字的源流時，切不可以小篆硬套於古文字，因為文字的發展不是單純的一對一，而是有所分化與合併的，因此，只有在認清這一點的基礎上，來理解六書對於古文字的作用，六書才是適合於分析古文字的。

中國文字的組字結構與組合數這兩個要素，對於我們了解中國文字各種書體間的遞嬗情形，占有很重要的地位。在本節中，筆者透過對常用合體文字的分析，將《說文》小篆的組字結構與組合數，與古文字相比較，發現小篆的組字方式以左右型結構占了最大多數，其次為上下型結構，因而推測出先民們對於文字的改造，可能是基於「單純」與「對稱」的因素。其次，筆者再將統計出的組字結構與組合數這兩項數據，與朱歧祥對甲骨文的統計做一比較，發現有相當程度上的吻合；而對於由甲骨文、金文以至於小篆的組字結構上，在結論上也呈現近乎相同的結果。由此可見，這樣的分析方法對於各種書體間的比對，以及書體間組字結構與組合數的遞嬗情形，應可提供相當程度的思考，同時也是一個值得深入研究的課題。

第二節　與隸書、楷書之比較

前一節筆者由甲骨文、金文與戰國文字等不同時代、不同地域的文字，分

〔註18〕陳煒湛撰：《甲骨文簡論》（上海：上海古籍出版社，1999 年 12 月第一版二刷），頁 59、61。

別論述了各種文字的特色，以及與小篆結構之間的關係，使古文字與小篆之間的關係，有了清晰的認識；本節則由隸書與楷書兩種今文書體，與小篆的結構做比對，使中國文字由目前最早的甲骨文至目前發展成熟的楷書之間，所有的書體結構能夠貫穿起來，以見不同書體在不同的歷史時代中，它們的演變軌跡，以及分合的現象。

在與隸書和楷書做比較之前，在此仍舊要先不厭其煩的略述古文字與小篆的字形與結構特色，以便更清楚的分辨它們和隸書、楷書結構的不同。前文已多次提到，小篆是介於古文字與今文字間的重要橋樑，在此之前的文字，其象形意味是明顯的，眞正可做到「見形知義，據義造形」的特色，是眞正合形、音、義三者爲一的文字發展階段，而在此之後的文字，則由於書體的不斷演變，使得文字的筆畫越來越走向線條化、平直化、符號化等趨勢，自此以後，後人已經很難由文字中看出其形、音、義的特色，成爲知其然而不知其所以然的現象了。

在上一節提到過，古文字的共同特色之一是形體不固定，異體字相當多，這種現象一直到小篆才稍稍獲得改善，李孝定有一段話，簡要的說明了這個現象：

> 在遠古文字沒有定形時，文字之異體甚多，正字別體並行不廢，甲
> 骨金文，便是如此，即令到了文字大致定形的小篆，仍有或體存在。
> 六國文字中這種現象尤爲普遍。〔註19〕

文字的字形到了小篆大致定型，但小篆的使用卻沒有很長的時間，不久即被新興的隸書與楷書所取代，開創了中國文字的又一紀元。以下即對隸書與楷書做一番陳述。

一、隸書的特色

秦代固然用政治的力量統一了小篆的字形，使得長期以來異體眾多的情形大大的減少，然而卻由於秦代國祚的曇花一現，使小篆的使用並未延續很長的時間，而在這短短的時間裡，隸書便能取代小篆而躍居正統地位，亦可見其潛力之強大。隸書出現的背景，歷來說法不盡相同，有人認爲隸書的產生早於小篆，在春秋戰國時代即已濫觴，如鄭惠美所言：

〔註19〕李孝定撰：〈中國文字的原始與演變〉，《漢字的起源與演變論叢》，頁151。

一般研究隸書形成的學者，大多以春秋戰國時代銅器、兵器的金文或錢幣、璽印的銘文爲主要根據。其實，近世發現春秋戰國時期的墨蹟頗多，諸如春秋中晚期侯馬盟書、戰國楚繒書、楚簡、秦簡或帛書等，皆是研究隸書形成的一手史料。由於此批墨書文物，皆以毛筆直接書寫於玉片、石簡、絹帛或竹簡，無經過任何刻鑄雕琢的程序，故形神俱在，字體的結構或用筆的轉折，仍清晰可見。由此或可略窺隸書形成的過程。〔註20〕

可見隸書的形成要比小篆早些。然而又有些學者認爲，隸書是約略和小篆同時產生的，班固的《漢書·藝文志》記載：

是時始造隸書矣，起於官獄多事，苟趨約易，施之於徒隸也。〔註21〕

最有名的資料即許愼在《說文·序》中所言：

是時秦燒滅經書，滌除舊典，大發吏卒，興戍役，官獄職務繁，初有隸書以趨約易，而古文由此絕矣。〔註22〕

則隸書的產生又約與小篆同時。姑且不論隸書的產生與小篆的時間先後關係爲何，從字形結構上看，自甲骨文、金文、戰國文字乃至於小篆，其形體結構皆可得而論說，而隸書的產生無論早於小篆亦或與小篆同時，時間上必定不會相去太遠，但獨獨只有隸書至今仍無法分析出其具體的形體結構分類，僅有部分學者能就其隸變後與小篆的分合處加以比較，而得出隸分與隸合的條例。這是一個很特殊的現象，由此亦可見隸書的結構分析，有其迫切的需要。

歷來學術界與書法界多認爲，隸書的產生是由於小篆的書寫不便，於是民間便有所謂「草篆」的書體出現，將小篆寫得潦草些，便逐漸演變爲隸書，而隸書的主要活躍年代是在兩漢，尤其是東漢，碑刻之盛帶動了隸書的全面風行；後來到了魏晉南北朝時代，文字的異體又多了起來，產生了各種不同的文字風貌與書法風格，又產生了所謂的「魏碑」與「造像記」等傳世作品，盛行一時；其後隋代統一南北，不僅政治歸於統一，在文字方面也開始融合，終於在結合了南北的

〔註20〕鄭惠美撰：《漢簡文字的書法研究》（臺北：國立故宮博物院，1985 年 12 月初版），頁 35。

〔註21〕〔東漢〕班固撰：《漢書》（北京：中華書局，1962 年 6 月），頁 1721。

〔註22〕〔東漢〕許愼撰、〔清〕段玉裁注：《說文解字》，頁 765 下左。

特長之後，而出現了最後的書體——楷書，並一直延用至今。由此看來，隸書實爲楷書之濫觴。而事實上，在漢簡中除了以隸書爲主流外，亦旁及了楷書、行書與篆書，因此，鄭惠美認爲到了漢代，隸書的地位實際上是「楷書的濫觴」、「篆書的式微」，並且與草書並行，這一點是正確的。〔註23〕唐蘭亦認爲：

> 六國文字的日漸草率，正是隸書的先導。秦朝用小篆來統一文字，
> 但是民間的簡率心理是不能革除的，他們捨棄了固有的文字（六國
> 各有的文字），而寫新朝的文字時，把很莊重的小篆四平八穩的結構
> 打破了。〔註24〕

由此可以確定一點，即隸書的形成與小篆有密切的關係，儘管它的形體是難以分析的，六書是難以說明的，但它的字形由小篆演變而來則是不爭的事實。

　　雖然在漢代出現了很多用錯誤的方式說解文字的謬論，然而其爲人民所使用的趨勢卻是無法阻擋的。正如唐蘭所說：

> 近古期的文字，從商以後，構造的方法，大致已定，但形式上還不
> 斷的在演化，到周以後，形式漸趨整齊，最後就成了小篆。不過這
> 只是表面上的演化，在當時的民眾所使用的通俗文字，卻並不是整
> 齊的、合法的、典型的，他們不需要這些，而只要率易簡便。〔註25〕

這段話不僅將古文字的演變做了一個簡短的敘述，更對於隸書的興起做了簡要的說明。

　　至於小篆與隸書的不同，事實上也就是隸書的特色，也就是俗稱的「隸變」。關於隸變的特點，歷來學者做過不少的整理，試舉數家以見一斑。早期關於隸書的分化與歸併說得較詳細的，爲蔣善國從古文方面的分析，他認爲隸書轉化古文字的面貌，最主要通過兩個特點、四種方式與一百五十類的偏旁變化，後來講述文字的形體結構，尤其是由篆至隸的轉變，幾乎無不提出討論。他的兩個特點是：

> 一、在線條方面，變不規則曲線及勻圓線條爲「平直方正」的筆劃，
> 而消滅古文形體；二、在偏旁方面，乃變少數偏旁而使其結構與獨

〔註23〕參見鄭惠美撰：《漢簡文字的書法研究》，頁59～71。

〔註24〕唐蘭：《中國文字學》（香港：太平書局，1963年3月），頁164～165。

〔註25〕唐蘭：《古文字學導論》（臺北：樂天出版社，1973年7月），頁50～51。

體時不同。〔註26〕

正如蔣善國本人所言：

> 就隸字的、一丨丿八乚等筆畫來上溯篆字的形體，自然有些地方
> 支離破碎，把形體支解了。〔……〕很難推溯組成它的原面貌。這是
> 第一個癥結。
>
> 因此，我們研究隸變，首先只有選裡面具有普遍性和最顯著的並且
> 對於眞書有直接影響的字來分析，不能據少數個別的現象來分析。
> 〔……〕正因爲這樣，我們分析隸變，不能達到全面的對照。這是
> 第二個徵結。〔註27〕

在此他很準確的提到了由篆變隸的主要特點，以及分析隸書的最大困難，雖然
是比較早期的著作，卻說得非常正確。而至於其所提出的四種方式：轉變、省
變、訛變和突變，由現在的角度看來雖然分類上有些不妥，但也指出了大方向，
他不單單是由小篆來論隸書，亦以金文做爲依據來舉例，使其論說更爲有力。
〔註28〕而他所做的篆書與隸書的一百五十種偏旁轉變，將隸書分化篆書偏旁者
分爲六十一類，混同篆書者分爲八十九類，更不可謂不是一項大工程，只可惜
尚不夠完善，但由此我們已可得知，小篆轉變爲隸書的複雜程度實在遠遠超過
於古文字之轉變爲小篆的。

此外，吳白匋所論之隸變現象，現今也爲多數人所繼承，他將隸變的現象
分爲十一種：

一、變圓爲方。

二、變曲爲直。

三、改斷爲連。

四、改連爲斷。

五、短筆改點。

〔註26〕謝宗炯撰：《秦書隸變研究》（高雄：國立成功大學歷史語言研究所碩士論文，1989
年 7 月），頁 41。

〔註27〕蔣善國撰：《漢字形體學》（北京：文字改革出版社，1959 年 9 月第一版一刷），頁
197～198。

〔註28〕參見蔣善國撰：《漢字形體學》，頁 192～195。

六、省簡偏旁筆劃。

七、省簡部份結構。

八、減至以一種符號代表一種形體，但略存其形。

九、由於書寫時用筆有輕重，因而簡省筆劃。

十、爲書寫方便或亦增加筆劃。

十一、用假借字。〔註29〕

　　這是隸變的一個大方向，但是這十一項方法較爲破碎而沒有系統，因爲它們彼此之間並非完全屬於同一等級，有些是因果關係，而有些則可歸併爲一組，因此說來仍有些籠統。

　　近來裘錫圭的《文字學概要》中，也提出了隸書對於篆書隸變的五個方面：

　　　隸書對篆文字形的改造，主要表現在以下幾方面：

　　　1. 解散隸體，改曲爲直

　　　2. 省併

　　　3. 省略

　　　4. 偏旁變形

　　　5. 偏旁混同〔註30〕

對於隸書的線條化、符號化、部件的合併與省減、不同偏旁或部首的類化，都有一些簡單的介紹，亦可參考。至於其餘依筆者所見，其分類較爲簡明者，如董琨的整理如下：

（1）將小篆不規則的曲線和圓轉的線條變爲平直方整的筆畫，從而使漢字進一步符號化，幾乎全部喪失了象形意味。

（2）分化與歸併了小篆的偏旁，較大程度地改變了漢字的形體結構。這可以從兩個方面來歸納：

　　a. 小篆中的同一偏旁隨著在隸書中的不同位置而改變爲不同的形體。

　　b. 小篆中的不同偏旁在隸書中被歸併爲同一形體。

〔註29〕吳白匋：〈從出土秦簡帛書看秦漢早期隸書〉，《文物》（1981 年 2 月），頁 48。轉引自謝宗炯撰：《秦書隸變研究》，頁 39。

〔註30〕裘錫圭撰：《文字學概要》，頁 102～105。

（3）隸書的形體，較之小篆往往有所減省。〔註31〕

除此而外，馬國權也有根據《說文》小篆與傳世的隸書碑刻相比對，而歸納出篆書演變爲隸書時，所謂「帖寫方法」的變化共十四種。其中左右挪移、上下挪移、變上下結構爲左右結構、變左右結構爲上下結構、移外於內、移內於外、變倒品結構爲左右結構、變左右結構爲倒品結構、源變古篆以及移正爲敧等十項，〔註32〕也正是基於合體文字中部件可拆分的觀念爲出發點，從而歸納出這些現象的。雖然馬國權的分析是較偏重於書法上的，但可見無論在文字學或書法學上，都注意到了組字結構的可拆分性，且能夠利用這種可拆分原理，重新對文字加以組合，成爲中國文字的一項特色。

真正在小篆演變爲隸書的過程中談到組字結構問題的，有李淑萍的著作將小篆至隸書的變化依結構分爲八類：

一、由左右並列的篆文，變爲上下組合的隸體。

二、由內外組合的篆文，變爲左右並列的隸體。

三、由左右並列的篆文，變爲上下組合的隸體。

四、由上下組合的篆文，變爲左右並列的隸體。

五、由左右並列的篆文，變爲上下組合的隸體。

六、由左右並列的篆文，變爲斜上斜下組合的隸體。

七、由左右並列的篆文，變爲上下組合的隸體。

八、由上下組合的篆文，變爲左右並列的隸體。〔註33〕

雖然李淑萍在其論文中，並未交代文字的分析範圍，也未交代文字的數量、分析的依據、歸納的類型、所占的比例等，但是她至少提供了一些訊息：第一，她提出了由小篆至隸書在組字結構的變化類型，是提供由小篆至隸書在結構演變上的重要關鍵研究；第二，她提出了數種組字結構類型，包括了左右型、上下型、內外型、斜上斜下型等，雖然未必是所有的類型，至少也是主要的幾種，對於組字結構的分類，可以提供幫助。比較可惜的是，除了不能得到充分的組

〔註31〕董琨撰：《中國漢字源流》，頁86～87。

〔註32〕參見馬國權撰：〈文字規範與書法藝美〉，《一九九八年書法論文選集》（臺北：蕙峰堂筆墨有限公司，1999年3月一版），頁《三》－6～《三》－7。

〔註33〕參見李淑萍撰：《漢字篆隸演變研究》（桃園：國立中央大學中國文學研究所碩士論文，1995年5月），頁77。

字結構訊息外，也沒有關於組合數的分析，因爲若能將文字的組字結構做分析，即代表具有某種依據，且既能依某種方式清楚的解析出組字結構，組合數便能隨之獲得，對於由小篆轉變爲隸書的結構模式，將有很大的幫助。

　　隸書對小篆的改變，除了文字的外觀與組字結構的流動外，還造成了什麼樣的衝擊呢？李淑萍在其論文中，將隸變之後造成文字說解歸部上的歧誤中，歸納出了四點，分別爲「字形不可說解」、「喪失六書之旨」、「難以求知文字之本義」以及「使文字無部可歸」。〔註34〕而在這四點中，第三點與字義的關係交互影響，第四點則與部首的分合相關，與本論文較無直接的關係；至於第一、二兩點，則與本論文息息相關，因爲小篆演變爲隸書，從根本上將小篆的筆畫改造爲線條化，這就使得原本在組字時能夠以象形的面貌呈現的部件，變得不但不象形，同時又由於筆畫的分合，而使得字形與本形相去甚遠，如其所舉之「重」字爲例：

> 重，篆文作𡍺，从壬東聲，訓厚也、複也、大也，引申爲輕重、重疊之字。隸定本應作𡍺，今隸變作重（韓勑碑陰）、重（魏上尊號奏），隸體似从千从里，不復見从壬之形，字形不可說解矣。〔註35〕

文字的外形與組字的部件皆失去了本形與本義之間的聯繫，從文字的外觀上無法看出其本形與本義爲何，自然無法據以說解文字，無奈在漢代仍有許多強不知以爲知的學者，發表謬論，曲解文字之義，這樣的作法更遠不如許愼在《說文》中說解時，如遇己所不知者，則以一「闕」字注明來得負責。於是隸書在改變小篆的筆畫與結構之時，便同時扼殺了說解文字的可能，這不僅是本論文在分析上的一個困難點，同時更是中國文字發展史上的一個重大轉變。

　　與文字的不可說解互爲因果關係的，是隸書的喪失六書之旨。在現今眾多學者的反覆討論中，我們也許不能否認，在古文字中仍有一些文字無法適用於六書來說解，甚至於有學者認爲，以六書來規範中國文字並能全面的加以說解，只能適用於小篆，因爲在眾多的中國各種書體中，只有小篆是經過許愼第一次、也是全面性的以六書的方式加以說解的，以六書說解小篆的方法是許愼所首

〔註34〕參見李淑萍撰：《漢字篆隸演變研究》，頁 165～176。

〔註35〕李淑萍撰：《漢字篆隸演變研究》，頁 166。

創，他在著《說文》時，必定考慮過了種種的因素，才訂出了這樣的體例來運用，我們固然可以說用六書來說解小篆，是許慎對小篆的「量身訂作」，但是早在《左傳》、《韓非子》等早於許慎的古代文獻中，即有以文字的拆解做為說解字義的例子，在當時六書是否已經已經產生，我們至今雖不得而知，然而其作為古代的學習內容之一，以及說解文字的方式的確是存在的；雖然許慎的這套方法中仍不免有錯誤之處，這是因為許慎所能見到的佐證資料不足所使然，我們不能以此否定許慎的成就。

在上一節中曾引用過陳煒湛的一段話，來說明六書的不完全適用於古文字，同樣的道理回過頭來觀察隸書，我們也不能肯定六書能夠適用於每一個文字，這是因為由小篆到隸書也存在有分化或合併的情形，但是和古文字不同的是，古文字無論如何的演變，總在某種程度上保留了造字時的形象，再加上古文字原本就是象形的，自然較為容易進行說解，但文字發展到隸書，筆畫成為平直化與線條化的特徵，再也無法由組字部件中看出造字時的本形與本義，故雖然在書寫便利的實用性上得到了發展，但對於文字的說解方面卻越來越偏離其源頭了。文字的說解主要是依靠六書，既然隸書已經無法說解，這就意味著隸書已經無法統攝於六書之下了。

雖然隸書破壞了古文字以來的圖畫性、象形意味，使得中國文字不再能夠見形知義，不過這是文字演變的必然結果，萬不可因此而排斥隸書，或貶低其價值，它身為我國五大書體之一，在當時仍有其實用性，即使在今日也仍具有藝術性，這不但是不可磨滅的，同時更應給予它應有的地位。對於隸書的特色，或者說是隸書改造篆書的這一文字學史上的大事件，裘錫圭說：

> 隸書的形成，使漢字所使用的「隨體詰詘」需要描畫的字符，變成由一些平直的筆畫組成的比較簡單的字符，大大提高了書寫的速度。這是有進步意義的一次變革。封建社會的士大夫由於看到隸書破壞了一部份漢字的結構，就認為由篆變隸是一件壞事，這種態度是不正確的。〔註36〕

但是，隸書破壞篆書的結構，使得中國文字無法再適用六書來說解，以及由篆變隸雖有某種規律，但卻仍無更簡明易瞭的法則，卻亦是一個不爭的事實，這

〔註36〕裘錫圭撰：《文字學概要》，頁105。

將造成分析中國文字結構上的困難。隸書承襲小篆而來，在中國文字學史上造成了有史以來的最大震撼，然而在經歷過兩漢的數百年時光之後，即逐漸被楷書所取代，自此以後，中國文字再沒有書體上的大變化，文字的發展幾乎已到達定型與最高峰階段。

二、楷書的特色

楷書與隸書在內部並未有太大的變化，一般來說，我們知道隸書可以分為古隸與今隸，〔註 37〕古隸指的是秦代與西漢初年，在筆勢上沒有波磔的書體，今隸指的是東漢時代所使用的具有「蠶頭雁尾」、有波磔特色的成熟隸書；亦有人將成熟的隸書稱之為「八分」者，蓋承《說文》中曰：「八，別也，象分別相背之形。」而來，〔註 38〕而隸書的橫畫中蠶頭雁尾的筆勢，也正像往兩個方向而去的力量，因而有此異名。亦有將隸書稱為古隸，而將楷書稱為今隸者，一方面是由於楷書源變自隸書，具有一脈相承之淵源，當小篆為正統文字的當時，隸書為民間流行的俗體，而當隸書一躍而為正統文字時，楷書便成了民間的俗體，中國文字就是在這樣的正反合的反覆推演中，而一步步向前演進的。正如陳菽玲所言：

> 楷書取代隸書而成為正式文字，但其形成也是由隸書演變而來，其字形結構大體上是相同的，只是將隸書草寫後，逐漸發展，筆畫稍加變化，省去波磔，成為更利於書寫，方便迅速的字形。所以，楷書是承隸書而來，在文字發展史上同屬筆劃符號性質的文字，是將今漢字的隸書變成更符合書寫生理的另一文字。〔註 39〕

這樣的說法基本上是可以認同的，隸書在文字的歷史上迅速的取代了小篆，而沒想到在短短數百年間，又被楷書來取代，這不僅僅是因為上文所說楷書是將隸書草寫後產生的，事實上也由於從東漢以後，歷經魏晉南北朝這段動盪的年代，在人民極欲獲得安定的背景下產生的。東漢以後，天下三分，雖然後來由晉朝統一了天下，但受到內部的叛亂與外族的入侵，而有八王之亂與五胡亂華等內外侵逼，偏安江左，隨後北方的不斷分裂，以及南方短暫政

〔註 37〕關於古隸與今隸的說法，可參考下頁中筆者引杜忠誥之說法。

〔註 38〕〔東漢〕許慎撰、〔清〕段玉裁注：《說文解字》，頁 49 上左。

〔註 39〕陳菽玲撰：《漢字形體演變之研究》，頁 269。

權的不斷遞嬗，使得社會各方面都無法得到高度的發展，文字的發展自然也不例外。於是有所謂「魏碑」的誕生，其刻在碑上的文字，不僅顯得刻劃有力，而且極盡變化之能事，例如「先人爲老」等謬解文字的情況比比皆是，在政治的動盪下，人民又無法得到正確解釋文字的資源，因此在此時期，文字的發展實在沒有一個統一的標準，故雖然在書法史上一致認爲，三國時的鍾繇所書寫的書體，實際上即已是楷書的濫觴，但終究要經歷過魏晉南北朝這麼長的一段時間，楷書才能夠在唐代大一統的環境背景下，成爲文字書體發展的完成時期，也才能號稱是我國書法史上的黃金時代。

同時中國文字的演變又是極其緩慢，在短時間內是無法看出其變化的，因此在古人眼中的楷書和隸書其實是相去不遠的，因而發生了現代人對這些名詞該如何正名的爭論。這其中的變化，杜忠誥在〈說隸書〉一文中已說得很明白：

> 古隸結體方長，或存隸意，用筆多直來直往，未有點畫俯仰之勢，
> 〔……〕八分筆兼方圓，結體較古隸爲寬扁，筆法亦大異於古隸，
> 起筆用逆鋒法，具蠶頭之形；收筆用挑法，有燕尾之狀，此種波磔
> 呈露之書體，即典型之八分書，〔……〕故知「隸書」乃通稱，「古
> 隸」與「八分」爲特稱。析言之，則古隸自古隸，八分自八分；統
> 言之，則古隸八分皆隸矣。

> 然魏晉以降，凡工正（楷）書者，史皆稱其善隸。〔……〕孫氏所指
> 元常隸書，即傳世之力命、宣示二帖，分明是楷書，顧其字稍扁，
> 微存漢分遺意耳！故知魏晉唐宋間，皆呼楷書之有古意者爲「隸
> 書」，而稱漢之隸書爲「八分書」，惟此時所稱之「隸書」，大有別於
> 程邈時隸書，或曰鍾王變體，謂之「今隸」，而稱秦漢之隸爲「古隸」，
> 「隸」名雖同，而實相異矣，此又不可不辨者。〔註40〕

雖然隸書與楷書名稱的異同，對於分析組字結構沒有太大的影響，但因往後的論述將有牽涉到書法學的部分，因此，爲了以下論述時不致產生混淆，「楷書」這一名詞特指隋唐之後發展成熟的文字而言。

〔註40〕杜忠誥撰：〈說隸書〉，《藝壇》第一百三十期（1979 年 1 月），頁 13～14。

綜上所述，在此可以將隸書變爲楷書的因素做一總整理，即：

> 一爲軟筆提按的粗細變化，二爲文字書寫的生理及效率要求，三爲
> 筆序的定型及它們在書寫中的彼此呼應趨勢，四爲毛筆留跡保持視
> 覺美觀的用筆規律。漢字的筆畫至楷書而定型，細究其發生形成的
> 因由，皆不出以上所列出的四種因素。〔註41〕

可見由隸書演變爲楷書，實在是包括了書寫工具、先民的書寫心理、文字內部的彼此呼應，以及先民們的審美觀念等眾多複雜的因素下產生的。

而在隸書與楷書這兩種書體的結構分析方面，上文所舉李淑萍的分析，是隸書的組字結構分析裡，最接近本論文概念者。由其論文中列出的左右型、上下型、內外型與斜上斜下型四種類型來看，可以推測此四種類型在隸書結構裡，應占有較大的份量，雖未見有較多的字例，但若依照古文字的分類方式，可以推測並轉化爲筆者的歸納類型，若內外型包含的是筆者的全包型、半包型與穿插型，而斜上斜下型包含的是筆者的左上右下型與右上左下型，在小篆中這幾種類型所占比例達 96%，可見傳承至隸書後，應仍爲結構分類的大宗，只是依據其敘述，無法得知是否尚有其它類型，以及它們的比例如何，對於組合數的分析自然也就更不可能了。在做結構分析之前，必須要先了解該書體的文字結構，以及相當程度的部件分析，才不至於在分析時流於主觀，過於粗略或瑣碎，因此，在隸書的組字部件與組合數的分析裡，並不能達到很全面的地步。

雖然對於楷書組字結構的分析，近年來已經有相當多的著作論及，但多半是部件的分析。部件的分析並不等同於組字結構的分析，就像根據許慎對《說文》小篆做組字結構的分析，與這些小篆的組字部件有哪些、數量多少，並不是一個相同的概念是一樣的。而筆者所見的楷書組字結構的分析，以大陸方面的研究較多。以下筆者針對《說文》小篆與楷書的組字結構及組合數相比較。

《漢字結構類型分布表》中，將中國文字楷書的組字結構分爲五種類型，下表是《漢字結構類型分布表》與《說文》小篆組字結構類型的呈現：〔註42〕

〔註41〕劉志基撰：《漢字體態論》，頁 212。

〔註42〕參見蘇培成撰：《二十世紀的現代漢字研究》，頁 355。

〈《漢字結構類型分布表》與《說文》小篆結構類型對照表〉

結構類型	《漢字結構類型分布表》	《說文》小篆
上下型	22%	20.8%
左右型	67.8%	61.2%
包容型	9.6%	6.5%
嵌套型	0.07%	3.6%

　　由於分類的不盡相同，可以預見的是所得出的數據，自然會有些許的落差。在本表中，大致說來，《漢字結構類型分布表》中的上下型與左右型，應約相當於筆者歸納之上下型與左右型；嵌套型則包含了筆者歸納之穿插型與全包型；而其包容型一類則可能約對應於筆者歸納之半包型；至於筆者歸納之其它類型而未見於《漢字結構類型分布表》者，則只能暫時不列入考慮，僅就二者皆已歸納者加以比較。

　　《漢字結構類型分布表》中所採用的分析與歸納方法，和筆者的方法便有十分程度的近似，因為它們同樣都是依據第一級部件相對位置的關係，所得出來的結構類型，也就是只對文字做一次性的拆分，也唯有在兩者皆在相同的分析條件下，所得出之數據才更有比較的意義。則在此不難發現，在拆分條件相同，且歸納方式相似的情況下，兩者所得之數據便接近了許多。以左右型為例，無論在小篆或楷書皆占有六成以上的比例，且為所有類型之冠，其次為上下型、包容型與嵌套型，數據依多至少之次序也完全相同，具有很高的密合性。

　　由於筆者未見隸書至楷書的結構分析，因此無法直接銜接小篆、隸書與楷書，只能經由小篆與隸書、小篆與楷書的個別分析後，再試著聯繫隸書與楷書二者。而在本表中，楷書的結構以左右型占最大多數，其次為上下型、包容型，和小篆的組字結構所占比例大小完全相同；若和甲骨文、金文比較，順序也完全相同，只是在比例上稍有不同，古文字在這三種結構類型的比例較為接近，而在楷書中便拉大了。由此可以推測，中國文字的結構比例，由古文字歷經小篆、隸書與楷書，其差距是逐漸擴大的。

　　組合數的統計方面，《單個漢字部件數分布情況統計表》中，共分析了七千七百八十五個單字，〔註43〕對於其結果筆者將它轉化為百分比，以便與筆者的

〔註43〕據蘇培成先生的說法，此表的分析對象為正體字，但因筆者未見，不知是否即為

分析做比對：

〈《單個漢字部件數分布情況統計表》與《說文》小篆組合數對照表〉

組合數	《單個漢字部件數分部情況統計表》	《說文》小篆
二合	35.6%	97.6%
三合	42.1%	2.1%
四合	17.1%	0.3%
五合	4.3%	0.06%
六合	0.9%	
七合	0.04%	
八合	0.02%	

　　由上表中可以很明顯的看出一種差距，即以部件分析的方式拆分文字，和以字義的方式拆分文字，得出的結果十分不同。以字形拆分主要著重於「形」的相同，因此只要其字形長得相同，無論它代表的是文字、圖畫或是符號，都被歸併為同一個「形」；而以字義的方式來拆分文字，得出的結果可以說明組字部件與原字之間的關係，即使是相同的字形，也可以經由不同的字義顯現出來。由於這樣的差異，便使結果大相逕庭了。

　　《單個漢字部件數分布情況統計表》的分析結果，是以三合的文字占大多數，而《說文》小篆以義拆分的結果，卻是以二合的文字占大多數。這裡還牽涉到另一個因素，即前者的拆分應是將文字拆分到最小的有意義的單位，也就是說，大多數的文字是經過不只一次的拆分所得出的結果；然而《說文》小篆的拆分，卻僅以一次拆分為原則，僅有少部分的文字是同時由三個或三個以上的組字部件一次性組合而成，因此所得的結論自然以二合占最大多數。是故雖然上表中的分析對象是正體楷書，但卻因為拆分的次數不同，使得比對的結論無法完全通用與比較，只能大概的推論，無論是《說文》小篆或是正體楷書，它們的組合數多在二合和三合這兩種類型的範圍內。

　　經過了小篆與各種書體在組字結構與組合數的比較，有幾點需要注意。首先，數據上的密合未必代表由小篆至楷書，文字的結構類型無太大的波動，事實上筆者相信，有一部分的文字在不同的書體中仍舊不斷的在轉換其結構，不

<hr>

臺灣方面所謂的正體字。參見蘇培成撰：《二十世紀的現代漢字研究》，頁330。

過這需要對文字的演變做全面的，或至少是一定範圍的觀察與分析，才能得出較可靠的結論，但在金文、隸書等書體對於組字結構的分析方法與數據尚很缺乏的情況下，要達到這個目的尚需一段時日。也就是說，雖然表面上的數據看起來十分接近，但由小篆至楷書的這段長時間裡，文字的變化肯定不會是靜止的，各種部首或偏旁的演化，各種書體自身特色的影響等多種因素，都是影響數據統計的變數。前者如「宀」部，在小篆中，當它與其它部件組合時，是呈現上包下型的組字結構，如「實」（實）、「宛」（宛）、「宇」（宇）等字，但到了楷書便成為上下型的組字結構了；後者如「魂」字，由於小篆整體字形呈現長形，因此在小篆中寫作「魂」，為上下型結構，因為上下型結構較能符合小篆長形的特色，而隸書呈現扁形，楷書呈現方形，分別寫作「魂」與「魂」，皆為左右型結構，因為左右型結構較能符合隸書扁形的特色，楷書則承襲了下來。故文字的組字結構仍舊會因為某些因素而有所不同，未必是一成不變的。

其次，還必須考慮各家分法的不同。在上表中，僅是兩家說法的比較，若是各家說法集合比較，其數據的消長如何仍未可知，也就是說，這些分類方法一方面隨著書體的不同而變動，另一方面，又隨著人為分類方法的主觀而變動。例如分類的依據究竟是從形而分或是從義而分？究竟要做一次性拆分或分解到最小單位？不同的依據便會產生不同的結果，以「街」字為例，若是從形而分或分解到最小單位，可能分為「彳」、「土」、「土」和「亍」四個部件，為左中右四合型結構；〔註44〕若是從義而分或只做一次性拆分，依《說文》為「從行圭聲」，〔註45〕則成為穿插二合型結構。因此，從形或從義而分，一次性拆分或分解至最小單位，將可能為組字結構的分類帶來極為不同的結論。

而即使分類的方法相同，仍然有其困難性與主觀性。以從形或分解到最小單位來說，其部件的畫分原則究竟標準何在，便有多家說法的不同，對於部件的認定便可能大相逕庭，則最後分析所得之部件是否為最小單位？分合情形如何？都可能影響組字結構的歸類與組字部件數的計算。以從義或一次性拆分來說，小篆之前的古文字可以《說文》為依據來做分析，但對於《說文》所無，

〔註44〕此左中右四合型結構的分類名詞為筆者暫定，因筆者未做過楷書的組字結構分析，未知如此定名是否恰當，然為了論說之便，故以此名詞暫定。

〔註45〕〔東漢〕許慎撰、〔清〕段玉裁注：《說文解字》，頁78下右。

或是《說文》中說解有誤者，便難以認定其正確結構爲何，是其中一項困擾；對於隸書和楷書來說，受到文字線條化、平直化的演變，許多文字早已無法使用六書來加以分析，且有些文字由於不斷的分化，已難尋其本義，故無法依本義以求得正確的結構，但蘇培成認爲：

> 但是眞正實用的文字都是有理據的，隸楷漢字也是有理據的，不過和甲骨文、金文的理據不同罷了。甲骨文、金文體現出來的造字的理據削弱了，隸楷有自己的理據，主要表現爲字形的表意表音上。隨著形聲字的大量增加，意符表意（意類），聲符表音，對造字理據的削弱起到補償作用。不承認隸楷階段的漢字也有理據，恐怕是不妥的。〔註46〕

筆者也同意隸書與楷書有自己的理據，只是目前學者還無法將這些理據完全歸納出來，否則對於組字結構與組合數的分析便不會如此困難。這些都是目前難以克服的，對於組字結構與組合數的問題，仍舊有一段長遠的路要走。

本章一直以組字部件的類型與組合數這兩個重點爲依歸，和古文字、今文字做了許多比對，也和其他學者的著作做了一些討論，最後，若是將這兩種概念結合起來，能夠獲得什麼樣的訊息呢？傅永和將楷書的組字結構與組合數兩者對應了出來，引述如下：〔註47〕

〈傅永和部件數與結構類型對應表〉

部件數	2	3	4	5	6	7	8	9
結構類型	9	21	20	20	10	3	1	1

上表的數據意義代表的是，當組合數爲二合時，其組字結構的類型有九種，依此類推，則所有的結構類型有八十五種，不僅類型眾多也難以統攝；且依此表中部件數最高可達九個而言，可知其分法爲以形而分，面對如此多樣的結構類型，不僅難以定名，也使得文字的組合變得複雜得多。

筆者針對上章所列三千五百一十四個小篆，仿照上表的形式，將組字結構與組合數間的關係呈現如下：

〔註46〕蘇培成撰：《二十世紀的現代漢字研究》，頁388。

〔註47〕蘇培成撰：《二十世紀的現代漢字研究》，頁357。

〈《說文》小篆部件數與結構類型對應表〉

組合數	2	3	4	5
結構類型	10	11	3	1

　　根據筆者的分析與統計，二合組字結構者有十種，三合者有十一種，四合者有三種，五合者爲一種，合計共二十五種。〔註48〕與前者不同的是，第一，此表分析的對象爲小篆，小篆的部件數與組字結構間的關係，不一定和楷書完全相同；第二，前者的分析應是將文字分解到最小的不可再分割單位，但本表則僅做一次性拆分，因此在部件數的統計上，前者要比後者大。雖然如此，二者之間仍有共同點，即一個文字中部件數越少者，組字結構的類型大體上便越多，反之則越少，可見從古到今的各種書體，都傾向於在越精簡的部件數中，做不同方位的組字結構。部件數越少，視覺的感受便越單純，即使結構類型較多，大多數的文字仍舊能夠做正確的拆分；若是部件數越多，視覺上可能越凌亂，不容易正確拆分文字，且通常來說，部件數越多，筆劃數亦越多，不僅書寫不便，也較容易造成訛字，因此無論是甲骨文、金文、小篆等古文字，亦或是隸書、楷書等今文字，總是部件數越少的文字數量越多，同時也是部件數越少的文字，組字結構種類越多。

　　本章第一節裡首先整理了甲骨文、金文乃至於戰國文字的特色，其次則比較小篆與甲骨文、金文等古文字的組字結構與組合數的比例消長，在該節中主要以朱歧祥在《甲骨文字學》中，對甲骨文的組字結構與組合數的分析與歸納爲對照，其次則分別將其結論與筆者對小篆分析所得之結論，依結構類型與組合數等方面進行比較，發現無論在結構類型或組合數，二者統計後之數據與結論都具有一定程度的吻合，可見甲骨文與小篆在這兩個概念上的變化，是幾乎呈現一致的。接著再由朱歧祥所提，將甲骨文、金文與小篆在口部字與心部字裡，各個文字結構類型的消長做比對，其數據也都能夠達到相當程度的密合。

〔註48〕根據筆者在第二章第三節的統計，二合結構類型有上下型、左右型、左上右下型、右上左下型、全包型、穿插型、上包下型、下包上型、左包右型與右包左型；三合結構類型有左上右下型、右上左下型、上一下二型、上二下一型、左一右二型、左二右一型、穿插型、上包下型、上中下型、中包下型與多合型；四合結構類型有左上右下型、穿插型與多合型；五合結構類型則只有多合型。

可見由甲骨文、金文以至於小篆，組字結構皆以左右型爲最大多數，其次爲上下型，而組合數則以二合爲數最多，其次則爲三合。

　　本節首先亦先整理隸書與楷書的形成與發展，再進入小篆與今文字的比對。由於筆者至今未見專門分析隸書之組字結構與組合數之著作，因此僅能先列出前人對於隸書所整理之條例，而未能將隸書與小篆做數據上的比對。楷書方面，在台灣的著作中，筆者未見有整理正體字組字結構與組合數之著作，而雖然兩岸學者有不少探討楷書部件之著作，僅能當作參考；因此，本節主要以蘇培成所著《二十世紀的現代漢字研究》中，收錄了多家對於組字結構與組合數的討論著作爲對照，依其分析方式與之做比對。由小篆以至於楷書，在組字結構的比例上，並皆以左右型爲最大多數，其次爲上下型，並無太大變化；然而在組合數方面，楷書之部件組合數以三合爲最多，其次爲二合，與小篆中以二合爲絕大多數的結構不相同，顯見由小篆至楷書的過程中，部件的組合數發生了一些變化，其關鍵極可能在於隸書，但是由於缺乏隸書在組字結構與組合數的研究數據，因此無法得知其間的變化消長，是較爲可惜之處，也是將來可資研究的一個方向。

　　整體說來，由甲骨文、金文，歷經小篆，至於隸書與楷書，在組字結構的類型方面，大多數被承襲了下來，雖然隨著各家分類的不同，種類的名稱，歸類的方式，以及各類在文字中所占的比例會有不同，但大體不出其範圍。從組字結構之比例來看，古文字至小篆一直是以左右型結構爲最多數，且比例不斷上升，其次爲上下型結構，隨著左右型結構比例的上升，其比例則略爲下降；由小篆至今文字仍舊以左右型結構爲最多數，但其比例已趨於穩定，維持在六成至七成之間，其次亦爲上下型結構，比例則約維持在兩成左右，其它類型亦相去不遠。古文字至小篆之組合數以二合爲最多數，且比例不斷提高，由甲骨文之八成五上升至接近九成八，幾乎占據了絕大多數的文字組字方式，其次則爲三合，隨著二合組合數的上升，三合組合數的比例則下降了許多，其餘組合數所占比例則更形渺小；小篆至今文字的組合數則有了變化，由以二合組合數爲主轉變爲以三合甚至四合爲主，這可能是受到文字線條化、平直化等因素的影響，原本相連或具有圖象性的文字，被迫分成了兩個以上的部件，因此在一個文字中部件數便略爲增加了，不過這還需要有隸書的分析數據，才能夠下更確切的論定。

　　總而言之，整個中國文字的組字結構，自甲骨文以來，歷經金文、戰國文字、小篆、隸書與楷書，其種類未曾有過大變動，並且皆以左右型結構占最多數，其次為上下型結構；而在組合數方面，則由古文字的以二合為主，轉變為以三合為主，這是中國文字在組字結構與組合數的演變總趨勢。

第四章　小篆結構研究之價值

　　前文由《說文》小篆的組字結構分析，搭配六書中象形、指事、會意與形聲四種造字法，呈現出《說文》小篆結構與六書之關係，並做了簡單的說明，了解其橫向的分布；接著將《說文》小篆的結構放入歷史的演進中觀察，分別與古文字、今文字相互比對，做了一些闡述，屬於縱向的聯繫。經由橫向與縱向的聯繫，已經將《說文》小篆結構分析的說明、意義與特色等各方面，一一凸顯了出來。本章則要在此基礎上，繼續探討《說文》小篆結構在各領域中的研究價值。

　　本章將《說文》小篆結構研究的價值分爲四個領域來討論，分別爲文字學、書法教學、國文教學與電腦字形四個方面。乍看之下，這四個領域似乎各有所屬，互不相干，甚至是要將任意兩門領域相結合，都感到有格格不入之感，然而事實上它們是可以相互配合的。例如文字學與書法教學，同樣皆以中國文字爲研究對象，前者著重於文字的演變及其實用部分，後者則著重於其美感與藝術價值，這兩個領域的結合，正可完整的呈現出中國文字眞、善、美的境界，使中國文字的應用提升到最高的層次；而文字學雖然在大學以上的學程中，才開設有專門的課程教授，但是將它應用於中學甚至是小學的國文、作文，甚至擴大至國語文教學中，卻可使學生的語文基礎更加穩固，使教學更活潑化；而

電腦中的中文字形，以及其輸入方法，也隨著傳統學科與現代科技的整合，逐漸走向美觀與簡單的趨勢。其它如將文字學應用於國文教學，也需要運用到電腦或教學媒體；電腦字形的呈現，也需要文字學家與書法家的相互配合，才能創造出既符合文字演進的規律，又具有傳統藝術美觀特色的字形。諸如此類，都顯示了《說文》小篆結構研究的重要性，以下也將分別論述之。

第一節　文字學上之價值

文字學原本就是以中國文字爲研究對象的，廣義的文字學包括了聲韻學與訓詁學的內容，狹義的文字學則專指字形方面。前文中已經談到許多《說文》小篆研究在文字學裡的價值，此處將它們重新整理，以求清晰。

首先，從《說文》本身來談論小篆的形體結構，即是從最基本的源頭出發，因爲在今日要入門文字學，不可能不接觸《說文》，它所收的字形可以說是當時許慎所能見到的最大數量的小篆，是研究小篆甚至是古文字的根基，如果能夠將《說文》中的小篆結構有通盤的理解，不僅有助於古文字學與文字學的發展，也能夠由此觸類旁通，推測其它未收錄於《說文》中之文字，對於文字內部的組字結構規律，可以有很清楚的認識。

由這個基本點出發，在最理想的情況下，假若能夠有一套分析結構的法則，將之應用於古文字與今文字，那麼所有的中國文字都可以用相同的一套方法，來探索它們的組字結構，在所有組字結構的拆分中能夠有一個統一的標準，才能夠在這個標準上比較不同書體間的組字方式、類別、各種偏旁或部件在組字時的演變關係、部件增減時的排列變化等，可以做一套最有系統的分析，每個部分的研究都具有它的功用。反觀現在研究各種組字關係的著作，大多只著重於某一種書體，其優點是對於某一種書體的組字方式能夠有非常透徹的了解，但是由於各家說法與歸納方式的差異，要想比較不同書體間的組字結構關係，就無法在統一的標準下進行了；也即是說，不同書體之間的比較是較難進行的，這一點就顯得可惜了。

但是由前文的分析可以知道，不同書體間的組字結構與組合數的分析，並不容易有一個統一的標準，畢竟每一種書體的產生皆有其特殊的背景與條件，而且，以傳統的六書觀念來看後世所造之字，許多是無法以六書規範的，舉最

明顯的例子來看，古文字與今文字便無法依同一套標準來分析，因爲目前談到古文字的結構時，總是離不開六書的，但六書理論在部分文字上，因形體的改變無法完全施用於今文字，隸書與楷書若要依六書來分析字形，便顯得阻礙難進，是研究中國文字組字結構的最大困難點。則在此情形之下，勢必要有兩種以上的方法，分別施用於不同的書體，才能對這些書體做全面的研究，但如此一來，不同書體間的結論是否需要轉換？如何轉換？又是一個新的難題。因此，組字結構與組合數的研究看似簡易，實則有許多問題尚待解決。筆者在寫作本論文時，實已注意到這樣一個巨大的阻力，然而學術的研究常是在阻力中進行的，若是能夠克服這樣的困難，相信將能有極大的進步；況且，任何一種論點本不可能十分完善，只求能夠成爲一種通則，相信在眾人的努力下，必定能夠有所突破，學術就是在這樣的氛圍中進步的。

　　在本論文中是以小篆作爲討論組字結構與組合數分析的對象，它的價值在於古文字的結構到小篆而定型，在中國文字的演變過程中，占有其重要與特殊的地位，了解小篆的組字結構與組合數的特點，往上可以推溯古文字，向下可以開啓今文字，位居樞紐的地位，且中國文字至小篆時才有統一的形體，完全的穩定下來，研究它們的組字結構與組合數，才不至於有龐雜紛亂的困擾。再者，《說文》又是研究古文字時所必讀之書，可謂爲古文字學與文字學的入門書籍，藉由許慎依六書對於小篆的說解，再搭配組字結構與組合數的分析，相信對於文字學必定能有相當清楚的認識，而了解小篆的組字結構與組合數之後，想要了解其它的書體也就事半功倍了。也就是說，小篆的組字結構與組合數，是研究中國文字形體結構的開端，有了這樣的基礎，類推於其它的書體就容易多了。前文也提到過，以小篆爲研究對象，一方面是因爲《說文》即以小篆爲對象，另一方面，小篆也是屬於較古老的文字，比今日所使用的楷書，更接近文字的本形。也因爲這個因素，中國文字的組字結構與組合數的分析，不適合由甲骨文、金文做爲開端，因爲在小篆之前的古文字，形體還未固定，沒有所謂的正體字，很難確定其組字結構與組合數；也不適合由楷書做爲開端，因爲楷書距離文字的本形已非常遙遠，雖然有固定的形體，卻不若小篆接近本形，因此以小篆爲組字結構與組合數研究的開端是最恰當的，這正是以小篆爲研究對象的價值所在。

　　本論文是以《說文》小篆為討論對象，分析其組字結構與組合數，而由這些數據進而解釋形成原因和類型等現象。因此，由《說文》的小篆出發，若能對於今日所見的小篆做全面性的組字結構與組合數的分析，將有助於小篆這一書體的結構組成，對於文字學或書法教學皆有幫助，是屬於小篆文字的橫向聯繫；其次，可依此觀念應用於其它書體，就其文字結構進行分析，則對於中國文字的探索，將有一定的啟發，是屬於中國文字的縱向聯繫。因此，本論文雖僅是開端，卻蘊含有十足的研究潛力，而此潛力便表現出了它的最大價值。

　　《說文》小篆的形體結構分析，可說是理解中國文字形體變化——無論是在筆勢或結構——的一項基礎與關鍵。杜忠誥在其博士論文中亦曾對字形學提出說明：

> 偏旁形體構成分析，是進行漢字形體構成研究的第一步準備工作。
>
> 故凡遇一字，不論其書寫材料為何，先須就其偏旁部首及構形部件
>
> 予以分析，以確定該字的形體構成元素。〔註1〕

能夠對文字的形體結構有正確的認識，才能夠藉以觀察文字在筆勢與結構中的細微變化。知道了文字的正確構形，便能夠準確的解釋各個時期文字的演變；對於產生訛變的文字，也才能找出訛變的關鍵，因此對於字形學的獨立與建立，確實有其必要性。他又指出：

> 就漢字的發展歷史演變上說，結構之變是「大變化」，筆勢之變是「小
>
> 變化」。結構的變化，象顯可徵；筆勢的變化，細微難知。筆勢之變
>
> 是結構之變的先行，若無前者點畫筆勢上之變異，後者的形體結構
>
> 上之訛變，即無生成之可能。〔註2〕

就發生順序而言，是先有筆勢的變化累積，才會有結構的變化；但反過來說，能夠將顯而易見的結構先做分析，就能夠反向探索筆勢的演變。對於本論文而言，做的便是這樣的工作，要先了解小篆的結構，才能夠與古文字或今文字對比，經由字形的比較，分析文字筆勢的演變，由大而小，由顯明而細微。

　　因此杜忠誥提出字形學的觀念，認為字形的研究將日趨重要，這的確是一

〔註1〕 杜忠誥撰：《《說文》篆文訛形研究》（臺北：國立臺灣師範大學國文研究所博士論文，2001年6月），頁3。

〔註2〕 杜忠誥撰：《《說文》篆文訛形研究》，頁15。

個多方面要求下產生的領域，然而文字學畢竟是範圍廣大的，文字的形、音、義三要素是不能彼此分離的，任何一個方面都必須要有另外兩個方面來做爲它的證據或補充，唯有在此三者相輔相成之下，一個文字的研究才能完善。《說文》小篆的形體結構研究也是在這樣的觀念下進行的，所以，本論文雖然亦是以字形的研究爲主，實際上若是沒有借助字音與字義之學，也是沒有辦法正確判斷小篆形體結構的，由這方面來說，《說文》小篆的形體結構研究，亦間接促進了聲韻學與訓詁學的研究，相信也是學術界所樂觀其成的。賴明德更提出了研討中國文字結構的道理所在，認爲理解中國文字結構的益處在於有助於瞭解古代的制度、古人的思想狀況、以及古代的社會習俗，若不能理解中國文字的結構，則會發生使用與說解上的錯誤。〔註3〕其中有些觀念是與本論文相通的，可見中國文字的結構分析，實是理解中國文字的基礎所在。

　　總之，文字學的研究無論是何種領域，總是牽一髮而動全身的，本論文是希望先確定《說文》小篆合體文字組字結構與組合數研究的可行性，進而擴展到次常用字與罕用字，將小篆做一個橫向的全面分析，然後再推展到其餘的書體上，以期能對文字學的發展有所幫助，這便是它的最大價值所在。

第二節　書法教學上之價值

　　書法以文字爲書寫對象，故書寫的字形會隨著文字形體的演變而改變，也就是說，書法中的字形是隨著文字中的字形做變化的，因此，要想了解書法的書寫，就必須先了解文字的構造。在過去的階段中，文字學家與書法家兩者往往是各不相干的，文字學家懂得許多的理論，但卻未必能對字形做出美觀的描繪，甚至不能運用對文字學的深度了解，來幫助書法的創造；而書法家又往往自命不凡，雖以中國文字爲書寫對象，卻又極盡其變化字形之能事，而往往忽略了文字的構造，尚自認爲是創作，甚或是所謂「書法體」，對於這兩門學科的發展都是不利的。

　　近年來，隨著書法運動的推廣與書法人口的不斷擴張，許多文字學家開始或多或少的接觸書法技法，從書法中尋求文字發展的演變因素，反過來說，也有一些書法家，爲了追求字形上更多的變化，也開始接觸文字學，二者逐漸由

〔註3〕參見賴明德撰：〈漢字結構之研究〉，《華文世界》第九十四期，頁36～40。

不相干的兩條平行線,漸漸開始有了交集,使得文字學與書法學的領域,產生了跨學科的擴張,對於這兩個學科的發展,無疑是一大進步。

這可以從兩個方面來說明:第一是近年來推出了一些書法研習活動,例如中華民國書學會舉辦的書法教學研究會,中華民國書法教育學會舉辦的各級學校教師書法教學等,對於推動書法運動及其與文字學的結合,都有很大的助力與功用,其中有部分課程便是和文字學相關的。〔註4〕以書法教學研究會八十九年的研習課程為例,「古文字體的奧秘」一課,講的便全是與古文字(包括金文、大篆和小篆)相關的內容,其它如「書法的演進與發展」、「書法的教材和工具」等課程,也包含了或多或少的文字學知識;〔註5〕在取得適任書法教師證書的筆試上,其作答內容也常須用到文字學的基本常識,可見這兩個學科整合的重要性。

另一個方面是,書法家們以往在創作時,往往是隨心所欲,任意改變字形,因此在很多作品中,有時很難一眼看出該字為何字,尤其是行草書,若是不參照上下文或譯文,則根本很難辨認字形,也就是說,書法家對於字形的變化,已經到了不考慮正常文字演變的地步了。在古人的作品當中,無論是書法作品亦或是其著作,作者基於某些因素,可能為了不讓相同的字形出現,而使得文字看來較為死板,或是純粹為了炫耀自己的能力,而對文字做小幅度的變動。這是無傷大雅的,因為在這些字形中,我們可以歸納為兩類:一類是以不同時代的書體代入。例如某位作者以楷書做為呈現的書體,但他可以以小篆或隸書的字形為藍本,而以楷書的方式呈現,但這需要作者有古文字學或文字學的知識才辦得到,這種表現方式可以偶一為之,不但不會突兀,反而還能帶來驚奇之感;另一類是以部件位置的變換來達到其效果。例如「群」可作「羣」、「鵝」可作「鵞」等,這類文字只要稍作變動,就可以使整個字或整個篇幅看起來奇特許多,反過來說,欣賞者也不難由此推測出原字為何,既達到其藝術與創作的效果,又達到閱讀的實用性,亦是一舉兩得。

〔註4〕中華民國書學會每年舉辦有總統府前開筆揮毫、國父紀念館前開筆揮毫、金鵝獎全國書法比賽等,如有相關訊息會隨之公布;中華民國書法教育學會則有刊物《書法教育》出版,亦時有教師研習相關資訊。部分研習內容與古文字學、文字學內容相通,可資參考。

〔註5〕八十九年書法教學研究會於當年八月十七日至八月二十一日舉行五天,由中華民國書學會主辦,假淡江大學舉行。

　　而要談到書法家對於文字的變化，首先就得從部件的拆分談起。書法家對於文字的拆解，以及現在對於隸書與楷書的拆分，經常是與字形的演化無關的。前者是書法家在創作作品時，出於一種匠心獨運或是臨機一動的想法，有時牽涉到筆勢運動的問題，因此常會有不按照一般結構規律安排的情形；〔註6〕後者的拆分有其實際的困難，因為隸書與楷書在字形結構上，已經破壞了中國文字的象形特色，變為一種平直化、線條化與符號化的文字，這些線條絕大多數已失去其本來的意義，成為一種只是記錄文字字形的線條，即使能夠將它們歸類，也難以確定相同外形的部件，在其本來的面目是否為同一來源。例如「奕」、「奐」、「樊」、「奠」、「莫」等字，在楷書中下半部皆作「大」，但從小篆中來看，「奕」、「奐」、「樊」、「奠」、「莫」等字形，其下半部的寫法都不相同，〔註7〕類似這樣的情形在隸書與楷書的部件拆分中，根本無法看得出來；再說，現在的學者對於隸書與楷書部件的拆分，其目的也只能是計算出組成隸書與楷書的部件數究竟有多少，以及它們的使用頻率等情況，對於書法家的創作並無多大的幫助。

　　到了後來，書法家的變化有了更多的突破，例如傳為歐陽詢所作的《三十六法》中有所謂增減法，它不是省去或增加部件，而只是在多了一點、少了一撇上面做變化，這和文字的演變毫無關係，也不屬於部件的位移，字形的變化可謂到了極致，後世的書法家也多能接受這樣的傳統，這已經偏離了文字演變的範圍。

　　直到今天，我們仍舊不得不承認，書法家對於文字的拆解很多是無根據的，而若要要求書法家們在創作時，必得依據文字的演化來進行，不但是難以推動的，同時也是沒有必要的。因為書法家的字形變化依據，原本就是與文字學不同的，書法家在變化字形時，有一項不成文的傳統，即其所變化的字形，必得在古人的作品中能找出根源才行；而值得一提的是，古人由於本身的書寫工具即為毛筆的緣故，因此，只要他們懂得基本的文字學內涵，能了解文字的演化，他們不僅不難將它們應用於日常書牘與作品創作中，更能將它們美化，融入於整個篇幅裡，因此，當時的文字學家通常都能寫出一手好字，而書法家們也略

〔註6〕參見王昌煥撰：《楷書帖體字之研究》（臺北：國立政治大學中國文學研究所碩士論文，1995 年 5 月），頁 270～275。

〔註7〕參見裘錫圭撰：《文字學概要》，頁 104。

懂得文字演進的情況，前者如吳大澂、王懿榮等，後者則如李陽冰、孫過庭、解縉等，他們對於文字學與書法學兩個領域，都能兼容並蓄，相互融合。和古代不同的是，文字學家與書法家有了分流的現象，這對於兩個領域的獨立發展當然有其樂觀性，然而也使得這兩個學科逐漸的疏遠，所幸到了近些年來，不少文字學家與書法家又適度的警覺到，只憑單方面的理解並不足以全面的認識中國文字，因此兩個學科的整合，又重新開始運作了起來。

基於上述的原因，對於書法家來說，若是以字形的演進來加以限制，反而會使書法家的創作礙手礙腳，阻礙其前進，故對於字形結構的分析，並不是要書法家完全按照某種規律來行動，而是站在一個提供更有學理的依據，來幫助書法家們，使他們在創作時，不再只是單一面向的依憑古人，而可以走出現代的一條路。也就是說，書法家們一方面仍舊可以從古人的書蹟上汲取營養，但另一方面，也可以從文字學的角度，讓創作的理據更站得住腳，由此一來，既可繼承於傳統，又可從傳統中脫穎出新的素質，對於文字學與書法學兩方面，都有實質上的價值與幫助。

當然，上述的說法只是要說明，字形結構的分析對於書法字形的變化是有幫助的，而不是要將書法硬附屬於文字學之下，畢竟二者的著重點不同，它們的各自發展也已行之有年；相反的，文字結構的分析反而會使字形的變化更多樣化。書法家對於字形的變化，主要是由筆勢與結構兩方面著手。筆勢的變化一方面是表現在筆順，這種情形在行書與草書上尤為明顯，常會為了映帶的需要而改變筆順，這種特色也或多或少的影響到其它書體，不過對於字形的改變幾乎沒有影響；另一種情形則是在運筆的過程中，為了映帶、筆順或其它因素的需要，而對於文字的筆畫做增加或減少的變化，這種現象稱之為「增減法」，它也不會對字形的結構產生多大的變化，但偶爾會使人乍看之下認不出該字。結構的變化則對於字形的變化影響較大，它同時也會影響到欣賞者對於該字的認知，經過拆分之後的文字結構，組合數若為兩個，原則上它應該有四種組合形式，以「鵝」字為例，可以有左我右鳥、上我下鳥、左鳥右我和上鳥下我四種組合，但是事實上，在歷來的碑帖中只能看到前三種，這是由於某些部件的組合，和先民的某些書寫習慣以及文字構造格格不入，因此造成這種情形。〔註 8〕組字結構的拆分可以幫

〔註 8〕關於中國文字各組字部件間的相對位置關係，除了書法家於創作時有所關注外，

助字形做變化，但卻不是拆分後的所有組合，都可以應用在字形上，不過這樣的拆分與組合，已經很足夠書法家在一整篇作品中運用了。

以上用了一部分的篇幅，談論了文字學與書法學之間的關係，以及它們目前整合的情形，目的只是要說明，文字學與書法學間的關係是很密切的。但是《說文》小篆結構的研究對於書法字形的變化究竟有何幫助呢？首先要說明一點，書法家中還有一個不成文的規定，即是「先發生的書體可以融入後起的書體中，反之則不可。」這是什麼意思呢？中國各種文字的發生是有其順序性的，無論是單線式或雙線式，〔註9〕它總是要經過演變才能進入下一個階段，在這樣的規律之下，表示只有篆書才能影響楷書，楷書無法回過頭來影響篆書，同其它文學的發生相同，時間是不可能發生逆轉的。也就在這樣的情形之下，篆書能夠入於楷書，而楷書不能入於篆書，所以在字形的變化之下，只有可能以篆書的結構入於楷書，而不能將楷書的結構入於篆書，以後起的書體入於先起的書體，往往會為人所詬病，例如今人在書寫隸書時，往往以楷書的筆意入之，則失去了隸書該有的古樸蒼勁了。

我們常說的中國五大書體：篆、隸、草、行與楷，無論其為單線式或雙線式，不可否認的，篆書絕對居於第一位。既然篆書具有這樣的優勢，則表示它的結構可運用於其它四種書體中，那麼，它的應用範圍便十分的廣泛了。雖然經由許多著作，將古文字、篆書與今文字的各種結構組合情況加以分析後，不難發現其結構的種類並未增加，中國文字的結構變化，是從一開始就幾乎固定下來的，只是各種結構的文字數量在內部變化而已。舉例來說，前文提到過的宀部字，在篆書中是屬於上包下型結構，但到了楷書卻演變成了上下型結構；又如辵部字在篆書

許多文字學研究著作亦時有討論，如徐筱婷撰：《秦系文字構形研究》（彰化：國立彰化師範大學國文教育研究所碩士論文，1989年5月）、林清源撰：《楚國文字構形演變研究》（臺中：私立東海大學中國文學研究所博士論文，1997年12月）等，皆各自就其所研究之文字，進行文字在組字部件變化之探討。

〔註9〕 參見程琦琳撰：〈漢文字與中國書法〉，《書法研究》第四期（1994年第4期），頁13。單線式的演進過程是：甲骨文→篆書→隸書→正書→草書，也就是一種書體演進完成後，再進到下一個書體：雙線式的基本觀點則是認為在同一個時代中，書法的正體與草體是並行的，即古隸————→漢隸————→早期楷書。

＼章草／→——行書／→今草

中有左右型結構與右上左下型結構兩種，但到了楷書全都轉變成右上左下型結構。儘管如此，它們的組合數是幾乎不變的，只是其相對位置因爲時空的變化等因素，而使得它們呈現不同的面貌，然而它們的本質並未改變。

於是我們可以利用這種本質未變，只是部件位置略做改變的性質，整理出一套「偏旁演變規律」之類的著作，〔註10〕提供給書法家們於創作時參考，成爲一種工具書的性質，必定能夠收到事半功倍的效果。目前坊間所呈現的書法字典之類的工具書，大致上分爲兩類：一類是將不同的書體，依相同的文字爲序排列在一起，〔註11〕其優點是對於各種書體的文字垂手可得，缺點則是失之於龐雜；另一類是僅以某一種書體爲主的字典，〔註12〕其優點是對於同一種書體的同一文字，可以見到不同字形的變化，缺點則是缺乏與其它書體的聯繫，需要數本不同書體的工具書交互參照，而且其變化通常是屬於筆勢的變化，而非結構的變化。所以，若能有這類折衷性的著作，想必能帶來一定程度的便利。

有了這樣的構想之後，首先必須進入研究的，即屬篆書的結構分析，這也就是本論文在書法教學上的價值，因爲在五種書體中，篆書早於其它四者，只有篆書入於其它四者，其它四者無法入於篆書。因此，想要將篆書的字形運用於其它四種書體之中，非得先了解篆書的結構不可，對於篆書每個字的筆畫來歷、組字結構與組合數的分析都必須瞭若指掌，否則運用於其它書體將會發生格格不入的現象，甚至是錯誤的結構，豈不是要貽笑大方？

其實歷代的書家在開創自己的風格前，都是吸收了先前的文字風格而來。以書體來說，小篆變爲隸書時的結構改變最大，馬國權曾做過這方面的分析，且恰巧是以小篆變爲隸書爲討論對象，分類較有條理，共分爲十四種，其中前十種和本論文所提的小篆結構便有很密切的關係，筆者認爲又可將它們再歸納爲三類，條述如下：

〔註10〕即部件或部首由古至今發展的演變，以及部件或部首在組字時可如何變化等。

〔註11〕如上海書店出版社編：《書法字典》（上海：上海書店出版社，1998 年 1 月第一版 14 刷）、〔日〕飯島太千雄編：《書體大百科字典》（東京：雄山閣出版株式會社，1996 年 3 月初版一刷）等。

〔註12〕這類字典數量亦相當多，筆者即收藏有泉源出版社編：《標準篆刻篆書字典》（板橋：泉源出版社，1988 年 2 月）、〔日〕高木聖雨編：《標準隸書字典》（東京：二玄社株式會社，2000 年 11 月初版二刷）等，不勝枚舉。

第一類：左右挪移、上下挪移

　　小篆與隸書比較，雖然左右兩個部件的位置對調了，但所指的仍是同一個字，且兩個部件的相對位置並未改變，文字的外形亦未有大變化。

第二類：變上下結構為左右結構、變左右結構為上下結構、移外於內、移內於外、變倒品結構為左右結構、變左右結構為倒品結構、移正為敧

　　這類變化不僅文字內部部件相對位置改變，有時部件也會略作變形，連帶文字的外形也跟著改變，在結構的變化中是屬於較為劇烈的一種。

第三類：源變古篆

　　這類文字即所謂的隸古定文字，直接將小篆的字形繼承下來，使小篆間的部件特徵更為明顯。〔註13〕

　　以上三類是由小篆變為隸書的結構變化，是屬於書體之間的結構演變，但亦足以說明，在小篆與隸書時即有部件互換的結構概念，而無論是在不同書體或是相同書體間，都可以應用這種方式來做字形的變化分析，與其所變化的字形是無根據的部件變動，還不如依照中國文字六書結構的組字方式為根據，來做字形的變化來得強而有力。所以可以說，無意義的部件變化不如有意義的部件變化，而有意義的部件變化又不如根據六書原則所分析出來的結構變化。在藝術之中雖然沒有所謂的對錯或好壞，但卻能夠提升對於文學與藝術的素養，所以，在書法上要有創作上的變化，能夠了解小篆的組字結構與組合數的分析是較好的。

第三節　國文教學上之價值

　　近年來教改的腳步逐漸加快，各種學科的教學皆受到極大的挑戰，國文科的教學自然也不例外。我國在各個學程中對於文字學的課程安排，從份量來說比重並不大，更何況是文字結構此類的細目。但是文字的結構分析，卻是認識中國文字的方法中，十分重要的一環，不得不令人重視。

　　目前在我國的學制中，小學的國語課著重於生字的學習，是知其然而不知

〔註13〕參見馬國權撰：〈文字規範與書法藝美〉，《一九九八年書法論文選集》，頁《三》－6～《三》－8。

其所以然的階段；國中〔註14〕的〈語文常識〉曾介紹六書造字法，高中的《國學常識》也有較深入的解說，學生應多能對常見與常用的文字，進行六書的分辨，但還未能達到運用自如的階段；真正要學習到文字結構的內容，若非大學以上的中文系所，則更難接觸得到。事實是，有一部分的因素是因為學生不明白文字的造字緣由，以及結構的組成，因此常常不明其本形與本義，而經常造成誤用的情況，這種情形在批改作文與網路用語中是時常可見的，其結果經常令人啼笑皆非，林軒鈺便清楚的指出了這樣的現象：

> 對於時下學生文字掌握能力闕如、文學興趣、讀書風氣之低落，深感憂心。Ｙ世代學生被市面上充斥的影音媒體誘惑，沒有耐心鑽研文學，文字的美妙，被大量翻譯的日本漫畫取代，只有圖象而缺乏深層的語文思考是危險的。〔註15〕

所以如何有一套較為活潑的教學方法，能夠使國文老師將文字結構的概念與方法教給學生，在這改革腳步不斷前進的今日，實在是有提出的必要。

在目前的教育界中，來自不同階層、不同領域的教師們，紛紛提出了自己對於文字結構教學的看法，期望能夠藉由文字學的基礎知識，來幫助中小學的學生引發學習生字的興趣，並進而有能力分析文字的結構，舉一反三，使學生能夠簡單的判斷文字形音義的密切關係，然後能更準確的應用文字表達思想與感情。

從文字學的角度看，可以分成古文字學與文字學兩個方面。其實這兩個方面只是文字發生與演變的時間早晚問題，從教學上來說，都是希望能夠藉由文字的字形來了解其中的含義，並進而掌握字形。前者是從古文字的演變及組合結構，說明文字的本形本義，幫助學生在生字學習上的興趣與印象，尤其著重以圖象的方式來啓發，進而觸類旁通；後者是希望利用《說文》中對文字結構的說解，來達到學習的效果，尤其著重在相似字的比較方面。兩者若能適當的運用，對於學生學習文字，不但不需要靠死背，且能達到以簡馭繁的成果。

〔註14〕為因應九年一貫的實施，國中三個年級已正式更名為七、八、九年級。

〔註15〕林軒鈺撰：〈《說文》與國中國文科的文字教學〉，《國文天地》第二百零九期（2002年10月），頁77～78。

　　若從學制上來看，可以分為國小、國中與高中三種學制。小學的學制著重於以圖象來引發動機，使學生經由象形幫助記憶，教師也可以經由故事的方式，說明生字的結構，並將分析後的結構，再讓學生嘗試看看是否可以再組合為其它的文字，則不但能對所學的生字結構有印象，也能夠了解文字是如何組合的；〔註16〕國中的學生由於已經有了小學的大量生字基礎，且在國文課本〈語文常識〉中，也有簡單介紹六書的內容，可以經由六書的基本型與結構的拆解，來教導學生運用於文字的簡易分析上，有助於學生自行分析文字的能力；高中國文則因為有了小學與國中的國文基礎，故可以經由字形演變表的方式，讓學生了解文字形音義的結合都是有意義的，進而減少錯誤。〔註17〕

　　無論是由文字學或學制上來看問題，字形教學是這些教師所提出的重點，文字結構的拆分便包含於其中，而在文字的演變與結構的分析教學中，小篆是最適當的文字。因為古文字距離今日在時間上離得較遠，許多字形和今日的書寫型態仍有許多不同；但又不能選擇過於接近今日書寫的字形，否則不但失去其說解歷史演變的意義，結構上也沒有大變化，對學生的學習未必有幫助。小篆具有象形特色，許多字只要能夠知道偏旁的寫法，都能夠推測得出來，且文字的各方面亦趨於穩定，較容易說解並引起學生的興趣，因為對於這些古文字字形，在一般人的經驗中是不容易接觸到的，所以小篆的結構分析是首先必須了解的，它是字形教學的基礎也是源頭。

　　以上這些教師們不約而同所提出的以文字學的知識為基礎的教學方法，並不只是他們的推論或空談，早已有學者做過這方面的研究，例如張琇惠則做過許多研究與實驗，目的即是要觀察與證明文字學在小學生字教學中確有其幫助，事實證明，有文字學基礎的學生，從小學三年級起即有明顯的影響，〔註18〕

〔註16〕參見楊徵祥撰：〈古文字學在國小生字教學之運用〉，《中國語文》第四四五期（1994年7月），頁47～50。此外，學生也可以經由遊戲中學習，例如學習了「和」字，學生已得知「和」字可依組字結構分為「禾」與「口」，則可以反向思考，要求他們舉出學習過的文字中，分別有「禾」與「口」組字部件的文字，一方面可以掌握其學習狀況，另一方面也可達到復習的目的。

〔註17〕參見許師錟輝主編、柯雅藍撰：〈文字學在高中國文教學上的應用〉，《國文天地》第十八卷第六期，頁26～29。

〔註18〕參見張琇惠撰：〈文字學在國小生字教學上之運用〉，《臺南師院學生學刊》，頁102

可見文字學對於小學生字教學的重要，而文字的結構分析又是文字學的基礎，更是必須運用於教學上的。

　　以文字學的觀念教導學生的概念所以越來越受強調的原因是，有許多字形在外形上十分相似，例如「戊」、「戌」、「戍」和「己」、「已」、「巳」等，經常困擾於學生。〔註19〕但事實上這些字從小篆甚至古文字裡來了解，差距是更明顯的。「戊」小篆作「戉」，以斧為本義，六書為獨體象形；「戌」小篆作「戌」，亦為斧之一種，獨體象形；「戍」小篆作「戍」，从戈从人，人持戈也，故為守邊之意，異文會意，三字在小篆中本有差異，字義自然不完全相同。馮翰文說：

> 形似的字彼此混亂，引起認識上的困難，這無論在閱讀或在寫作都
> 是一樣的，所以我們教學生識字，也得特別注意這個事問題，為解
> 決這個問題，有一個辦法是很好的，即是把形似的一些字放在一起
> 去教，教時參照上面所說的解釋方法，從而將它們互相比較，使學
> 生明白它們的差異，這樣便不至鬧出錯誤。〔註20〕

對於高中以下的國文教學，教師們不必期望學生記下古文字字形，但是要讓他們學會自我分析結構的方法，並且要能了解，某些在現代楷書中，看似字形近似的文字，在古文字裡未必是如此，經由字形的差異引起學生的注意，並藉此灌輸組字結構與組合數的觀念即可。而學生所以對相似的字形缺乏分辨的能力，主要表現在三個方面：一方面由於現在對生字的教學仍然停留在出現一個字教一個字的情況，學生缺乏綜合比較的能力；二方面則是學生多不注重筆順與字形的正確性，久而久之便疏忽或忘記了正確的字形；三方面更由於網路用語的錯誤影響，嚴重誤導學生的判斷，才使得各界的教師紛紛提出這樣的教學方法。當然，由於現在使用的文字是楷書，很多字形早已失去了造字時的本形，所以談文字的結構一定要借助更早期的字形才行，所以葉國良說：

〜127。

〔註19〕例如魏永義撰：〈國文教學與文字學〉，《育達學報》第八期，頁28〜35。這篇文章
　　　　中便提出了數組學生容易混淆的字形，可供參考。

〔註20〕馮翰文撰：〈識字教學的幾個原則〉，《漢字述異》（香港：香港官立鄉村師範專科
　　　　學校同學會有限公司，2000年6月），頁188。

> 早期的甲骨文、金文、篆書，距離文字的本形較近，當時的學子學
> 習文字，較能掌握字形的含義；而晚期的隸書、楷書離本形較遠，
> 便有相對的困難。〔註21〕

雖然楷書是今日吾人使用最爲普遍的書體，但是卻由於無法掌握它的來源，因此反而造成了學生因文字學基礎知識的不足，而造成了學習興趣低落與使用上錯誤百出的現象，所以適當的教導學生運用更早期的字形結構，來分析文字的形音義，不但有助於了解文字的本義，也可幫助學生對相似的楷書字形能夠區分得開，進而降低使用的錯誤機會。

以上經由文字學與學制上的交錯說明，正可以證明了解文字的構造，是幫助學生正確學習生字與運用文字的最基本能力；反過來說，如果不能正確拆解文字，隨著學習的文字不斷增多，錯誤應用文字的情形則勢必不會減少，對於學生將來的學習成效及字彙的表達能力，都是一項嚴重的阻礙。

學生的學習成效絕大部分來自於教師的教學，但是在教學過程中，教師卻很少對於字形加以解說，多半在特殊的字音與字義上下功夫，這也是造成學生學習效果打折扣的因素之一。江惜美曾舉出三點癥結，指出教師在字形教學中的缺失：

> 那麼，爲什麼教師不針對字形加以解說呢？究其因，不外乎：一、
> 教師對文字學的根基不夠，無法解說；二、對文字的分類辨認不清，
> 無法分類以述；三、坊間並沒有這一類資料以供參考，只好就蒐集
> 得到的部份進行教學，有的乾脆不提。所以整個小學國語生字教學，
> 並沒有因爲資訊融入教學，而有任何本質上的改變。〔註22〕

不僅小學的國語教學是如此，中學的國文教學亦是如此，可見，要使學生能夠從字形結構的學習中，獲得學習成效，教師也必須針對這三方面加強，畢竟對文字結構拆分有正確的了解，才能夠給予學生實質上的幫助。

引文中也提到了資訊融入教學的部分，所以，要破除學生在文字使用上的錯誤率，除了運用文字結構分析的方法，使學生了解文字的本形、本音與本義

〔註21〕葉國良撰：〈從楷書的形成談字形教學〉，《華文世界》第七十五期（1995 年 3 月），頁 75。

〔註22〕江惜美撰：〈文字學在國小國語教學上的運用〉，《國文天地》第十八卷第六期，頁 23。

外，還需要借助一些教學媒體的使用，適當的使用教學媒體可使學生有新鮮感，引發學習的興趣。一般說來，教師可使用投影片或 powerpoint 軟體，二者都可依教導學生拆解文字結構後，讓學生學習各種拆解後的組字部件，是否能再組成其它的文字，或是相對位置變換之後，是否還是同一個文字等組合遊戲，學生在活動中吸收新知的能力是快速的，可收到觸類旁通的效果。

使用投影片的優點是可以利用投影片的透明特點，將兩張以上的投影片疊合在一起使用，可隨著學生的學習情況做機動性的調整；缺點則是替換時較不方便，且投影片上若有其它文字，也容易造成畫面雜亂的情形。powerpoint 的使用等於是將文字學、教學與資訊工具結合使用，是目前學校教師使用教具與教學方法的新趨勢，優點是只要事先設計出一套配合課程內容的教材，就能夠配合電腦與大型螢幕，依照解說的順序一路播放，能夠省去許多課堂上板書的時間；缺點是遇到學生突發的提問，若是不能用這套事先製作的課程解說，就會有銜接不順暢的問題。以上兩種方式都可以與文字結構的分析相配合，教師可自行運用。

因此，以《說文》小篆形體結構的分析為出發點，可以施用於中小學的國文與國語教學中，以六書拆分形體結構為基礎，可使學生正確的了解文字的本形、本音與本義，再配合組字結構與組合數的觀念，設計讓學生容易記憶文字的遊戲，讓學生在活動中學習，是《說文》小篆形體結構分析與國語文教學結合的價值；其次，再搭配電腦資訊的運用，只要應用得當，就教師來說，是應用教學媒體的良好示範，就學生來說，不但能引發學生的興趣，又能在不同的學習氛圍裡成長，無論對於教師的文字學能力，或是學生的國語文能力，都能有所提升，這應該是國語文教學中所樂見的。

第四節　電腦字形上之價值

目前電腦的應用十分普遍，對於一般使用者來說，中文字形的輸入絕大多數是足夠的，但是對於有特別需求的人是顯然不足的。從前的中文書體僅有楷書與隸書兩大類，在這兩類書體之下，則開發有許多「美術字」，普遍受到大眾的歡迎。對於文字學家來說，真正令人傷腦筋的是古文字的字形，從前沒有開發出古文字字形時，僅能經由手繪或電腦造字的方法來表現，但前者經過一再的描摹極容易失真，後者造出的字形，往往也由於技術性的因素，而顯得不夠

自然，既花費時間又不易獲得效果。

在這種情形之下，學者們開始開發古文字字形與字庫的建立。對於文字學家來說確有其必要，而目前開發最多的則要屬小篆方面。羅鳳珠與周曉文指出，建立小篆字形與字庫有其三點必要性：

> 其重要性有三，其一：小篆不僅最早形成了完善的漢字系統，同時整個系統完整保存至今，成為連接古今漢字的橋梁和紐帶，是漢字發展史上不可多得的典型材料，至今仍受到研究漢字發展史的學者們的高度重視；其二：一些重要的古代文化典籍中包含著小篆字體，這些古代典籍是中華文化的寶貴財富，至今仍然擁有大量讀者；其三：小篆作為一種典雅、美觀的字體，在書法和美術裝璜領域也受到人們的喜愛。〔註23〕

那麼，如何才能開發出具有美感而又不失真的小篆字形呢？這也需要《說文》小篆合體文字結構分析的幫助。首先必須要能正確了解小篆的組字結構與組合數，能夠將它們做正確的拆分，然後依據這些組字部件，將它們在各種組字情況下出現的位置加以分類後，再觀察它們在組字時所占整個字的比例，才能在電腦字形中做精確的描繪與組合；同時還要有書法家的參與，依據某些書法上的通則，來使字形更為美觀。由此可見，整個小篆字形的建立，都必須由對小篆字形的分析開始，可見它的根基地位對電腦小篆字形的重要。

此外，《說文》小篆結構的拆分，其觀念即來自於結構的分析，此觀念亦可運用於字形資料庫的建立。謝清俊等人所開發的中文字形資料庫中，其結構的查尋即運用了此概念。他們認為中國文字由部件構成，且這樣的構成方式有其規律可尋，並將所有的文字分為左右組合、上下組合與包圍組合三大類，〔註24〕以字形的結構來統攝文字，也是一種以簡馭繁的方法。

王寧曾提出中國文字有六種構件的組合樣式，其中的布局圖式和結構的拆分具有相同的意義。它的分解雖然未必符合部件的組字原則，但有一件事是可

〔註23〕羅鳳珠、周曉文合撰：〈古籍數位化的重要里程——大陸北京師範大學完成小篆字型字庫的建立〉，《漢學研究通訊》第十七卷第三期，頁302。
〔註24〕參見謝清俊等撰：〈中文字形資料庫的設計與應用〉，《第六屆中國文字學全國學術研討會論文集》，頁9～24。

以確定的，那就是中國文字可以透過一定的模式組構出其它的文字，而這個組構模式就是部件組合的觀念。他不僅在此揭示出這樣的觀念，他所圖示的字例中，甚至連部件的比例關係都表示了出來，是很精細的一項工作。〔註25〕如前文所述，假若能夠先對文字進行拆解的工作，就能夠依各種部件的位置及其比例關係，提供字形建立時的美觀要求。

除了字形的建立之外，結構的分析還可應用於輸入字形上。大陸上有所謂「五筆字形」輸入法，是「利用基本筆畫和字體結構類型的巧妙結合，將漢字一一固定在位碼上，使得漢字的輸入既快又準。」〔註26〕其基本方法是利用中國文字的偏旁、部件或部首，以及每個字的最末筆畫，與鍵盤上的按鍵結合，以達到輸入文字的目的；而隨著中國文字能夠因為增加部件或部首，而使文字結構不斷擴大與改變結構，此輸入法也能隨著改變它的輸入方法。但無論如何，首先都必須先確定文字的結構，否則就沒有辦法正確輸入所要的文字，正如王鐵昆所言：

> 漢字信息處理和漢字規範化，兩者的關係十分密切。簡單說，漢字規範化有利於漢字的信息處理，反之，漢字信息處理又促進了漢字（漢語）的規範化。〔註27〕

這對於了解中國文字的結構，以及正確書寫文字有積極且正面的意義。

由上可知，從《說文》小篆結構的研究中所引伸出來的觀念，不僅對於文字學有所貢獻，即對於電腦中文字形的建立——無論是小篆或其它書體，以及中文輸入法的研發，其結構分析的觀念，都能夠恰當的得到應用，對於現今要求與資訊結合的時代，提供了一個最佳的示範，同時也顯示了中國文字的研究，不是一種跟不上時代的舊學問，也不僅僅是紙上談兵的理論，與電腦資訊的結合，提供了最佳的證明。

〔註25〕參見王寧撰：《漢字構形學講座》，頁71～72。

〔註26〕蘇新春主編：《漢字文化引論》，頁220。

〔註27〕王鐵昆主編：《漢字規範通俗講話》（北京：人民日報出版社，1994年8月第一版一刷），頁263。

第五章　結　論

　　本論文名爲「常用合體字小篆結構研究」，主要觀念是欲藉由許愼在《說文》中對小篆結構的分析，將小篆的形體結構分爲若干類型，依據這些類型及部件組合數等結果，與六書造字法做穿插比對，觀察先民造字時的文字內部規律。其次，再將各種類型的比例做一統計，與各種書體相比對，觀察其變化消長，並與各種書體的結構分類及其演變相比較。最後，再提出依此論文的觀點出發，其觀念、理論與應用可用之於文字學、書法教學、國文教學與電腦字形四方面，以顯示其價值與前瞻性。以下分條敘述：

一、分析《說文》小篆字形

　　首先討論中國文字方塊字形的特色，及文字結構之著作，其次則以《說文》小篆爲討論對象，根據教育部公布之常用字而見於《說文》者，逐字分析其組字結構與組合數，屬於《說文》小篆間的橫向比較。由〈常用合體字小篆結構分析表〉與〈大徐新附字結構分析表〉觀察，在組字結構方面，共可歸納爲上下型、左右型、左上右下型、右上左下型、全包型、上一下二型、上二下一型、左一右二型、左二右一型、穿插型、上包下型、下包上型、左包右型、右包左型、上中下型、中包下型以及多合型等十七類，若以同性質再加以合併，則可成爲上下型、左右型、斜角型、全包型、三角型、穿插型、半包型、多層型等八大類；至於組合數則可歸納爲二合、三合、四合與五合四類。

而由〈結構分類統計表〉裡觀察，在比例方面，組字結構裡上下型占 20.8%，左右型占 61.2%，斜角型占 6.3%，全包型占 0.5%，三角型占 0.9%，穿插型占 3.1%，半包型占 6.5% 以及多層型占 0.8%，也即是說，《說文》小篆在結構比例上，以左右型、上下型所占比例較高，為組成小篆的主要方式；組合數方面，二合占 97.6%，三合占 2.1%，四合占 0.3% 及五合占 0.06%，由於是採用一次性的拆分，故以二合者占最多數。

二、對應六書造字法則

中國文字在談論結構時，多以六書為方法，呈現的是造字之初文字所表現的造字特性，而《說文》小篆的結構分析，則是呈現小篆組字時的結構類型，後者以前者為依據，但著重點並不相同。本論文以〈結構對應表〉對應六書與組字結構間的關係，發現象形之組字結構占七小類，指事占六小類，會意占十六小類與形聲占十四小類，各造字法中所占組字結構類型之比例，與各造字法於《說文》中所占字數之比例，有很高度的密合。

三、比較古今文字結構

將古文字與今文字的結構與小篆比對，可以了解中國文字自古以來的結構變遷，屬於不同書體間的縱向比較。從〈甲骨文與小篆結構比例對照表〉來看，甲骨文至小篆在組字結構上皆以左右型占最多數，上下型次之，但從比例上來看，左右型結構之比例由 41.7% 上升至 61.2%，增強約 20%，上下型結構則由 26.5% 下降至 20.8%，減弱約 6%，顯見在古文字的組字結構裡，左右型結構儼然成為組字方式的主流；組合數方面，從〈甲骨文與小篆組合數對照表〉裡，得知甲骨文至小篆皆以二合為最多數，三合次之，但從比例上來看，二合之比例由 84.8% 上升至 97.6%，增強約 13%，三合之比例則由 13.4% 下降至 2.1%，減弱約 11%，表示古文字的組合數以二合為主流。無論是組字部件或組合數，其占最多數者皆不斷增強比例。

從小篆至楷書，由《漢字結構類型分布表》與《說文》小篆結構類型對照表〉中得知，組字結構仍舊以左右型為最多數，上下型次之，從比例上看，左右型結構由 61.2% 上升至 67.8%，增強約 6%，上下型結構亦由 20.8% 上升至 22%，增強約 2%，表示由小篆至楷書在主要組字結構裡仍在鞏固其地位；組合數方面也有些微的不同，由《單個漢字部件數分布情況統計表》與《說文》小篆組合

數對照表〉來看，至楷書已轉變爲以三合爲最多數，從比例上來看，二合之比例由 97.6%下降至 35.6%，減少約 62%，三合之比例則由 2.1%上升至 42.1%，增強了約 40%，可見由小篆至楷書無論在組字結構或組合數方面，皆有了重大的轉變。

四、提出四項研究價值

常用合體字結構分析而得的結果，不僅可用於文字學，於書法教學、國文教學與電腦字形方面，亦皆有所幫助。文字學方面，可以利用組字結構與組合數分析的方法，施之於各種書體間，從而將各種書體的結構變化，做一系統的聯繫，可從不同的角度研究中國文字的組成；書法教學方面則可藉結構的了解，幫助書法家們重新認識文字的演變，進而對其創作提供理據；結構的分析與比較則可運用於國文教學，讓學生經由比較而能自行掌握正確的文字結構，降低錯別字的發生；而無論在電腦字形的建立或輸入法的創新，結構的組合與拆分也提供了刺激，使文字學與電腦技術進一步的結合。

本論文在小篆的形體結構研究上，乃根據教育部所公布之四千八百零八個常用字而見於《說文》者三千一百一十五字，加上大徐新附字三百九十九字，共得三千五百一十四字爲對象，分析其組字結構，歸納出各種類型與比例，並與六書中之象形、指事、會意與形聲爲經緯，討論二者之間的關係，屬於小篆橫向之比較。其次則以此三千餘字之組字結構與組合數分析所得之數據爲依歸，分別與古文字及今文字逐一比較，尤其著重於組字結構的歸納、分類、比例以及組合數的分析、比例等方面，屬於小篆與其它書體縱向之比較。然後再提出本論文──合體文字結構研究，在文字學、書法教學、國文教學與電腦字形四方面的價值作結。

《說文》小篆合體文字的結構研究，在整個文字學中只不過是一個小部分，但所謂萬丈高樓平地起，任何一門高深的學問都必須要從基礎做起，《說文》所收的小篆絕非當時的所有文字，而小篆又僅是中國文字眾多書體中的一種，對於建立中國文字各種書體的文字結構，還有一段很長的距離；雖然以結構爲主題的研究目前仍大感不足，但只要對此議題有興趣之學者，都可以經由不斷的研究，進而豐富它的內涵，因此，當中國文字各種書體的結構研究完成之時，也就是對中國文字組成之了解更邁進一大步之時，對於中國文字結構的起源，想必會有所幫助，也同時更豐富了中國文化的內涵。

參考書目

一、專書部分

1. 蔣善國，《漢字形體學》，北京，文字改革出版社，1959 年 9 月。

2. 丁福保，《說文解字詁林》，臺北，臺灣商務印書館，1959 年 12 月。

3. 〔東漢〕班固，《漢書》，北京，中華書局，1962 年 6 月。

4. 唐蘭，《中國文字學》，香港，太平書局，1963 年 3 月。

5. 〔宋〕沈括，《夢溪筆談》，臺北，臺灣商務印書館，1965 年 2 月。

6. 李孝定，《甲骨文字集釋》，臺北，中央研究院歷史語言研究所，1965 年 6 月。

7. 許師錟輝，《說文解字重文諧聲考》，臺北，嘉新水泥公司文化基金會，1968 年。

8. 陳煥章，《書法十講》，臺北，富進出版社，1970 年 1 月。

9. 唐蘭，《古文字學導論》，臺北，樂天出版社，1973 年 7 月。

10. 周法高，《金文詁林》，香港，香港中文大學，1975 年。

11. 李國英，《說文類釋》，臺北，書銘出版事業股份有限公司，1975 年 7 月。

12. 潘重規，《中國文字學》，臺北，東大圖書有限公司，1977 年。

13. 彭利芸，《象形釋例》，臺北，新文豐出版股份有限公司，1983 年 4 月。

14. 木鐸出版社，《實用書法教材》，臺北，木鐸出版社，1983 年 9 月。

15. 華正人，《現代書法論文選》，臺北，華正書局，1984 年。

16. 漢語大字典字形組，《秦漢魏晉篆隸字形表》，成都，四川辭書出版社，1985 年。

17. 鄭惠美，《漢簡文字的書法研究》，臺北，國立故宮博物院，1985 年 12 月。

18. 李孝定，《漢字史話》，臺北，聯經出版事業公司，1987 年 2 月。

19. 楊再春，《中國書法工具手冊》，北京，北京體育學院出版社，1987 年 8 月。

20. 泉源出版社，《標準篆刻篆書字典》，板橋，泉源出版社，1988 年 2 月。

21. 黃宗義，《歐陽詢書法之研究》，臺北，蕙風堂筆墨有限公司，1988 年 3 月。

22. 曾榮汾，《字樣學研究》，臺北，臺灣學生書局，1988 年 4 月。

23. 華正人，《歷代書法論文選》，臺北，華正書局，1988 年 10 月。

24. 何琳儀，《戰國文字通論》，北京，中華書局，1989 年 4 月。

25. 劉文義、李澤民，《書法概論》，鄭州，中州古籍出版社，1989 年 6 月。

26. 程可達，《書法津梁》，江蘇，江蘇教育出版社，1990 年 2 月。

27. 陳景舒，《隸書書寫門徑》，廣東，廣東人民出版社、香港明天出版社，1991 年 4 月。

28. 茹桂，《書法十講》，西安，陝西人民出版社，1991 年 6 月。

29. 陳飛龍，《說文無聲字考》，臺北，文史哲出版社，1991 年 11 月。

30. 朱歧祥，《甲骨文論叢》，臺北，臺灣學生書局，1992 年 2 月。

31. 牛光甫、石如燦，《中國書法精義》，開封，河南大學出版社，1992 年 7 月。

32. 馬如森，《殷墟甲骨文引論》，長春，東北師範大學出版社，1993 年 4 月。

33. 陰法魯、許世安，《中國古代文化史（一）》北京，北京大學出版社，1993 年 6 月。

34. 高明，《中國古文字學通論》，臺北，五南圖書出版有限公司，1993 年 12 月。

35. 黃金陵，《書道禪觀》，臺北，黃金陵出版，1994 年 1 月。

36. 裘錫圭，《文字學概要》，臺北，萬卷樓圖書有限公司，1994 年 3 月。

37. 陳振濂，《書法學》，臺北，建宏出版社，1994 年 4 月。

38. 〔東漢〕許慎，《說文解字》，北京，中華書局，1994 年 10 月。

39. 劉正強，《書法藝術漫話》，臺北，業強出版社，1994 年 11 月。

40. 林尹，《文字學概說》，臺北，正中書局，1994 年 11 月。

41. 許師錟輝，《兩岸標準字體之比較研究》，臺北，行政院國家科學委員會，1995 年 7 月。

42. 西中文，《書海蠡測——西中文書法論文集》，鄭州，河南美術出版社，1995 年 8 月。

43. 呂思勉，《字例略說》，臺北，臺灣商務印書館，1995 年 10 月。

44. 余國慶，《說文學導論》，合肥，安徽教育出版社，1995 年 10 月。

45. 詹鄞鑫，《漢字說略》，遼寧，遼寧教育出版社，1995 年 12 月。

46. 黃政傑，《教學媒體與教學資源》，臺北，師大書苑有限公司，1996 年 1 月。

47. 〔日〕飯島太千雄，《書體大百科字典》，東京，雄山閣出版株式会社，1996 年 3 月。

48. 〔唐〕虞世南，《孔子廟堂碑》，臺南，大眾書局編輯部，1996 年 5 月。

49. 蘇新春，《漢字文化引論》，南寧，廣西教育出版社，1996 年 8 月。

50. 邢祖援，《篆文研究與考據》，臺北，新文豐出版股份有限公司，1996 年 9 月。

51. 唐濤，《中國書體演進》，臺中，臺灣省立美術館，1996 年 9 月。

52. 余德泉，《簡明書法教程》，長沙，湖南美術出版社，1996 年 10 月。

53. 姚淦銘，《漢字與書法文化》，南寧，廣西教育出版社，1996 年 10 月。

54. 蔡信發，《說文部首類釋》，臺北，萬卷樓圖書有限公司，1999 年。

55. 李圃，《甲骨文文字學》，上海，學林出版社，1997 年 4 月。

56. 許師錟輝、黃沛榮，《歷代重要字書俗字研究》，臺北，私立東吳大學中國文學系，1997 年 7 月。

57. 〔東漢〕許慎，《說文解字》，臺北，書銘出版事業有限公司，1997 年 8 月。

58. 蔡信發，《辭典部首淺說》，汐止，漢光文化事業股份有限公司，1997 年 9 月。

59. 朱崇昌，《書法》，北京，中國商業出版社，1997 年 12 月。

60. 張其昀，《說文學源流考略》，貴陽，貴州人民出版社，1998 年。

61. 上海書店出版社，《書法字典》，上海，上海書店出版社，1998 年 1 月。

62. 鄭聰明，《九成宮醴泉銘的特徵》，臺北，蕙風堂筆墨有限公司，1998 年 4 月。

63. 何琳儀，《戰國古文字典》，北京，中華書局，1998 年 9 月。

64. 洪丕謨、赫崇政，《楷書教程》（修訂版），杭州，中國美術學院出版社，1998 年 10 月。

65. 董琨，《中國漢字源流》，北京，商務印書館，1998 年 12 月。

66. 蔡信發，《說文商兌》，臺北，萬卷樓圖書有限公司，1999 年。

67. 王輝，《漢字的起源及其演變》，西安，陝西人民出版社，1999 年 3 月。

68. 許師錟輝，《文字學簡編——基礎篇》，臺北，萬卷樓圖書有限公司，1999 年 3 月。

69. 陳光政，《會意研究》，高雄，復文圖書出版社，1999 年 3 月。

70. 啟功，《古代字體論稿》，北京，文物出版社，1999 年 3 月。

71. 劉志基，《漢字體態論》，南寧，廣西教育出版社，1999 年 7 月。

72. 王貴元，《馬王堆帛書漢字構形系統研究》，南寧，廣西教育出版社，1999 年 8 月。

73. 趙平安，《說文小篆研究》，南寧，廣西教育出版社，1999 年 8 月。

74. 宋永培，《說文漢字體系研究法》，南寧，廣西教育出版社，1999 年 8 月。

75. 王宇信，《甲骨學通論》，北京，中國社會科學出版社，1999 年 8 月。

76. 崔陟，《漢字書法通解》（篆‧隸），北京，文物出版社，1999 年 9 月。

77. 向夏，《說文解字部首講疏》，臺北，書林出版有限公司，1999 年 9 月。

78. 鄒曉麗等，《甲骨文字學述要》，長沙，岳麓書社，1999 年 9 月。

79. 陳煒湛，《甲骨文簡論》，上海，上海古籍出版社，1999 年 12 月。

80. 王志成、葉紘宙，《部首字形演變淺說》，臺北，文史哲出版社，2000 年。

81. 劉又辛、方有國，《漢字發展史綱要》，北京，中國大百科全書出版社，2000 年 1 月。

82. 蔡信發，《說文答問》，臺北，萬卷樓圖書有限公司，2000 年 4 月。

83. 王景芬，《中國書法藝術自修指南》，北京，中國文聯出版社，2000 年 7 月。

84. 許進雄，《簡明中國文字學》，深坑，學海出版社，2000 年 7 月。

85. 王作新，《漢語結構系統與傳統思維方式》，武漢，武漢出版社，2000 年 10 月。

86. 教育部國語推行委員會，《國字標準字體楷書母稿〈教育部字序〉》，臺北，教育部，

2000 年 11 月。

87. 〔日〕高木聖雨,《標準隸書字典》,東京,二玄社株式会社,2000 年 11 月。

88. 張玉金、夏中華,《漢字學概論》,南寧,廣西教育出版社,2001 年 1 月。

89. 崔陟,《書法》,臺北,城邦文化事業股份有限公司,2001 年 2 月。

90. 若谷,《話說漢字》,南昌,江西教育出版社,2001 年 4 月。

91. 楊宗元,《中國古代的文字》,臺北,文津出版社有限公司,2001 年 4 月。

92. 蘇培成,《二十世紀的現代漢字研究》,太原,書海出版社,2001 年 8 月。

93. 王寧,《漢字構形學講座》,上海,上海世紀出版集團、上海教育出版社,2002 年 3 月。

94. 徐在國,《隸定古文疏證》,合肥,安徽大學出版社,2002 年 6 月。

95. 朱歧祥,《甲骨文字學》,臺北,里仁書局,2002 年 9 月。

96. 許師錟輝、蔡信發,《明清俗字輯證:明鈔本俗字輯證 I、II》,臺北,私立東吳大學中國文學系,2003 年 1 月。

97. 徐復、宋文民,《說文五百四十部首正解》,南京,江蘇古籍出版社,2003 年 1 月。

98. 中華書局,《說文解字真本》(一、二冊),四部備要經部,中華書局據大興朱氏依宋重刻本景印。

二、單篇論文

1. 杜忠誥,〈說隸書〉,《藝壇》第一百三十期,1979 年 1 月。

2. 徐邦達,〈五體書新論〉,《現代書法論文選》,臺北,華正書局,1984 年 12 月。

3. 郭紹虞,〈從書法中窺測字體的演變〉,《現代書法論文選》,臺北,華正書局,1984 年 12 月。

4. 李孝定,〈從中國文字的結構和演變過程泛論漢字的整理〉,《漢字的起源與演變論叢》,臺北,聯經出版社,1986 年。

5. 李孝定,〈中國文字的原始與演變〉,《漢字的起源與演變論叢》,臺北,聯經出版社,1986 年。

6. 〔東漢〕趙壹,〈非草書〉,《歷代書法論文選》,臺北,華正書局有限公司,1988 年 10 月。

7. 〔隋〕釋智果,〈心成頌〉,《歷代書法論文選》,臺北,華正書局有限公司,1988 年 10 月。

8. 〔唐〕歐陽詢,〈三十六法〉,《歷代書法論文選》,臺北,華正書局有限公司,1988 年 10 月。

9. 魏永義,〈國文教學與文字學〉,《育達學報》第八期,1993 年 12 月

10. 程琦琳,〈漢文字與中國書法〉,《書法研究》第四期,1994 年。

11. 王小方,〈論漢字探源與字素分析〉,《安徽師大學報》第二十二卷第四期,1994 年。

12. 楊徵祥,〈古文字學在國小生字教學之運用〉,《中國語文》第四四五期,1994 年 7

月。

13. 季旭升，〈國中國文教學的文字學運用〉，《中等教育・國文教學專號》第四十五卷第六期，1994 年 12 月。

14. 鍾家驥，〈書法審美心理直覺辨析〉，《書法研究》第四期，1995 年。

15. 費錦昌，〈海峽兩岸現行漢字字形的比較分析〉，《語言文字應用研究論文集》，北京，語文出版社，1995 年 1 月。

16. 劉連元，〈漢字拓補結構分析〉，《語言文字應用研究論文集》，北京，語文出版社，1995 年 1 月。

17. 張琇惠，〈文字學在國小生字教學上之運用〉，《臺南師院學生專刊》第十六期，1995 年 2 月。

18. 葉國良，〈從楷書的形成談字形教學〉，《華文世界》第七十五期，1995 年 3 月。

19. 林玉雯，〈石鼓文與小篆的初步比較〉，《語文論叢》第一集，新竹，國立臺灣師範學院語文教育學系，1995 年 6 月。

20. 陳永禹，〈完形心理學對東西語言對比研究的啓發〉，《人本教育札記》第七十三期，1995 年 7 月。

21. 黃沛榮，〈論當前一般電腦中文系統的缺失〉，《第六屆中國文字學全國學術研討會論文集》，臺中，中國文字學會、國立中興大學中國文學系所主編，1995 年 9 月。

22. 蔡宗陽，〈論修辭與文字學的關係〉，《第六屆中國文字學全國學術研討會論文集》，臺中，中國文字學會、國立中興大學中國文學系所主編，1995 年 9 月。

23. 張成秋，〈中國文字的回顧與前瞻〉，《第六屆中國文字學全國學術研討會論文集》，臺中，中國文字學會、國立中興大學中國文學系所主編，1995 年 9 月。

24. 謝清俊等，〈中文字形資料庫的設計與應用〉，《第六屆中國文字學全國學術研討會論文集》，臺中，中國文字學會、國立中興大學中國文學系所主編，1995 年 9 月。

25. 黃沛榮，〈漢字部件研究〉，《第七屆中國文字學全國學術研討會論文集》，臺北，私立東吳大學中國文學系、所，1996 年 4 月。

26. 蔡明富，〈古文字在國民小學書法教學之運用〉，《研習資訊》第十三卷第三期，1986 年 6 月。

27. 黃沛榮，〈漢字部件教學法〉，《華文世界》第八十一期，1996 年 9 月。

28. 王作新，〈《說文解字》複體字的組合與系統思維〉，《北方論叢》第五期，1997 年。

29. 林金龍，〈漢字構形的再認識——從心理學談起〉，《商業設計學報》第二期，1997 年 7 月。

30. 羅鳳珠、周曉文，〈古籍數位化的重要里程——大陸北京師範大學完成小篆字形字庫的建立〉，《漢學研究通訊》第十七期第三卷，1998 年 8 月。

31. 游國慶，〈新出簡帛文字與說文篆形之研究——以唐寫本說文殘卷為例〉，《輔仁國文學報》第十三集，新莊，輔仁大學中國文學系，1998 年 11 月。

32. 方振寧，〈楷書與五角形的變奏〉，《藝術家》第四十七期第六卷，1998 年 12 月。

33. 馬國權，〈文字規範與書法藝美〉，《一九九八年書法論文選集》，臺北，蕙風堂筆

墨有限公司，1999 年 3 月。

34. 黃靜吟，〈秦簡隸變研究——以雲夢秦簡〈語書〉為例〉，《古文字學論文集》，臺北，國立編譯館，1999 年 8 月。

35. 曹鐵根，〈合體字字素組合淺析〉，《語文建設通訊》第六十一期，1999 年 10 月。

36. 黃沛榮，〈由部件分析談漢字教學的策略〉，《華文世界》第九十四期，1999 年 12 月。

37. 賴明德，〈漢字結構之研究〉，《華文世界》第九十四期，1999 年 12 月。

38. 鄭曉華，〈造字時代「字學」發展的主題——《書法藝術的歷史與審美》散稿之一〉，《書法雙月刊》第一百三十期，2000 年 1 月。

39. 朱歧祥，〈論甲骨文造字方法〉，《靜宜人文學報》第十二期，臺中，靜宜大學文學院，2000 年 3 月。

40. 姚孝遂，〈甲骨文形體結構分析〉，《古文字研究》第二十輯，北京，中華書局，2000 年 3 月。

41. 馮翰文，〈早期中國文字形體上的變異〉，《漢字述異》，香港，香港官立鄉村師範專科學校同學會有限公司，2000 年 6 月。

42. 馮翰文，〈漢字漫談〉，《漢字述異》，香港，香港官立鄉村師範專科學校同學會有限公司，2000 年 6 月。

43. 馮翰文，〈秦漢兩代中國文字的統一與變異〉，《漢字述異》，香港，香港官立鄉村師範專科學校同學會有限公司，2000 年 6 月。

44. 馮翰文，〈識字教學的幾個原則〉，《漢字述異》，香港，香港官立鄉村師範專科學校同學會有限公司，2000 年 6 月。

45. 洪燕梅，〈秦金文與《說文解字》小篆書體之比較〉，《第十二屆中國文字學全國學術研討會論文集》，桃園，銘傳大學應用中文系所、中國文字學會，2001 年。

46. 張同印，〈說「隸變」〉，《書法研究》第五期，2001 年。

47. 許師錟輝，〈文字形體結構與音義的關係〉，《國文天地》第一百八十九期，2001 年 2 月。

48. 林文慶，〈漢字形體類化探論〉，《中國文化大學中文學報》第六期，2001 年 3 月。

49. 趙衛，〈《說文》籀文研究〉，《文字學論叢（第一輯）》，長春，吉林文史出版社，2001 年 8 月。

50. 林軒鈺，〈《說文》與國中國文科的文字教學〉，《國文天地》第二百零九期，2002 年 10 月。

51. 王紫瑩，〈開拓國文教學中的應用文字學〉，《國文天地》第二百一十期，2002 年 11 月。

52. 江惜美，〈文字學在小學國語教學上的運用〉，《國文天地》第二百一十期，2002 年 11 月。

53. 柯雅藍，〈文字學在高中國文教學上的應用〉，《國文天地》第二百一十期，2002 年 11 月。

54. 鄭阿財，〈潘重規先生與二十世紀敦煌學〉，二十世紀中葉人文社會學術研討會，臺北，東吳大學，2003 年 5 月。

三、學位論文

1. 許學仁，《先秦楚文字研究》，臺北，國立臺灣師範大學國文研究所碩士論文，1979年。

2. 林培榕，《中國文字之教學研究》，高雄，國立高雄師範大學國文研究所碩士論文，1982 年。

3. 林素清，《戰國文字研究》，臺北，國立臺灣大學中國文學研究所博士論文，1983年。

4. 徐富昌，《漢簡文字研究》，臺北，國立政治大學中國文學研究所碩士論文，1985年。

5. 徐筱婷，《秦系文字構形研究》，彰化，國立彰化師範大學國文教育研究所碩士論文，1989 年 5 月。

6. 謝宗炯，《秦書隸變研究》，高雄，國立成功大學歷史語言研究所碩士論文，1989年 7 月。

7. 郭伯佾，《漢碑隸書的文字構成》，臺北，私立文化大學藝術研究所碩士論文，1990年 6 月。

8. 陳月秋，《楚系文字研究》，臺中，私立東海大學中國文學研究所碩士論文，1991年。

9. 方怡哲，《說文重文相關問題研究》，臺中，私立東海大學中國文學研究所碩士論文，1993 年。

11. 黃靜吟，《秦簡隸變研究》，高雄，國立中正大學中國文學研究所碩士論文，1993年 1 月。

12. 王昌煥，《楷書帖體字之研究》，臺北，國立政治大學中國文學研究所碩士論文，1995 年 5 月。

13. 李淑萍，《漢字篆隸演變研究》，桃園，國立中央大學中國文學研究所碩士論文，1995 年 5 月。

14. 陳昭容，《秦系文字研究》，臺中，私立東海大學中國文學研究所博士論文，1996年 6 月。

15. 鄭佩華，《說文解字形聲字研究》，臺北，國立臺灣師範大學國文研究所碩士論文，1997 年。

16. 施順生，甲骨文字形體演變規律之研究，臺北，中國文化大學中國文學研究所博士論文，1997 年。

17. 陳菽玲，《漢字形體演變之研究》，臺中，國立中興大學中國文學研究所碩士論文，1997 年 7 月。

18. 林清源，《楚國文字構形演變研究》，臺中，私立東海大學中國文學研究所碩士論文，1997 年 12 月。

19. 洪燕梅,《秦金文研究》,臺北,國立政治大學中國文學研究所博士論文,1998 年 6 月。

20. 林美娟,《說文解字古文研究》,南投,暨南國際大學中國語文學研究所碩士論文,1999 年。

21. 李佳信,《說文小篆字根研究》,臺北,國立臺灣師範大學國文研究所碩士論文,2000 年 7 月。

22. 杜忠誥,《《說文》篆文訛形研究》,臺北,國立臺灣師範大學國文研究所博士論文,2001 年 6 月。

23. 張進明,《說文解字會意字探原》,臺中,私立靜宜大學中國文學研究所碩士論文,2001 年 7 月。

24. 林宏嘉,《古文字字形演變之實證——以說文解字第一卷爲例》,臺北,國立臺灣師範大學國文研究所碩士論文,2002 年。